Tussen zussen

Rita Spijker

Tussen zussen

uitgeverij marmer

Renate

'Waarom cremeren?'

'Wist ik veel. Ik moest iets zeggen. Een graf onderhouden is ook een heel gedoe.'

'Hebben jullie het er nooit over gehad?'

'Met hem had je toch nooit een fatsoenlijk heen- en weergesprek. Nee, het spijt me dat ik het zeg, maar eigenlijk was het altijd al een dooie pier. Wat ik daar toch in gezien heb.'

'Nou ja, hoe jong waren jullie nou helemaal, vijftien? Dan weet je toch nog niks?'

'En je raakt eraan gewend, hè. Hij sputterde in ieder geval niet tegen, ik kon hem alles zeggen. Nooit geen gezeur.'

De twee vrouwenstemmen klinken luid vanachter de schutting. De bijtende geur van carbolineum prikt in mijn neus. Op deze manier heb ik mensen niet eerder over een overleden partner horen praten. Ik vind het walgelijk en ben tegelijkertijd razend nieuwsgierig. Ik beweeg me niet, houd mijn adem in.

'Nou dat was met die van mij wel anders. Die had een grote bek én losse handjes.'

'Slaan? Dat had ie mij maar één keer hoeven flikken. Zal ik nog eens bijtanken?'

'Doe maar. Zeg, die vrouw komt toch zo? Wat komt ze precies doen?'

'Voor de crematie, dat er nog iemand iets vertelt over hem. Van mijn kant is niemand zo gek om voor die zaal te gaan staan. En van zijn kant zijn het geen praters.'

'Wat doe je eigenlijk aan? Gaan we nog de stad in? En de kinderen, iets zwarts?'

'Ja, zwart is makkelijk hè. Toch gek dat ie hier nooit meer de deur door komt. Ik bedoel, hij praatte niet veel maar hij was er wel. En het was wel de vader van mijn kinderen. Hoe moet dat nou verder?'

'Och meid, laat je maar effe lekker gaan. Het moet er toch een keer uit. Ik dacht al bij mezelf, die houdt het veel te lang droog. Die knapt zometeen. Hier, een zakdoekje.'

Ze huilt zacht, de hele buurt luistert misschien wel mee. Niemand kan mij hier zien staan in deze steeg. Ik sta dicht tegen het hout geleund. Ze heeft waarschijnlijk geen idee wat haar te wachten staat. Rouwen is voor ieder mens een ander proces, maar het is altijd pijnlijk en meestal langdurig. Ik wacht nog een paar minuten.

'D'r zit een geurtje aan.'

'In de aanbieding bij de Super. Lekker zacht voor je neus. Ben je goed verzekerd?'

'Ja, die zwarte kraai heeft 't gister allemaal voor me uitgerekend. Al met al wel drieduizend eurootjes. Daar hadden we mooi van naar Turkije gekund.'

'Ach ja, doodgaan is altijd zonde van het geld. Hoe is het nou precies gegaan met die ladder?'

'Gewoon een dom ongeluk. Ze denken dat ie zich verstapt heeft. Hij is verkeerd terechtgekomen, op z'n hoofd. Hij is niet meer bij geweest. In één klap weg. We hadden hartstikke ruzie toen hij naar het werk ging. Nu kan ik het nooit meer goedmaken. Misschien is 't wel mijn schuld.'

De eeuwige schuldvraag. Een zware vermoeidheid overvalt me. Het geluid van een aansteker klinkt. Nu moest ik maar eens naar binnen gaan. Ik vermoed geblondeerd haar en veel oorringetjes. De ijzeren klink van de houten deur gaat stroef naar beneden. Tegelijkertijd roep ik: 'Hallo, mag ik verder komen?'

'Oh god, dat is die vrouw van de crematie. Ja hoor, kom maar verder. De deur is open.'

'U hebt vast de bel van de voordeur niet gehoord, dus ik dacht: ik ga maar achterom.'

'Ja, wij zitten al aan de koffie en dan horen wij niks. Hè, Ans? Kom verder. Ik ben Gré, je had me gister aan de telefoon.'

Handen met spits gevijlde acrylnagels. Een neusringetje. Twee pakjes zware shag op tafel, een thermoskan en grote mokken.

'Ga zitten, dit is mijn vriendin.'

'Ans.' Haar nagels zijn versierd met plakpareltjes en gekleurde steentjes.

'Ook gecondoleerd. Renate Versteegh.' Ik bekijk mijn eigen degelijk kortgeknipte nagels.

De lange smalle tuin is bezaaid met verweerd speelgoed. Twee roestige fietsen liggen op elkaar in een hoek bij het raam, er staat een brommer tegen het schuurtje, bloempotten met dode planten en een lekke bal op het kleine stukje gras. Ik ga zitten en krijg een enorme beker koffie.

'Melk?' Gré houdt een bruine pot poedermelk voor me omhoog.

'Nee, dank je. Suiker wel graag.'

Godzijdank zitten we onder een parasol. Het is pas midden op de ochtend, maar het is nu al warm. De vrouwen dragen hemdjes en kniebroeken. Gré heeft roodomrande ogen. Een zakdoekje ligt in een kleine witte prop op tafel. Ik pak mijn pen en schrijfblok.

'Zo, fijn dat je vriendin wilde komen. Zal ik vertellen hoe het meestal gaat?'

Ze knikken. Roken sigaretten en bewegen hun voeten voortdurend, gelijktijdig, op en neer.

Ze luisteren naar wat ik vertel over de gang van zaken. Gré slikt haar tranen weg. Ze vertelt over haar man. Joop. Het is niet veel. Er ontstaat een beeld van een stille, hardwerkende en trouwe echtgenoot. Opgegroeid als jongste zoon in een gezin met vijf jongens. Niks speciaals, geen bijzondere gewoontes. Behalve dat hij zelf de ramen waste, dat kon hij niet aan haar overlaten.

'Beroepsgekte hè? Iets anders drinken misschien? Ik haal wat fris.' Gré loopt naar de keuken. Ik moet het gesprek langzamerhand afronden. Ze komt terug met een pak sap en drie grote glazen.

'Is er verder nog iemand die genoemd moet worden? Had je man collega's? Zijn baas misschien?'

'Ja, die komen zeker. Hij heeft daar veertien jaar gewerkt, dus die kennen hem allemaal. Ze hadden altijd dezelfde grap over dode glazenwassers: "Wij gaan in een glazen kissie..." Misschien is dat nog wat?' Ze drukt haar peuk hard in de asbak.

'Ja, zo'n uitdrukking is altijd mooi om te noemen. Had hij nog meer dingen die hij vaker zei, spreekwoorden of iets dergelijks?'

'Hij zei nooit zo veel. Het was een echte binnenvetter.'

Dat had ik al gehoord toen ik hen zonet stond af te luisteren. Ik sla mijn schrijfblok dicht, stop de spullen in mijn tas. Ik hoop dat ik zelf over wie dan ook meer te vertellen heb dan deze vrouw over haar man. Dit zou ik helemaal niet moeten denken, wat weet ik nou eigenlijk? Ik kan niet in haar hoofd of in haar hart kijken.

'Dan denk ik dat we klaar zijn. Heb je nog nagedacht over de muziek?'

'Ja, we doen iets van André Hazes. Dat vond ie mooi. Verder had ie altijd de radio aan, maar ja, je kan moeilijk de radio aan doen op zo'n crematie.'

'Ja, zal je zien dat je precies het weerbericht krijgt!' Ans zegt het gnuivend. 'Ik moet gaan, de kinderen komen zo uit school. Ik kom vanmiddag wel weer.'

We staan allemaal op, ik schud hun handen.

'Heb je nog aan het geld gedacht, Gré?' Ik fluister het zo zacht mogelijk. Ze knikt en gaat naar binnen.

Ans ruimt haar spullen in haar tas. 'Het is toch wat hè, zomaar weg, pats boem en het is afgelopen. En altijd de verkeerde...' Ze loopt hoofdschuddend haar vriendin achterna. Bij de buren boven flitst een beweging, de gordijnen bewegen zachtjes heen en weer. Misschien hebben ze al die tijd stilletjes zitten gluren. Ik schaam me plotseling voor mijn voyeuristische gedrag in de steeg.

Gré geeft me een giro-envelop. 'Ik had geen andere meer. Is het zo rond?'

Ik kijk erin en tel het geld. 'Ja hoor, dank je wel. Als je nog dingen te binnen schieten dan bel je maar. Je hebt mijn nummer nog? Ik ben een half uur van tevoren in het crematorium, dus dan kunnen we elkaar nog even zien. En je krijgt van mij na afloop twee exemplaren van de toespraak.'

Ze loopt met me mee naar de voordeur. In de keuken ruikt het sterk naar koffie en gebakken uien.

'Mag ik nog even een blik werpen in jullie woonkamer? Dan krijg ik een idee van waar jullie dagelijks bij elkaar waren.'

Ze gaat me voor. Ans komt ook binnen. Ik heb genoeg aan één snelle rondblik. De gewone dingen van de meubelboulevards. Uitzonderlijk glanzende ramen. Een computerscherm waar stripfiguurtjes overheen lopen. Het is rommelig in de kamer, en heet.

'Wil een van de kinderen misschien nog iets zeggen? Of een gedichtje voordragen?'

Gré kijkt me ongelovig aan, haar ogen wijd opengesperd.

'De kinderen? Nee, dat denk ik niet. De laatste tijd konden ze niet zo goed met hem. Er was veel ruzie. Pubers hè, eigenwijs tot en met en overal tegen. Vooral tegen hem. Hij was een stille, en als hij iets tegen ze zei dan lachten ze hem bijkans uit. Ik werd er gek van en doodmoe. Dat bedenk je niet van tevoren als je verliefd bent en met ze het bed induikt... Dat het later mánnen worden, net als je vader.'

Ans slaat haar arm om de schouders van haar vriendin.

'Sorry dat ik het zo zeg hoor, maar ik ben blij dat die van mij weg is. Ik heb mooi het rijk voor mij alleen en geen troep in huis die niet van mij is. En al helemaal geen polonaise aan mijn lijf. Plus elke maand de alimentatie. En als ik zin heb in een scharrel ga ik naar de kroeg. Makkelijk zat. Over een tijdje kom je daar wel achter, Gré, wacht maar. Je moet de tijd zijn werk laten doen.' De geslepen steentjes in de ringetjes aan de rand van haar oorschelp schitteren. 'Het was toch eigenlijk al over tussen jullie, toch? Ik bedoel niet dat het daarom minder erg is, maar het helpt wel denk ik.'

Gré maakt zich los uit de omarming van haar vriendin. Ze ziet mij kijken en pakt een trouwfoto van het kastje.

'Recht uit de luier in de sluier. Nou ja, eerst maar de crematie en alle toestanden en dan zien we wel verder.'

Ze zet de foto terug en loopt voor ons uit naar de deur. De gang ligt vol met gympen en slippers, een gehavend skateboard en volle plastic tassen. Op de trap stapeltjes kleren. Een paar grote werkschoenen staan onder de kapstok.

'Die heeft ie niet meer nodig.'

Gré opent de deur en zonlicht stroomt naar binnen. Haar vuurrood geverfde haar lijkt wel nat, zo glanst het. Ze omhelst haar vriendin en geeft mij een hand.

'Alvast bedankt, hè!'

Ze zwaait naar me als ik het betegelde tuinpad afloop. Ans stapt terug naar binnen en de deur slaat met een klap in het slot.

Alimentatie. Voor een scharrel naar de kroeg. Geen polonaise aan mijn lijf en geen troep van een ander. Dat het later mannen worden, net als je vader. Net als je vader – dan moet je wel weten wie je vader is. Hoe je vader is. Dat zal voor mij oningevuld blijven. Ik ken alleen mijn stiefvader.

Mijn drie jongere zussen hebben dezelfde moeder als ik, maar ik ben half. Halfzus. Met een door mij niet gekende vader. Hij verdween toen ik drie maanden oud was. Verdronken, toen het schip waarop hij voer met man en muis verging tijdens een tornado in de Stille Zuidzee. Er was geen lichaam, dus er is ook geen graf. Geen steen. Geen plek om naartoe te gaan. Alleen zijn naam, Herman Versteegh. Hij was zelf een wees.

Ik heb als klein kind een tijdlang afschuwelijke nachtmerries over hem gehad, ik zag hem verdrinken in een kolkende zee. Zijn armen maaiden boven het woeste water, ik hoorde hoe hij mijn naam schreeuwde.

In de bibliotheek zocht ik naar plaatjes van azuurblauwe zeeën, witte stranden, palmbomen, foto's van windhozen, orkanen en tornado's. Daarna kwamen de dromen.

Mama wilde er niet over praten, te pijnlijk en te lang geleden vond ze. Ze wilde vooruit kijken en niet stilstaan bij wat toch onherroepelijk voorbij was. Omzien deed haar te veel pijn, zei ze. Ik heb haar en mijn stiefvader de laatste drie jaar nooit meer opgezocht – vanwege haar onverdraaglijk geworden zwijgen, zijn ondoordachte, botte uitspraken.

Via mijn zussen hoor ik genoeg over hen. Je zou denken dat ik juist naar mijn moeder zou trekken, maar mijn stiefvader heeft dat voorkomen. Hij heeft zichzelf tussen ons geplaatst. Ik heb me altijd anders gevoeld, kreeg van alles net iets minder. Ik hoor het hem nog zeggen.

'Het is toch niet je eigen bloed, hè?'

Tessa

Terwijl ik in mijn overvolle tas graaf, op zoek naar mijn parkeerkaartje, voel ik zijn ogen op mijn gebogen hoofd gericht. Nog geen uur geleden liepen we tegelijk de parkeergarage uit. Nu staat hij naast me bij de betaalautomaat. Heel lang. Tenger. Een leren koffertje staat op de grond, tegen zijn rechterbeen. Hij draagt een linnen broek, en ook zijn overhemd is design. Mooie rug.

Rinkelend vallen de munten naar beneden door de gleuf van het apparaat.

'Hallo, daar zijn we weer.' Een lach in zijn stem. Donkere ogen.

Ik lach terug. 'Ja.'

Hij pakt zijn wisselgeld en bukt zich. Zijn billen zijn naar mij toegekeerd. Mijn vochtige vingers vinden eindelijk het parkeerkaartje. Ik blaas koele lucht onder mijn pony.

The long and winding road van the Beatles klinkt door de betonnen ruimte. Het galmt. De man zwaait en verdwijnt in het trappenhuis.

Opwinding vult me. Ik heb de munten die ik nodig heb snel gevonden, dat is het voordeel van een tas met losse spullen. Ik ga hem achterna, daal vlug de trappen af.

Ik zie hem niet meer, misschien wacht hij ergens, bij de slagboom, of daarachter. Ik hoor het geluid van een startende motor, een portier dat dichtslaat. Nergens is er een hoofd dat uitsteekt boven de zee van daken. Ik stap in en rijd een extra rondje naar beneden, zodat ik alle verdiepingen kan checken. Langzaam cirkel ik terug naar boven. De slagboom gaat omhoog om me door te laten en ik scheur de garage uit. Niks. Verdomme.

Als ik afrem voor de naderende stoplichten vang ik een lichtsignaal op. Achter me knipperen koplampen en in mijn achteruitkijkspiegel zie ik hoe hij grijnzend naar me kijkt. Waar komt hij ineens vandaan? Ik trek veel te hard op en stuiter vooruit de rondweg op. Hij blijft achter me, ook als ik na een kilometer of vijf de afrit neem. Verderop langs de tweebaansweg zie ik het tankstation.

Opnieuw een lichtsignaal. Oranje knipperlichten en een hand die naar rechts gebaart. Natuurlijk ga ik. Wie volgt wie? Ik zwenk soepel richting parkeerstrook en stop zo ver mogelijk achteraan, naast een overvolle prullenbak en een scheefgezakte houten picknicktafel. Ik laat de motor draaien en wacht tot hij uitstapt. Ik open het raampje en zijn gezicht verschijnt vlak bij me. Mijn mobiel gaat.

Zijn handen rusten op de autodeur. Als ik het raam omhoog draai zouden zijn handen klem zitten. Ik zou kunnen wegrijden en hem naast me meeslepen. Je hoort het wel eens als broodjeaapverhaal. Tegen de politie kan ik zeggen dat hij me lastigviel toen ik even een dutje deed met mijn gezicht in de zon.

De naam van mijn man licht op in het display van mijn mobieltje. Ik neem op terwijl de vreemdeling me van buiten aankijkt. Ik kijk terug.

'Hi Alex, met mij. Zeg het eens.'

'Dag schat. Zeg, jij bent vanavond toch tot een uur of tien aan het werk?'

'Ja, zo ongeveer, hoezo?'

Hij haalt een pakje Gauloises tevoorschijn en steekt er twee op. Ik steek mijn arm uit het raam om er een over te nemen. Voorzichtig inhaleer ik de zware rook.

'Ik wil graag naar die Turkse film in 't Filmhuis. Die is om negen uur, dus dat red jij waarschijnlijk niet. Dan ga ik alleen. Tessa! Zit je te roken?'

'Ja, eentje. Ik ben even bij de buurvrouw op de koffie. Veel plezier bij de film dan. Dag schat.'

'Ja. Dank je lieverd, en houd 't nou bij deze ene. Tot vanavond.'

Ik verbreek de verbinding.

Hij buigt zich naar me toe. 'Hoeveel tijd heb je ?'

Het is nog vroeg in de middag. Om zeven uur moet ik weer in de stad zijn. 'Genoeg, denk ik. En jij?'

'Dat ligt eraan.'

Hij is mooi. Zijn ogen zijn op mij gericht, in een mondhoek speelt een glimlach.

'Mmm, lekker vaag.' Ik klop met mijn hand op de passagiersstoel. 'Kom binnen. Dat praat makkelijker.'

Hij loopt terug naar zijn auto en pakt zijn jasje. Zijn koffertje. Hij sluit zijn auto af. Ik gooi mijn tas op de achterbank. De half opgerookte sigaret belandt precies in het rooster van een putje. Hoewel ik liever een flinke bel whisky zou hebben, neem ik een pepermuntje. Hij stapt in. Hij komt direct en enorm groot mijn ruimte binnen.

Zonder naar hem te kijken start ik en rijd weg. De plek waar ik naartoe wil is niet ver van hier, een kwartiertje rijden.

'Doe je dit vaker?' Zijn aangename stem streelt mijn oor. Hij ruikt goed. Fris en rokerig. Hij heeft zijn stoel wat naar achteren geschoven. Het koffertje staat tussen zijn voeten en zijn colbert ligt op de achterbank, over mijn tas.

'Nee. Nooit,' lieg ik. 'En jij?' Ik kijk hem kort aan.

'Nee, jij bent de eerste. Ben je niet bang?'

'Nee, zou dat moeten?' Niets in me is gealarmeerd. Er gaan geen bellen rinkelen en mijn zweetklieren functioneren normaal. Zijn ogen staan helder. Mijn opwinding groeit. Zijn handen liggen gevouwen op zijn bovenbenen.

Ik ben nieuwsgierig en tegelijkertijd wil ik niets weten. 'Wat zit er in dat koffertje?'

Hij beweegt zijn hele lichaam als hij praat. 'Mijn werk. Niks bijzonders. Sigaren. Lucifers. Agenda.'

Mijn borsten schudden op en neer door de hobbelige weg waar we nu op rijden. Hij ziet het. Het landgoed met het verlaten koetshuis waar ik naartoe wil ligt verscholen tussen enorme wilgen en een rij rode beuken. Ik weet hoe ik achterlangs kan rijden zonder dat iemand ons ziet. Je weet maar nooit. Ik zet mijn zonnebril op en kijk snel kort in de spiegel. 'Als je ook last van de zon hebt, er liggen in het dashboardkastje nog een paar brillen. Ga je gang.'

Hij opent het klepje. 'Vind je dat niet te persoonlijk? Een vreemde die in je kast snuffelt?'

Hij haalt een donkere bril en een pakje condooms tevoorschijn. 'Je bent goed voorzien, zie ik.'

'Ja. Ik ben wel eens van huis en ik zorg graag goed voor mezelf.'

De condooms zijn van vorige week, toen ik met Ruben naar Rotterdam ging. Een tentoonstelling in de Kunsthal, woeste doeken, metershoge zelfportretten in zwart-wit. Ik was behoorlijk onder de indruk. Later was het alsof het enorme werk me letterlijk terneersloeg. Hoe groot moet je jezelf maken om gezien te worden? We brachten de nacht door in Hotel New York. Dicht tegen elkaar aangedrukt. De volgende ochtend kocht hij twee lakens voor me in de winkel van het hotel. Fijngekamde katoen van Belgische makelij. Nergens anders verkrijgbaar.

We zijn er. Langzaam rijden we naar het ronde gebouwtje met de groen uitgeslagen koepel op het dak. Een windhaantje zonder kop staat op het hoogste punt. Het waait nauwelijks. Ik parkeer uit het zicht van de weg. Vogels fluiten, de stilte onder de grote bomen overvalt me. Een eekhoorntje schiet langs de stam van een eik omhoog. Een hand glijdt langs mijn borsten. Een andere ligt op mijn dij. Ik leg mijn hoofd tegen de stoelleuning en kijk naar hem. Mooie lippen. Op de mijne. Zijn tong bij me naar binnen. Dit is precies waar ik op hoopte. Waanzinnig eerstekeergevoel. Ik duw hem zacht een eindje van me weg, kijk hem aan.

'Wacht. Nog een keer. Precies hetzelfde.'

Hij doet wat ik van hem vraag. Mijn lijf tintelt en ik wil me helemaal uitstrekken. Zo veel mogelijk huid hebben om te voelen. De ruimte hierbinnen is veel te klein. Achter in de kofferbak ligt een deken. Ik leg mijn vinger op zijn lippen en wenk hem.

De buitenlucht is zacht en koel tegen mijn gloeiende wangen. Als ik me buk om de deken te pakken, voel ik hem tegen mijn billen. Hij schuift mijn rok omhoog. Ik draai me om en neem zijn hand. Achter de muur is een brede sloot met grasoevers. Madeliefjes. Zuring. Ik ga op mijn rug liggen, open me en verdwijn. Hij zegt af en toe iets tegen me. Onverstaanbaar. Ik kreun maar wat terug. Zijn handen zijn glad en stevig. Handen. Mannenhanden. De handen van...?

'Hoe heet je eigenlijk?'

Zijn mond komt los van mijn hals. Hij kijkt me aan. Zijn stem is dichtbij, ik voel zijn adem over mijn wang als hij antwoordt. 'Verzin maar een naam voor me, noem me naar mijn daden, zoals de indianen deden.'

De daad die hij momenteel bij me verricht zou ik niet in een naam willen vatten. Later, als we klaar zijn, als we op onze rug naast elkaar liggen, als we zwijgend in de auto zitten, als ik hem heb afgezet bij het tankstation, als mijn baarmoeder krampt als ik aan hem denk, als ik hem achter me laat, dan zal ik een naam voor hem verzinnen. Nu hap ik naar adem terwijl hij over mijn huid dwaalt. De lucht is felblauw boven me, transparant. Witte condensstrepen van voorbije vluchten waaieren uit. Hier beneden laat hij zijn sporen na. In mij. Op het vel van mijn strakgetrokken buik. Aan de binnenkant van mijn dijen. Zilveren lijnen van speeksel. Een druppel zaad van vóór het condoom. Mijn orgasme komt heel stil. Gestadig cirkelt het omhoog door mijn lijf. Hij torent hoog boven me uit en kijkt me aan. Beweegt alleen diep in me. Dit is het lekkerst. Ik til mijn heupen hoog op. Wil zo veel mogelijk. Alles.

Zijn tengere lijf rolt van me af, blijft dicht tegen me aan liggen. Het gras is koel onder mijn handpalmen. De zon schijnt heet tussen mijn benen. Het zachte vlees gezwollen. Zijn vingers ronden heel licht mijn binnenkant. Zijn tong krult zich om een tepel. Wekt, verwekt, verweekt, verhard, meer meer meer. Gulzig klauwen mijn handen in zijn haar. Mijn hoofd rolt heen en weer, en hij komt opnieuw in me. Daar ga ik. Los van mezelf drijf ik de grote stille ruimte binnen. Hij laat me gaan – trekt zich terug, ligt stil op zijn rug naast me.

Ik doe mijn kleren aan, hij haalt zonnebrillen, een fles water en sigaretten. We roken zwijgend.

'Waarom doe jij dit?' Hij vraagt het aarzelend.

Ik neem een oppervlakkig trekje. Blaas de rook recht voor me uit. 'Je trok me aan. Toen ik je vanochtend de tweede keer zag, vond ik dat meer dan toevallig. En ik heb me voorgenomen om alles uit het leven te halen. Carpe diem. In het hier en nu leven. Ik wil gewoon genieten van wat er is.'

Er zwemt een zwaan voorbij. Het wit steekt fel af tegen het donkere water. Tegen het groen van de waterlelies, het riet en het gras.

'En, heb je genoten?' Hij verrast me met de directe toon van de vraag. Er zit een frons in zijn voorhoofd en zijn ogen zijn groot.

'Ja, en jij?'

'Ik wel. Ik vond het fantastisch. Reageer je altijd zo heftig? Ik bedoel, fysiek?'

'Hoe bedoel je, heftig? Is dat heftig? Zo ben ik gewoon.' Waarom vraagt hij dit? Is het een engerd? Nee, er is niets wat wijst op enig gevaar. Deze man voelt goed. Mijn intuïtie bedriegt me nooit. 'En jij, waarom doe jij dit?'

'Omdat ik sinds kort weet dat mijn vrouw vreemdgaat en ik een vermoeden heb met wie ze dat doet. Dat maakt dat ik rare dingen doe. Toen je in de parkeergarage voor me uit de trap opliep, wond je me verschrikkelijk op. En toen ik je even later weer zag, moest ik iets tegen je zeggen. Jij lachte. En toen seinde ik met mijn lichten. En je reageerde weer. En nu zitten we hier. En vind ik je geweldig. En mooi.'

De toon van zijn stem, het volume en ritme lijken gemaakt voor mijn oren. Alles wat hij zegt, hoor ik helemaal. Ik ben de bedding waarin zijn woorden ongehinderd kunnen stromen.

'Ik woon samen. Met Alex. Ik had hem net aan de telefoon. We hebben het goed samen, maar ik wil altijd meer. Ik zoek spanning, het onbekende.'

De zwaan komt terug. Rode zwemvliezen schemeren door de donkerte van het slootwater. Heen en weer. Ik pluk madeliefjes met mijn tenen.

'Hoe onbekend wil je mij houden?'

We lachen. Ik haal mijn schouders op. 'Zolang je nog geen naam hebt, misschien?'

'Dus dan moet ik nog iets doen? Heb ik mijn naam nog niet verdiend?'

'Nee, ik geloof 't niet.'

'Dus krijg ik je nummer?'

'Waar woon je eigenlijk?'

'In Arnhem. Maar ik heb hier een aantal nieuwe klanten, dus ik ben de komende tijd veel in de buurt.'

'Zullen we gaan?' Ik sta alvast op, wil niet meer weten. Met de deken tussen ons in streelt hij mijn wang. Ik ruik ons aan zijn vingers. Over zijn schouder zie ik hoe de zwaan haar hals diep in het water steekt.

Hij houdt de deur voor me open. Als hij naast me zit en we wegrijden, rust hij met zijn hoofd achterover. Zijn adamsappel steekt scherp vooruit.

'Vertel je dit aan je man?'

'Misschien. Misschien ook niet.' Alex hoeft dit niet te weten. Waarschijnlijk slaap ik al als hij vanavond thuiskomt. Ik maak me meer zorgen over Ruben. Die ziet altijd alles aan me, leest mijn gezicht als een boek. Hij houdt van mijn gezicht. Het mooist vindt hij mijn trekken als ik net een orgasme heb gehad. Dan schildert hij me snel, met korte felle streken. Veel kleur. Woest. Terwijl ikzelf in de grote stille ruimte zweef. Hij ziet niet mij dan, hij ziet iemand anders. Hij maakt een beeld van mij en denkt dat ik dat ben. Gelukkig is het nog lang geen zeven uur. Ik heb nog even. Nu wil ik alleen zijn.

We rijden zwijgend terug. Hij schrijft een nummer op een briefje. Ik parkeer achter zijn auto, maar laat de motor lopen. Zijn ogen lijken donkerder geworden. Ik neem het briefje aan. Hij pakt zijn spullen en aarzelt. Een grote vrachtauto trekt naast ons op en passeert met veel lawaai. De man zonder naam opent het portier. Hij kijkt me nog een keer kort aan. Ik maak een kleine zwaaibeweging met mijn vingers. Hand op het stuur. Glimlach. Zodra het portier dichtslaat geef ik gas. In de spiegel zie ik hoe hij me nakijkt. Aha, de eerste scheut. Ik verlang naar de stoel op ons dakterras.

Het is stil in huis, koel. Geen berichten op het antwoordapparaat. Terwijl ik me uitkleed, eet ik een appel. De terrasdeuren staan nog open, de dunne gordijnen strijken zacht langs mijn huid als ik naar buiten loop. Ik zet mijn stoel in de zon en strek me erop uit. Niemand kan me hier zien. Telkens wanneer ik een hap neem, ruik ik hem aan mijn handen, dwars door de appelgeur heen. Ik gooi het klokhuis met een boog de binnentuin in, het plonst beneden in de vijver. Raak! Raken. Geraakt worden. Aangeraakt worden. Aanraken. Aan elkaar geraken. Uit elkaar geraken.

Hoe eng is eigenlijk ons zogenaamde ‘open huwelijk’? Hoe doorzichtig en open ben ik zelf? Ik heb vanochtend alweer keihard tegen Alex gelogen. Het flapte er zomaar uit dat ik bij de buren op de koffie was. Terwijl we de afspraak hebben om eerlijk te zijn. Ik vond het geloof ik een beetje te veel van het goede: twee – eigenlijk drie – mannen binnen een week. Kennelijk heb ik normen over aantallen. Of frequentie. En natuurlijk speelt mijn aanval van jaloezie vorige week op zijn avontuurtje mee. Daar schaam ik me nu nog voor. Met twee maten meten, dat kan ik goed, blijkt wel. Het allerliefst had ik het zo voor elkaar dat ik zelf volkomen vrij mocht zijn en dat Alex trouw en monogamie aan me belooft. Dat durf ik natuurlijk niet te vragen. Dat durf ik nauwelijks aan mezelf toe te geven. Waarschijnlijk ben ik verslaafd aan aandacht. En aan 'de eerste keer'. Ik zou willen dat mijn leven bestond uit primeurs, heerlijke eerste keren. Wanneer maak je nog dingen voor het eerst mee? Wanneer proef je nog eens iets volkomens nieuws? Of voel je iets nieuws? Wanneer hoor je een onbekend geluid? De man die ik nog aan mijn vingers ruik was nieuw. Zijn antwoord op mijn vraag naar zijn naam was verrassend. Wat een prachtige traditie, om iemand zo te eren. Maar stel dat je opgezadeld wordt met een naam die je niet wilt, of die je verschrikkelijk vindt. Dan word je voortdurend herinnerd aan een gebeurtenis die je zelf misschien liever zou vergeten. Zou je je gaan gedragen naar je naam? Vroeger zong ik altijd zelfgemaakte liedjes. Ik rijmde alles wat ik zag aan elkaar en zong dat hardop. Stel dat mijn ouders me daarom bijvoorbeeld 'zangeres van wat je ziet' hadden genoemd. Of 'rijmmeisje'? Dan had waarschijnlijk iedereen aan wie ik me voorstelde gevraagd of ik iets wilde laten horen. Daar ben je dan mooi klaar mee. Het is juist het zingen dat het spannend maakt. Jezelf steeds een stap voor zijn. Al weten wat je gaat zegzingen omdat het moet kloppen met de melodie.

De zon brandt. Er verschijnen minuscule zweetdruppeltjes op mijn huid. Ik trek met mijn vinger een spoor over mijn borsten naar mijn buik. Trek nog een schuine streep. Er ontstaat een kruis. Ik voel de lekkere kramp diep van binnen en draai me om op mijn buik. Beelden van Alex met een ander dringen zich op. Hoe zou ze eruitzien? We hebben een soort van onuitgesproken code dat je elkaar niet uitvraagt over andere partners. Toch heb ik deze keer een enorme behoefte aan informatie. Ik wil beelden kunnen vormen. Ik wil weten wie ze is. Was. Ik wil weten waarom met haar.

Ik schrik van deze gedachten. Stel je voor dat Alex dat van mij zou willen weten. Zou ik het hem vertellen? Zou ik het willen vertellen? Dat is maar zeer de vraag. Hij is wel opvallend actief tijdens onze vrijpartijen de afgelopen week, creatief. Anders dan anders? Ja. Zou hij geïnspireerd raken door haar?

De zon is te heet. De blauwe kleur van de badkamertegels ontspant me. Ik zie mezelf in de manshoge spiegel. Achter me vormt het douchegordijn een kleurig decor. Het is nog steeds mooi. Wat was dat heerlijk om te maken. Het ontwerpen en daarna het schilderen met watervaste verf. Wat was Alex blij verrast toen ik hem de ochtend van zijn verjaardag geblinddoekt meenam en tijdens het samen douchen de blinddoek afdeed. Als een kind gleden zijn handen over de afbeeldingen die ik geschilderd had – voorstellingen, geïnspireerd op afbeeldingen in sommige Egyptische tempels, van mannen met brutaal vooruitstekende erecties. Een achtergrond van geopende en nog halfgesloten lotusbloemen, als vagina's. Het wond hem op. Ja, natuurlijk.

Het is lang geleden dat ik zin had om iets te maken. Ik heb tegenwoordig alleen maar zin in het voelen van dingen, van nieuwe dingen vooral. Ik ben te moe, te lusteloos, om iets nieuws te verzinnen of te maken. Ik wil het alleen maar meemaken. Gelukkig verdient Alex genoeg voor ons samen. En zolang ik het een 'broedperiode' noem waar ik in zit, vindt hij alles best.

Van dit avontuurtje heb ik wel energie gekregen. Het water stroomt koel langs mijn lijf. Het schuim van de shampoo is net zo prachtig wit als de veren van de zwaan vanochtend. Die zwaan in de sloot was alleen. Zwanen zijn partners voor het leven. Wat een eenvoud. En wat saai.

Grote vlokken schuim drijven als wolken in een plas rond mijn voeten. Zou Alex ook samen met zijn nieuwe dame onder de douche hebben gestaan? Ik schud de vraag en het water uit mijn hoofd en haren. De harde handdoek schuurt mijn huid. In de slaapkamer draait de grote ventilator aan het plafond langzaam rond. De koele lucht geeft kippenvel. Ik laat mijn rode zijden jurk over mijn hoofd glijden.

Ik onderdruk de neiging om op zoek te gaan naar sporen van de vreemde dame.

Vanavond lig ik zelf weer bij Ruben. Naakt en uitgestrekt. Ja, maar dat is werk. Ik ben gewoon een van zijn modellen.

Anne

Als ik hijgend wakker word, ligt mijn hand verkrampt onder mijn kussen. Zweetdruppeltjes kriebelen op mijn bovenlip en tussen mijn borsten. Mijn adem gaat hortend in en uit. In de droom rende ik tegen een steile berg omhoog. Ik wist dat er een boodschap voor me was, in de lucht. Ik rende steeds harder en struikelde over losse stenen, wist me een aantal keren op te vangen met mijn handen. De laatste keer dat ik viel, was er plotseling niets meer onder me.

Kippenvel spreidt zich langzaam uit over mijn lijf. Douchen. Warm en rustig worden. Ik moet de dingen een voor een onder ogen zien. En in de juiste volgorde. Dat betekent dat ik nu de dekens terug moet slaan, mijn benen op moet trekken en ze uit het bed moet zwaaien. Als ik rechtop zit, met mijn voeten op de vloer, draait de kamer even voor mijn ogen. Eén keer.

De lucht slaat koud op mijn huid neer als ik door de slaapkamer loop. Ik zet de heetwaterkraan wijd open en zie hoe de contouren van de ruimte langzaam vervagen in een zachtgrijze stoomwolk. De grote doek die ik voor de spiegel heb gehangen, waait zachtjes heen en weer. Mijn borsten hangen zwaar aan mijn bovenlichaam. Ik heb er meer dan genoeg aan om ze te voelen. Ik wil ze niet ook nog moeten zien. Ze zijn gewoon te groot voor me. Ik heb het perfecte lichaam voor een pornoster. Dus ging ik psychologie studeren. Mijn focus werd naar binnen gedwongen. Weg van die twee blikvangers die me sinds mijn veertiende voorgaan en die me voortdurend naar beneden trekken.

Het water laat ik zo heet mogelijk over me heen stromen. De kou moet uit mijn botten. Het kippenvel moet worden gladgestreken en al mijn poriën moeten wijd open stomen. Het schuim van de shampoo meandert over schuine huidhellingen en stort dan loodrecht naar beneden op de betonnen vloer. Vanonder mijn oksels stromen twee olieachtige zijrivieren langs mijn buik naar de bedding van mijn liezen.

De droompaniek verdwijnt langzaam uit mijn lijf. Ik ros mezelf stevig droog met de grote handdoek. Ik wikkel hem helemaal om me heen. Een kleinere draai ik om mijn druipende haren. Aankleden nu. Ik laat de natte handdoek op de grond glijden en probeer te bedenken welke kleur deze dag heeft. Gewoonlijk weet ik dat al bij het ontwaken. Nu lopen de kleuren in elkaar over tot een egale bruine waas. Ik gooi alle truien en vesten van de bovenste plank op een stoel, in de hoop dat de juiste kleur zich vanzelf aan me voordoet. Niets. De shirts van de volgende plank belanden op de grond naast de stoel. Een groene blouse met rode strepen valt over mijn voeten. Aha, met een beetje geduld dienen de juiste dingen zich vanzelf aan. Een groene dag dus, dat betekent activiteit. Ik prop mijn borsten in een zwarte bh en trek de blouse eroverheen. Door de lengtestrepen vallen mijn rondingen iets minder op. Zwart slipje, rokje. Klaar.

Beneden ligt mijn agenda opengeslagen. Om drie uur heb ik een afspraak bij de bedrijfsarts over mijn re-integratietraject. Als ik hem vertel over de dingen die ik in mijn hoofd haal en heb, dan adviseert hij me waarschijnlijk om er met een therapeute over te gaan praten. Of hij ziet het als een achteruitgang. Therapie zou niet verkeerd zijn. Wel verschrikkelijk eng, ik weet ongeveer wat ik van een peut kan verwachten.

Als ik bedenk wat er vanmiddag aan de orde zou kunnen komen, nestelt ongemak zich in mijn maag. Ik had zin in thee, nu ben ik misselijk. Misschien moet ik juist iets eten. Er ligt nog een banaan op het aanrecht. Ik zal toch maar thee zetten.

Ik ga even zitten en sluit mijn ogen, ga terug naar de droombeelden, probeer opnieuw in de droom te raken. Ik zou eens moeten leren om lucide te dromen. Er zijn cursussen waar ze dat doen. Een van mijn oude klanten heeft zo'n cursus gedaan. Hij vond het geweldig. Fantastisch. Hij beweerde dat hij daarna in staat was zijn dromen te sturen. Nou ja, soms dan. Hij moest natuurlijk wel blijven oefenen, en vervolgcursussen doen. Eerst de Practitioner. Dan de Master-Practitioner en daarna de Trainersopleiding, eventueel nog de Master-Trainerscursus – de laatste twee het liefst bij de meester *himself* in het buitenland. Ver weg en duur. Wel met certificaat van deelname, alsof dat iets zegt. Misschien heeft hij wel tijdens de hele cursus zitten slapen.

Mijn gedachten zijn alweer mijlenver afgedreven van de droom van vannacht. Ik ben niet echt geschikt om mijn dromen te sturen, denk ik. Veel te chaotisch. Te associatief. Een goeie vraag zou zijn wat ik zou wíllen dat de droomboodschap was. Wat zou ik willen horen? Wat zou ik tegen mezelf willen zeggen?

Voordat ik weet wat ik doe ben ik opgestaan. Ik betreed kennelijk gevaarlijk terrein met dit soort vragen aan mezelf. Dat gevaar loop je ook bij een therapeut. Ik loop liever van mezelf weg. M'n maag draait al lekker in de knoop. Het is pas ochtend.

Ik steek m'n eerste sigaret aan op het piepkleine binnenplaatsje. God, wat ben ik blij dat ik niet hoef te werken. Mijn collega's zijn vast weer allemaal druk met assessments, psychologische testen en interviews. Of er is een 'interne', dan zitten ze bij elkaar om 'de dingen die er echt toe doen' te bespreken. Als dat zo is, dan zal mijn burn-out inmiddels wel een van die dingen zijn – die duurt al veel te lang natuurlijk. Of er is weer een nieuwe reorganisatie op komst die 'in de week' moet worden gezet. Het gevaar van een inkrimping dreigt altijd. De nieuwe manager is vast blij met mijn te langzame herstel, ik word waarschijnlijk een van zijn eerste slachtoffers. Er zijn genoeg redenen om mij te ontslaan of vriendelijk te verzoeken uit te zien naar een andere baan. Voor mijn eigen bestwil natuurlijk. Minder werkdruk. Geen targets. Geen POP's meer. Persoonlijke Ontwikkelings Plannen zijn de stokpaardjes van leidinggevenden. Managers laten hun medewerkers zelf bedenken hoe het beter, nee: anders, kan – en maken ze en passant ook verantwoordelijk voor de uitvoering van die plannen. Zelf houden ze eens per jaar een functioneringsgesprek met je, om 'de vinger aan de pols' te houden. Ik heb tegenwoordig een echte dokter die mijn pols controleert. Maandelijks. Niet dat dat veel helpt. Maar het is een rustgevende gedachte.

Ik haal de banaan uit de keuken. Het is nog geen zomer en toch rijgen de hete dagen zich al eentonig aaneen. Van zonsopgang tot het vallen van de avond baden de dagen in een gemeen scherp, wit licht. Ik rijg de uren aaneen met zitten in de enige tuinstoel die ik heb. Ik begin de ochtend links in de hoek en verplaats me in de loop van de dag langs de schutting naar de rechterkant. Soms lees ik wat. Ik kan me de laatste tijd moeilijk concentreren. Een boek lezen lukt me niet. Af en toe schrijf ik iets. Een droom of zomaar iets, dat geeft me het gevoel dat ik toch nog een beetje communiceer, dat ik nog deel van de wereld ben.

In de theorie van de droomsymboliek ben ik zowel de berg als de rollende stenen, de woordenwolk en de rennende figuur. Dat betekent dat ik het mezelf moeilijk maak. Ik zorg zelf voor de onmogelijkheid om mijn eigen boodschap te kunnen vatten. Waarom maak ik van mezelf een berg? Waarom geen glooiende grasvlakte waarin ik zacht zou kunnen vallen? Waarom ben ik zo gemeen tegen mezelf? Zo hard? Waarom denk ik zulke erge dingen? Waarom ben ik zo? Zo moeilijk?

Ik sta abrupt op en ga binnen voor de tv zitten. Zap naar een zender waar ze je dingen proberen aan te smeren. Een idioot dun meisje met siliconenborsten, ze staan veel te rechtop om echt te kunnen zijn, prijst een apparaat aan waarmee we onszelf *in no time* kunnen verbeteren. Om te kunnen worden wie we altijd al wilden zijn. Om die slanke, stevige, mooie, aantrekkelijke nieuwe 'ik', die al die tijd in ons opgesloten heeft gezeten, eindelijk naar buiten te laten komen. 'Kijk naar mij, kijk naar mij,' lijkt ze te roepen. En we kunnen helemaal zelf bepalen hoelang we daarover doen. Succes gegarandeerd! Ze lacht haar spierwit gebleekte tanden bloot.

Hoeveel vrouwen zouden er nu, net als ik, acuut nog ontevredener over zichzelf worden? In hoeveel huiskamers zitten vrouwen te zappen? Net als ik vroeg op, niet meer kunnen slapen, niet weten wat ze moeten doen, wat ze met zichzelf aan moeten. Duizenden, vermoed ik. En dan heb ik nog geluk dat ik me hier bewust van ben, dat ik het in perspectief kan zien. Hoewel me dat bijzonder weinig helpt. Hoe meer kennis, hoe meer vragen. Hoe meer ik denk te weten over mezelf en de wereld, hoe minder ik me erin lijk te kunnen bewegen. Ik voel een soort innerlijke verstarring. Alsof alle informatie die ik opneem, alle gedachten die ik produceer en alle indrukken die ik opdoe, zich in me ophopen. Alle deuren, afvoerputjes, gaten en kieren zitten dicht. Er gaat een voortdurende stroom naar binnen en er komt niets naar buiten. Dat kan niet goed gaan. Op een dag knap ik. Ik moet wel praten, er moeten dingen uit me. Niet alleen dromen, ook gedachten over mijn werk, over relaties, de situatie waarin ik ben opgegroeid, over de wereld. En misschien zelfs wel over datgene wat ik zozeer wil vermijden. Maar dat durf ik niet, nog niet. Ik durf er nauwelijks aan te denken, aan de vergiftigde bron in mij. Mijn voedingsbodem. Datgene waar ik mijn ziekmakende voedsel aan onttrek. Ik moet de bron reinigen, ik weet het. Maar ik kan er niet toe komen. Alleen al deze gedachten laten alle innerlijke alarmbellen rinkelen, alle wijzers staan in één keer in het rood. 'Stop' en 'nee' roept een innerlijke stem.

Op het beeldscherm verschijnt nu een trendy dame naast een keukenblok. Aha, de pannenset waar ik niet zonder kan, ook al weet ik dat zelf nog niet. Ik zet de tv uit en heb het gevoel dat ik precies weet wat me te doen staat. Ik hoef alleen maar te beginnen. Dat is alles. Ik drink een groot glas water.

Ik klap mijn laptop open en ga zitten. De toppen van mijn vingers zijn ineens koud. Als ik nou eens begin met de droom van afgelopen nacht.

Marit

Vreemde handen
Palmden me ter wereld
Vreemde levenslijnen
Tegen mijn naaktgeboren vel

Uit troebel vruchtwater geperst
Melktroost zuigend uit een borst
Recht vanuit de schoot
Onderweg, op naar de dood

Handen die me zouden
Strelen voeden troosten
Liefdeshanden in mijn holtes
Vingers als adem over mijn gezicht

Handen in het sop
In aarde water vuur
Handen slapend open als een bloem
Lotslijnen gegraveerd in kwetsbaar vel
En aan het eind opnieuw
Vreemde handen
Die me aan glanzend gewreven handvatten
De wereld uit zullen dragen

Ik sla het bestand op onder 'woordspelen'. Ik heb nog een klein uurtje voor ik de jongens op moet halen. Ik lees wat ik net geschreven heb. Misschien nog wat pathetisch, maar het is een onbewerkte eerste versie. Het gegeven dat iedereen in de handen van een vreemde ter wereld komt intrigeert me. Het gebeurt maar zelden dat de moeder zelf haar kind haalt. In de moderne wereld, tenminste. Mijn jongens zijn allebei door de vroedvrouw gehaald. We beginnen en eindigen in de handen van een buitenstaander.

Mijn trouwring glanst zacht tegen de bruine huid van mijn vingers. Iemands hand vragen. Interessante uitdrukking. Ik blader door de bestanden met verhaaltjes. Mijn blik dwaalt naar buiten. Door het slaapkamerraam van de buren zie ik het silhouet van de buurvrouw. Ik weet dat ze nu voor haar kledingkast staat. Ze bukt zich steeds om kledingstukken te pakken die ze voor zich houdt. Ze weet niet dat ik haar vanaf hier kan zien, dat heb ik haar nooit verteld. Ik ben maar één keer in haar slaapkamer geweest, op kraambezoek. Slaapkamers van vreemden maken me onrustig, alsof ik daar niet mag zijn. Bij ons thuis vroeger was de 'ouderslaapkamer' verboden gebied. Niet dat dat ons ooit letterlijk zo was verteld, maar we voelden dat het zo was. De enkele keer dat ik er kwam als kind werd ik licht misselijk van de geur die er hing. Soms rook ik diezelfde lucht aan mijn vader. Gelukkig ruikt David anders.

De buurvrouw staat nu met haar armen omhoog. Een jurk glijdt over haar schouders naar beneden. Ze draait een paar keer rond en verdwijnt uit beeld. Mijn eigen jurk plakt aan mijn dijen. Het is warm vandaag, broeierig. Er moet vers water in het zwembadje in de tuin. Eigenlijk moet dat nu, dan kan het nog een beetje op temperatuur komen. Anders sjouw ik weer met emmers heet water. Geen zin. Ik wil nog even met mezelf alleen zijn. Dat ik dit schooljaar ingeroosterd ben op de eerste drie dagen van de week is een groot geluk. Drie dagen werken en vier dagen vrij, heerlijk. Binnenkort hebben we hopelijk ook een vaste oppas, het lijkt wel of dit jaar alles meezit.

Het was zijn hand
Die me leidde,
naar de plek waar ik
zojuist
vandaan kwam, in gedachten
verzonken bleef dralen
Om bovenlangs en

onder,
tussen ons gesproken
en gezwegen
Terwijl ik toch,
al die tijd
zijn hand
daar wist
En hier,
maar bovenal
tussen ons

Mijn horloge piept. Ik sla de tekst op. Ben benieuwd wat ik er morgen van vind als ik het lees. Vaak is het niks. Soms is het iets, of wordt het iets na eindeloos schaven. Een doodenkele keer is het direct helemaal goed.

Ik trek de jurk los van mijn dijen. Ik voel aan de stijfheid in mijn rug hoe lang ik hier gezeten heb en pak de boekenkast beet om wat rekoefeningen te doen. Op de plank voor me staat mijn leven. Helemaal links begint de rij met kleine boekjes, poëziealbums die ik zelf vol pende met wat ik beleefde. Ik liet er nooit iemand anders in schrijven. Ik beschreef vooral de dagelijkse dingen, huiselijke tafereeltjes, soms een verzonnen verhaaltje. Vervolgens kwamen er grotere boeken, met slotjes. Zodra ik op mijn kamer was, schreef ik al het onuitspreekbare op dat gedurende mijn puberjaren dagelijks mijn hoofd vulde. Het liefst was ik alleen met een boek of mijn schriften. Wat ben ik daarin veranderd. Nu sta ik met plezier voor de klas. In het midden van de rij staan de jaren dat ik Nederlands studeerde. Het diepe rood van de omslag van wat ik graag 'Davids boek' noem, springt eruit. Rechts ervan staat mijn volwassen leven opgetekend. Om ieder boek zit een lint of stuk koord gewikkeld, soms een smalle reep stof van een lievelingskledingstuk uit die tijd. Beveiligingsbehoefte. Sinds ik een schrijfcursus heb gevolgd, werk ik bijna altijd op de computer. Soms print ik iets uit en plak ik dat in mijn gewone dagboek. Heel soms schrijf ik iets over.

Ik krijg het nog warmer van de oefeningen. Hier onder de hanenbalken blijft de hitte zo hangen, zelfs met de ventilator aan. Ik moet nu opschieten en neem de trap met twee treden tegelijk. De telefoon gaat.

'Hi, met Lise. Zeg, ik verga van de hitte, dus ik ga zwemmen met de kinderen. Heb je zin om mee te gaan?'

Zwembad. Herrie. Stroeve huid waar kleren overheen moeten. Schreeuwende peuters die zelf willen zwemmen.

'Leuk idee, maar waarom komen jullie niet lekker hier in de tuin poedelen? Lijkt me wel zo relaxed eigenlijk. Voor ons in ieder geval'

'Ja, dat is waar. Leuk. Ik zie je zo bij school.'

Als er iets is waar ik een hekel aan heb is het wel de lucht van opgewarmde chloor. Bovendien, ik geloof nooit dat iedereen netjes naar het toilet gaat. Dat was ooit een heel goed idee van iemand, om een stof in het water te doen die knalrood kleurt zodra er contact is met urine. Het is nooit uitgevoerd, voor zover ik weet. Mijn fiets staat nog buiten, het zadel is bloedheet. Overal om me heen waaien zomerjurken op.

Boven de tegels van het schoolplein trilt de hete lucht. Zindert. Siddert. Lise is er nog niet. De enkele vader die bij het hek staat, is grijs of kaal of allebei. Tweedelegvaders. Er wordt hier geflirt bij het leven. Die gescheiden moeders willen natuurlijk allemaal reuzegraag zo'n ervaren man, een rijpe vader voor hun kind. Ze vergeten voor het gemak dat deze mannen zelf allemaal al zo'n leuke vrouw met kinderen hebben achtergelaten, en daarna hebben ingeruild voor iets nieuws. Tweedehands tweede kans. Wat is dat toch met die mannen? Het is allemaal biologisch verklaarbaar, schijnt het. Er zijn hier wel verdomd veel mooie vrouwen. Gelukkig komt David hier weinig.

Als ik afstap komt er zo'n grijze haan op me af, breed lachend. Een snelle blik glijdt over mijn borsten en langs mijn benen.

'Hi Marit, hoe is 't? Heet hè?'

'Nou, behoorlijk.' Ja, hij zal het wel warm krijgen van al dat bloot. Ik hoop niet dat hij dat ettertje van hem bij mij wil stallen.

'Zeg Marit, ik heb een probleempje en misschien kun je me helpen. Ik moet onverwacht naar kantoor, een noodgevalletje waar ze me absoluut bij nodig hebben. En nu vroeg ik me af of Boris even met jou mee kan. Ze spelen toch zo leuk samen, Tim en hij?'

Noodgevalletje. Ik haat het als volwassen kerels verkleinwoorden gebruiken. Deze man is zelf een noodgeval. En dat kind van hem is al net zo erg. Als die bij ons speelt, gedraagt hij zich als een miniatuurtiran.

'Goh, wat jammer nou. Ik heb al andere plannen. Lastig hè, als je op twee plekken onmisbaar bent.'

Zijn mobiel gaat en terwijl hij opneemt, gebaart hij naar me dat het jammer is. Ik krijg ook nog een knipoog. Fijn. Ik ben helemaal vereerd. Zijn kleine Boris komt als eerste naar buiten gerend. Krijsend. Arm kind, pappie moet eerst nog even bellen.

Ik voel een hand op mijn achterste. 'Hé, lekker ding. Wat zie je er weer goed uit.' Lises stem dicht bij mijn oor. Ze grijnst en trekt haar hand terug. 'Stond je te sjansen? Zeg, jij moet eerst nog naar de crèche, hè. Zal ik Tim dan vast meenemen naar jullie? Dan hoef je niet zo zwaar te fietsen.'

'Graag, dan wacht ik even op Tim om hem dag te zeggen.'

Daar is ie al. Traag komt hij op me af geslenterd. Rode wangen, een flauw zwaaihandje voor mij. Die kan wel afkoeling gebruiken.

'Dag lieverd, jij hebt vast zin in het zwembadje. Lise en Noud gaan met ons mee. Als jij nou vast met hen meegaat, dan haal ik Pelle op.'

Een knikje. Hij overhandigt me zijn rugzakje.

'Dan ga ik vast, hè? Tot zo. Kusje.'

Weer een flauw zwaaitje met zijn hand. Die is bekaf. Kleine Boris gilt nu nog harder. Papa gebaart geïrriteerd naar hem dat hij moet stoppen. Hij praat nog luider in zijn mobiel en creëert ter plekke een nieuw noodgevalletje. De moeders om hem heen kijken elkaar veelbetekenend aan. Een pas gescheiden donkerharige vrouw ziet haar kans schoon en biedt haar diensten aan. Ze knielt voor kleine Boris. Er is iets onderdanigs in haar houding. Iets meer dan dienstbaars in haar blik naar de vader.

Ik laat ze achter me en verheug me op het snoetje van mijn kleine Pelle. Dat kind is een genot om in de buurt te hebben. Hij vindt het leven een groot feest. In tegenstelling tot z'n oudere broertje. Die is soms wat zwaar op de hand, een klein tobbertje.

Als ik de grote speelruimte van de crèche binnenloop, zie ik mijn jongste zitten, op de grond. Hij kijkt op van de houten blokken als ik zijn naam zeg.

'Mama!' Is er een mooier woord? Kleine kleffe handjes op mijn wang. Hij ruikt heerlijk in zijn nekje. Mijn hart stroomt over en ik druk hem stijf tegen me aan. Zijn voetjes schoppen tegen mijn buik. Los! Lopen wil hij. Hij rent zijn energie eruit. Lacht. Lacht terwijl hij rondjes rent.

'Ga je mee, schat? Thuis lekker in het zwembadje met Tim?'

De juffen vertellen me hoe fijn het weer was vandaag. Niets dan lof en niets dan goeds. Waar heb ik het aan verdiend? Ik pak hem op en in het fietsstoeltje begint hij te zingen. De zomerwind strijkt langs mijn benen. Ik steek mijn neus in Pelles haren. Zo ruikt geluk.

Renate

Ze zijn tosti's aan het bakken, de zware lucht van gebakken brood drijft mijn kamer in. Beneden staat de tv weer eens veel te hard. Ik ben het zat om de kinderen voortdurend aan te spreken op hun gedrag. Je zou denken dat het allemaal makkelijker wordt als ze ouder worden, maar dat is niet waar.

Ik probeer de stemmen en de muziek buiten te sluiten en me te concentreren op het levensverhaal van de glazenwasser. Het is ontluisterend hoe de vrouwen over hem spraken. Zou het waar zijn wat ze zeiden? Natuurlijk is het waar, het is hun waarheid. Ergens in mijn achterhoofd fluistert de angst dat mijn eigen kinderen ooit zo over me zullen denken.

Rouw zet het verleden in een ander licht. Het geeft extra glans aan alles wat al mooi en dierbaar was, maar ook nog scherpere randen aan de pijnlijke herinneringen. Ik denk aan mijn eigen rouwproces toen Theo me verliet. Plotseling was hij weg. En ineens zag ik ons jarenlange huwelijksleven in een nieuw licht. Alsof de beelden die ik verzameld had en die het verhaal van ons gezin vormden, kantelden. De achterkant van de dingen werd plots fel uitgelicht. Zonnige middagen met de kinderen in het bos leken minder helder, minder zacht. De avondmaaltijden leken plotseling plichtmatig met elkaar doorgebracht. Hoelang dacht hij al aan die andere vrouw – tijdens het eten, achter zijn krant, op onze fietstochtjes, roerend in zijn eenpansgerechten en tijdens het vrijen? Waren zijn liefdevolle aanrakingen wel voor mij bestemd? Dat wat altijd vanzelfsprekend had geleken, kreeg een onheilspellende ondertoon. Alsof de schok, en het verdriet dat daarop volgde, de gebeurtenissen met terugwerkende kracht inkleurden. Het was alsof er op al onze momenten samen al stiekem een derde persoon aanwezig was geweest, een ongeziene aanwezigheid die alles wat er tussen ons werd gezegd, transformeerde in iets leugenachtigs. In iets wat lelijk was, en slecht. Waarom heb ik het niet gemerkt? Hoe kon ik de tekenen niet zien? Ik pijnigde mezelf met de retorische vragen en zelfverwijten waar ieder zelfhulpboek je voor waarschuwt. Natuurlijk nam ik ons leven voor waar aan. Ik had geen enkele reden om dat niet te doen. Toen haalde hij me met een enkele, perfect geplaatste, nekslag neer. 'Ik ga bij je weg.' Vijf woorden, één kort zinnetje, uitgesproken op zijn neutrale conversatietoon. En kort daarna de daad bij het woord. Ik was volledig lamgeslagen en ben lang blijven liggen. Te verbouwereerd om echt op te staan. Natuurlijk deed ik wat er gedaan moest worden. Op de automatische piloot. Ik zorgde voor de kinderen, ik hield het huishouden draaiend, stond advocaten te woord en moest ondertussen mijn verdriet eronder houden. Ik huilde 's nachts met mijn hoofd onder de dekens, zodat de kinderen niet bang werden. Ik dacht dat ik nooit meer zou kunnen lachen en geen mens meer zou durven vertrouwen.

Ik mag mijn rouwproces natuurlijk niet vergelijken met dat van nabestaanden na de dood van iemand. Mijn man stierf niet, hij koos ervoor te verdwijnen uit mijn leven. Hij leefde ergens zonder ons verder, in een ander huis, met een andere nieuwe vrouw, met nieuwe kinderen. Chantal en Thomas dachten dat papa hen niet meer lief vond, niet meer van ze hield. Ze hebben zich jarenlang afgevraagd wat ze fout hadden gedaan. Natuurlijk niet direct, niet in de vorm van een vraag, maar ik hoorde het in hun spel. Ik zag het aan de manier waarop ze naar andere vaders keken. Ik merkte dat ze probeerden uit te vinden wat hun vriendjes deden waardoor hun vaders wel bleven. Ze hebben me lange tijd het gevoel gegeven schuldig te zijn. Ik zou hem weggestuurd hebben, en niet genoeg mijn best gedaan hebben om hem te behouden.

Ik heb vaak gedacht dat ik liever had gehad dat hij was overleden. Dan waren de dingen tenminste duidelijk geweest. Nu waren er nog mogelijkheden en dat maakt je zo afhankelijk.

Als. Misschien. Twee eenvoudige woordjes, die waarschijnlijk meer dan wat ook wereldwijd de meeste slapeloze nachten veroorzaken. Behalve seks natuurlijk.

Ik begin er weer naar te verlangen om 's ochtends naast iemand wakker te worden.

ANNE

Ik herinner me de droom nog precies: de grond waarop ik rende was stenig en grijs, bij iedere stap rolden de losse keien onder me vandaan. Ik vorderde maar langzaam, hortend. Gelige resten gesmolten sneeuw wasemden een koude ijzergeur uit. Mijn voeten waren allang doorweekt en ijskoud, mijn tenen doof voor de pijn van de scherpe stenen waar ik voortdurend hard tegenaan stootte. De toppen van de vingers van mijn bruinwollen handschoenen dropen van het water. Had ik maar niet in de sneeuw moeten graven. Telkens als er uit de wolk voor me iets zwarts naar beneden viel, bukte ik om het op te rapen uit de sneeuw. Tevergeefs, want zodra het zwart het wit aanraakte, smolten kleur en vorm onmiddellijk weg. De wolk die voor me uit zweefde werd niet kleiner, ook al vielen er steeds meer zwarte dingen uit. Zelf viel ik ook steeds. Ik wist zeker dat ik iets heel belangrijks op het spoor was. Kon ik de wolk maar bereiken. Heel even meende ik er een gezicht in te zien, een vrouw, contouren in grijstinten. Een vermoeden, geen beeld – alleen een voelen dat ze naar me glimlachte. Toen struikelde ik voor de zoveelste keer en had ik geen grond meer onder mijn voeten. Ik viel en schreeuwde en viel en gilde en viel stil.

Er was nog iets, vlak voordat ik wakker werd. Ik weet het zeker. Ik sluit mijn ogen en zie een beeld van water dat breekt op een dieper gelegen, onzichtbaar rif. Een witte baan schuim verraadt de onderliggende barrière. Zo, denk ik, breken mijn herinneringen op verborgen gebeurtenissen. Hoe ik ook zoek en graaf, ik kan er nooit bij. Verdwaasd en op z'n hondjes zwem ik eindeloos heen en weer langs de smerige schuimrand. Wat was daar, tussen droom en wakker worden?

Soms helpt het om gewoon rond te kijken en de associatie met de dingen om me heen het werk te laten doen. Ik lees de droom nog eens over, neem een slok water, rek me uit, ruik mijn oksel, zie de kleine haartjes die er na twee dagen alweer groeien. Een hete golf schiet naar mijn keel. Ongeschoren wangen! Toen ik viel zag ik hem staan op een kale berghelling, ik stak mijn handen uit voor hulp, maar hij stond alleen maar te kijken hoe ik langs hem heen de diepte in donderde. Zijn armen, met bungelende grote bleke handen, losjes langs zijn zij. De lafaard.

Als ik opsta gooi ik de stoel omver in de haast om bij de kraan te komen. IJskoud stroomt het water over mijn polsen, ik gooi het met handenvol tegen mijn verhitte gezicht. Ik houd mijn hele hoofd onder de kraan, de rand van het aanrecht snijdt in mijn borsten. Pijn. Ik duw harder, verdrijf de droom en de kinderbeelden met fysieke pijn. Ik draai de kraan dicht en hoor de deurbel. Nog een keer. Met een ruk gooi ik mijn hoofd naar achteren, het water drupt langs mijn rug. Op weg naar de deur gris ik een theedoek van het haakje en droog ik mijn gezicht en handen.

Als ik opendoe staat daar een postbode, in zijn hand een grote envelop.

'Mevrouw Winters? Ik heb een aangetekend stuk voor u, wilt u hier even tekenen?' Hij houdt me een ontvangstbewijs en een pen voor. Ik doe wat hij zegt en hij geeft me de envelop.

'Een fijne dag verder.'

Ik staar naar zijn rug en dan naar de envelop. Met grote letters staat er VERTROUWELIJK op de voorkant. Dan mijn naam en adres, en onderaan de naam van een bedrijf dat me vaag bekend voorkomt. World Wide Wonders. De deur valt achter me in het slot en ik zie vanuit het halletje mijn laptop op tafel staan. Eerst de droom opslaan en afsluiten.

Wie stuurt mij aangetekende post? Langzaam besef ik dat ik sta te trillen. Mijn vingertoppen en mijn voorhoofd zijn ijskoud, ondanks de morgenhitte. Ik moet iets warms aandoen, mijn haren drogen. Naar boven en omkleden. Boven in de kast liggen een verwassen beha en een oud slaapshirt, troost voor noodgevallen. Het shirt glijdt zacht over mijn hoofd. Mijn huid voelt koud en koortsig tegelijk. Ik moet naar beneden gaan en koffie zetten, het is toch zeker normaal om post te krijgen? En om je dingen te herinneren die een leven geleden gebeurd zijn? Hoelang ben ik nou helemaal uit de running? Nog geen drie maanden. Ik ben onder controle bij de bedrijfsarts en ga in therapie. Ik functioneer toch redelijk? Eigenlijk ben ik al best aan de beterende hand. Dus: doe normaal en haal diep adem. Zet koffie en maak rustig de envelop open. Hang de natte spullen op het wasrekje, ja, ook die handdoek die er nog ligt van vanochtend. Goed zo, nu naar beneden.

Met een scherp mesje snijd ik de bovenrand open. Dik handgeschept papier en grote gouden letters. Mijn ogen scannen de boodschap razendsnel. Gewonnen! Winnares van de hoofdprijs. Een geheel verzorgde reis voor vier personen. Tien dagen op een tropisch eiland. Een privévilla. Een bestemming naar keuze uit onze gids en vertrek wanneer u wilt! Gewonnen met een schriftelijke enquête van een reisbureau.

Ik herinner me vooral de overheersende kleur blauw in het reisbureau en hoe volkomen gedeprimeerd ik was. Ik dacht gelukkig te worden van een stapel gidsen met zonnige plekken. In ruil voor het invullen van een formulier kreeg ik een stapel glanzend papier mee naar huis. En nu heb ik met die paar stomme vragen een reis gewonnen.

Verdwaasd loop ik naar het koffieapparaat. Ik heb een reis gewonnen, voor vier personen. Maar met wie moet ik gaan? Ik heb nog nooit iets gewonnen. Misschien mag je ook alleen. Zal ik mijn zussen meenemen? Wat jammer dat ik geen man heb. Tessa? Renate? Nee, die moet natuurlijk voor haar kinderen zorgen, net als Marit. Alleen met Tessa dan? Nooit! Wil ik überhaupt? Mag ik van de bedrijfsarts? Misschien willen ze toch alle drie wel mee. Het is natuurlijk een waanzinnige buitenkans, gratis en geheel verzorgd naar een droomeiland. Wie zou dat weigeren? De doorgelopen koffie stinkt en is me veel te heet, ik giet hem direct in de gootsteen. Het glas beslaat als ik daarna koud vruchtensap inschenk.

Tessa

Ruben giet een straaltje okergele vloeistof uit een fles. Hij staat pal onder het enorme vierkante dakraam, zacht avondlicht valt als een voile over zijn gebogen hoofd. Tegen de witte muur steekt zijn profiel scherp af. Zijn handen, met de lange dunne vingers, mengen de kleuren waarmee hij me straks op het doek neer zal strijken. Hij werkt snel, drukt streepjes kleurige pasta uit de tubes op het palet.

We zwijgen. Ik denk aan de nieuwe opdracht, wacht, en luister naar het vioolconcert dat zacht uit de boxen achter me stroomt. Ik stel me voor hoe de muziek mijn huid binnendringt en dwars door me heen gaat, hoe de tonen door mijn ingewanden golven.

Ik lig languit op de grote bank, waarover hij al voor mijn komst een hemelsblauwe doek heeft gedrapeerd. Hij werkt aan een serie naakten waarbij mijn houding en de kleuren die hij gebruikt een weerspiegeling moeten zijn van een emotie, of een gemoedstoestand. Vanavond begint hij aan 'Verwachting'.

Ik probeer me een situatie voor de geest te halen waarin ik iets verwachtte. Natuurlijk heb ik *plenty* ervaringen waarin ik vol verwachting was. Verjaardagen, eerste afspraakjes, vakanties, naar een nieuwe school gaan, mijn relatie met Alex, mogelijke minnaars. En de momenten waarop ik hier bij hem aanbel. Vlak voordat hij de deur voor me opendoet, haal ik me voor de geest hoe het de vorige keer was. Die herinnering slijpt mijn verwachting messcherp. Als dan de deur openvalt en ik hem boven aan de trap zie staan, komt zijn schoonheid daar nog overheen. De geur in zijn atelier doet de rest.

'Ben je zover?'

Ik knik bevestigend en sla mijn benen over elkaar. Hij blijft naar me kijken. Zo zonder een penseel in zijn hand en het doek tussen ons in voel ik me naakter. Bloter. Ik wil zijn hart, ook zijn hart. Ik wil altijd alles. Ik wend mijn ogen af en concentreer me opnieuw op de opdracht. Even later hoor ik aan het geluid van zijn voetstappen dat hij ook zover is. Hij loopt naar de ezel met het grote opgespannen doek en sleept deze een stukje in mijn richting. Zijn stem is zacht als hij tegen me begint te praten. 'Wat denk je, kun je er iets mee?'

Ik knik en ga op mijn rug liggen, trek mijn benen op, neem de tijd om te voelen. Nee, dit is te passief. Verwachting is actiever, heeft meer energie in zich. Ik ga rechtop zitten, achterover tegen de rugleuning. Mijn handen leg ik in mijn schoot. Ik buig mijn hoofd iets naar rechts en naar voren. Ik sla mijn ogen op en focus op een vlekje hoog op de linkermuur. Deze houding ken ik van mezelf, zo doe ik als ik vol verwachting ben. Maar er mist iets.

Hij ziet mijn aarzeling. 'Je handen misschien?'

Hij beweegt zijn eigen handen als hij het zegt, steekt ze vragend met de palmen omhoog. Ik haal mijn handen uit elkaar en stop ze onder mijn bovenbenen. Mijn romp helt nu licht voorover. Ik herneem de stand van mijn hoofd en focus opnieuw op het vlekje. Ik kan nu verwachting voelen. Maar het is het nog niet helemaal. Hij komt op me aflopen en knielt voor me neer. Hij legt twee koele, droge handen op mijn voeten en schuift ze iets naar buiten. Mijn hielen blijven staan. Hij staat op en doet een paar passen naar achteren, geeft me de tijd om te voelen. Mijn mondhoeken gaan een fractie omhoog. Ja! Verwachting.

Hij kijkt me aan en knikt. 'Heel mooi. Ga je dit volhouden?'

Terwijl hij praat pakt hij de camera. Hij maakt een paar foto's. Ik prent de houding in mijn lijf. Ik weet nu al dat mijn handen binnen de kortste keren zullen slapen en dat ik pijn in mijn oogbollen zal krijgen, en last van mijn nek.

'Nee, dit houd ik niet lang vol. Maar je hebt de foto's toch?' Ik praat met scheefgehouden hoofd. Hij antwoordt niet direct maar pakt zijn gereedschap en begint te schilderen. Ik zie aan de manier waarop hij de kwast hanteert dat het goed wordt.

We hebben het snel gevonden dit keer. Soms duurt het wel een halfuur voordat ik de houding heb gevonden die het gewenste gevoel opwekt. Soms lukt het helemaal niet. Die keer dat 'Tevredenheid' het thema was, heb ik tevergeefs uren gezocht naar de fysieke uitdrukking daarvan. Het is me niet gelukt die te vinden, alle aanwijzingen van Ruben ten spijt. Tevredenheid. Sommige mensen zijn vanaf hun geboorte tevreden. Ik niet. Ik ben ongeduldig, nieuwsgierig, snel verveeld ook. Voortdurend op zoek naar nieuwe impulsen en indrukken. En een zekere mate van gevaar kan me ook erg inspireren. Ik pikte vanochtend niet voor niets een vreemde man op.

'Tessa, je verandert!'

Hij heeft gelijk, mijn lichaam heeft zich bijna onmerkbaar gevoegd naar de herinnering aan vanochtend. Mijn tepels zijn plotseling hard. Ik heb mijn dijen lichtjes tegen elkaar gedrukt. 'Sorry, ik ben er weer bij.'

Ik schud mijn hoofd om de beelden van de naamloze man aan de slootkant kwijt te raken en neem de oorspronkelijke houding weer aan. Hij legt zijn kwast neer en schenkt wijn in de antieke kristallen glazen die ik zo mooi vind.

'Even pauze?'

'Graag.' Ik rek me uit en doe de dunne katoenen ochtendjas aan.

Hij reikt me een glas aan. We staan dicht bij elkaar en ik zie de doeken die in rijen tegen de muur leunen, allemaal met de rug naar ons toe. Op vijf van die schilderijen sta ik afgebeeld. Hij wil er zeven maken in deze serie. We werken nu aan nummer zes. Dat betekent dat ik binnenkort niet meer nodig ben, of hij moet me nog willen voor een nieuw project. Hij is geen prater, dus ik vraag ook maar niet te veel.

Ik sta vlak naast de ventilator, de koele wind blaast de dunne stof tegen mijn lichaam. Mijn gedachten gaan naar Alex. Met wie zou hij in de bioscoop zitten? Wie weet zit hij ergens anders, doet hij heel andere, nieuwe, spannende dingen. Met een nieuwe, leuke spannende dame. Ik moet mezelf hard tot de orde roepen. Onze afspraak is dat we een open relatie hebben, waarin we beiden mogen doen wat we willen – zolang we elkaar niet kwetsen of tekortdoen. Het uitgangspunt daarbij is dat we ervoor kiezen om bij elkaar te zijn, om samen te wonen, zonder getrouwd te zijn en in onvoorwaardelijke liefde voor elkaar. We vinden allebei dat monogamie een economische vinding is. Het is totaal uit de tijd. Waarom zou je jezelf bovendien al dat heerlijks dat er rondloopt ontzeggen omdat je al een partner hebt? Wij begrijpen dat niet en kiezen voor de vrije liefde. En dat bevalt prima. Een mens is een individu en eigen baas. Maar waarom ben ik dan plotseling jaloers? Wat is er ineens zo verontrustend? Geïrriteerd zet ik mijn glas op het lage tafeltje naast de bank.

'Ik ga even naar het toilet.'

In de gang zijn de marmeren tegels koel onder mijn blote voeten. Het is hier schemerig en het ruikt naar vochtig pleisterwerk. Het toilet is ruim en godzijdank schoon. Ruben is geen man die zijn sporen achterlaat in een toilet. Wat zijn die tegels hier mooi met dat Jugendstilmotief. Ik ben onrustig. Ik ga snel terug en neem mijn positie op de bank weer in. Hij kijkt verbaasd, maar pakt zonder iets te zeggen zijn spullen. Hij wacht tot ik de juiste houding weer heb. Het werkt feilloos. Zodra ik in de juiste houding zit, welt er opnieuw een gevoel van verwachting op.

Miles Davis betovert ons met zijn trompet. Ik moet mijn best doen om geconcentreerd te blijven, probeer me bewust te zijn van alle delen van mijn lichaam. Ik doe een ontspanningsoefening uit een tijdschrift, adem ritmisch in en uit en zet bij iedere inademing mijn buik uit. Ik stel me voor hoe deeltjes zuurstof als piepkleine lichtjes door mijn spieren stromen, dwars door botten en organen.

'Ik denk dat we er maar mee moeten stoppen voor vanavond, Tessa. Zo te zien ben je alweer ergens anders.' Zijn stem heeft een lichte ondertoon van spijt. Maar hij heeft helemaal gelijk.

'Ja, ik denk het ook. Sorry, ik heb geen rust in mijn lijf vandaag, ik moet gewoon bewegen.' Ik sta direct op en begin woest met mijn armen te draaien. Neem een grote slok wijn en sla de ochtendjas om me heen. Ons ritueel is dat hij na het werken het nog natte doek op de grond zet en een nieuw doek klaarzet. Dan komt hij naast me op de bank zitten, schenkt hij mijn glas vol en begint hij mijn huid te verkennen. Centimeter voor centimeter raakt hij me aan, langzaam draait hij om de cruciale plekken heen. Ik heb me dan al uitgestrekt om hem de ruimte te geven, helemaal klaar voor wat er komen gaat. Hij heeft fantastische vingertoppen en een perfect gevoel voor timing. Als hij me bijna zover heeft dat ik woest met mijn hoofd begin te draaien en met mijn nagels in de bank sla, draait hij me op mijn zij en komt hij tegen me aan liggen. Ik ben dan volkomen open en kan alleen nog maar ademloos wachten tot hij in me komt.

Ik geniet van de herinnering die mijn verwachting ophitst. De eerste stoot is altijd zo plotseling en hard dat ik ongewild ineenkrimp. Ik hoef niets te doen. Ik onderga, en dat windt hem op. Hij vingert me kundig. Als ik klaarkom pak ik zijn ballen stevig vast, totdat hij ook komt. Daarna glijdt hij uit me en likt hij me nog een keertje klaar. Als ik een tweede keer kom, staat hij al voor zijn ezel en legt hij me vast, in kleur en met andere, fellere streken dan het gewone werk. Ik mag niet zien wat hij maakt en hij heeft me beloofd dat deze serie nooit aan iemand getoond zal worden. Het is zijn persoonlijke project.

Als ik in de stilte zweef, heb ik het gevoel dat de wereld een veilige plek is om te zijn. Alleen dan.

Vanavond heb ik voor het eerst geen zin.

Als hij het natte werk voorzichtig tegen de muur zet en zich naar achteren buigt om een nieuw doek te pakken begin ik me aan te kleden. Hij ziet het en trekt zijn wenkbrauwen vragend op.

'Wat is er met je?'

Ik ga door met aankleden, mijn stem klinkt hol. 'Ik wil zien hoe je me geschilderd hebt.' Ik loop in de richting van de muur en kijk hem aan. Zijn arm gebaart uitnodigend naar het glanzende doek vooraan. Ik blijf er vlak voor staan en ga op mijn hurken zitten. Het blauw op het doek zuigt me onmiddellijk naar binnen. Mijn blik dwaalt mee met de lijnen, van zo dichtbij zie je iedere streek van de kwast. Ronde lijnen, hier en daar een vermoeden van goud, een bleke vlek als gezicht. Oningevuld.

Ik ga op mijn billen zitten en schuif een stukje naar achteren, voel hoe mijn ogen vochtig worden. De onafheid van het beeld raakt me, de mogelijkheden.

Hij komt vlak achter me staan. 'En?'

Ik voel zijn knieën in mijn rug als hij knielt. Dan zijn handen op mijn schouders, de geur van verf en terpentijn. Hij veegt mijn haren uit mijn nek en blaast zachtjes koele lucht. Hij heeft me nog niet ingevuld. Op dit doek heb ik nog geen gezicht, het kan nog alle kanten op met mij.

Zijn stem fluistert in mijn oor: 'Waarom wil je het dit keer zien?'

Ik heb geen idee, mijn rechterschouder schampt zijn kin.

'Au!'

Mijn vingers glijden langs de randen van zijn gezicht, zijn vingers gaan langs mijn schouders, naar beneden langs mijn armen. Hij likt mijn tranen, drinkt mijn speeksel. De vloer is koud onder mijn rug, hij is warm boven me. En hard. En mooi.

Een traan loopt in mijn oor. Ik draai mijn hoofd opzij en kijk in mijn eigen lege gezicht. Zou ik het kunnen?

'Ah!'

Nu ook zijn vingers. Mijn ogen haken aan de bleke vlek op het natte doek. Een serie zelfportretten? Mijn onderlichaam spant zich en ik stel me voor hoe ik aan zo'n serie zou werken.

Ik trek mijn spieren samen om hem te laten klaarkomen. Hij wordt heel even nog groter in me. Hij verheft zich als een bronstig hert. Zijn bovenlichaam spant zich, omhoog, en laat los.

Ik rol weg van hem, raap mijn kleren bij elkaar en schenk meer wijn in het nog halfvolle glas. Ik voel me gulzig en drink met grote slokken. Dan buig ik me over hem heen en bied ik hem mijn mond. Ik laat de wijn overlopen, lik de druppels van zijn wangen, drink zijn speeksel. Daarna spring ik op. Terwijl ik me struikelend aankleed, zie ik zijn ogen, zijn buik. Zijn slappe penis over zijn dij gedrapeerd. Ik kus hem opnieuw en fluister in zijn oor: 'De volgende keer heb ik een gezicht.'

Marit

Mijn gezicht valt als puzzelstukken uiteen in de gebarsten spiegel. Gelukkig is het glas goed vastgelijmd op de ondergrond, de kinderen hadden zich er lelijk aan kunnen snijden. Het is hier een puinhoop – Lego en autootjes op de grond, een half opgegeten appel achter de bank, pluizen in elkaar geklit grijs stof, een rood kleurpotlood. Als ik mijn arm ver uitstrek om een prentenboek op te rapen, ruik ik mijn eigen oksel. De scherpe randen van de houten vloerdelen maken een pijnlijke afdruk in mijn knieën.

Eindelijk slapen Tim en Pelle en is het stil in huis. Van buiten klinken de geluiden van een zomerse avond. Flarden countrymuziek, gerinkel van glazen, harde stemmen, gelach, de geur van gegrild vlees, nog meer stemmen uit een andere richting. Door het geluid van buiten ben ik me ineens zeer bewust van het stille huis.

David is gaan vissen met zijn visclubje, de 'oevervrienden'. Het blijft vanavond lang warm, ze zullen wel uren aan de waterkant blijven. Hier in de buurt zal het tot laat rumoerig zijn, ik hoop dat de kinderen er geen last van hebben. Tim wil nog wel eens wakker worden van onverhoedse geluiden. Hij is een lichte slaper, net als ik. Pelle slaapt overal doorheen.

De vaat staat in de afwasmachine en het aanrecht is alweer vol. De stroom gebruikte spullen lijkt nooit op te houden. Ik ruim het speelgoed op en veeg snel met een vochtige doek over tafel. Het was hard werken vandaag. Zo tegen het eind van het schooljaar zijn de leerlingen onrustig. Het is eigenlijk veel te heet om naar school te moeten, zeker voor pubers met hormonenonrust in hun lijf. Ze kunnen het nauwelijks opbrengen naar je te luisteren. Ik verheug me op de komende vrije dagen. Straks komt de mogelijke nieuwe oppas kennismaken. Ik zal thee en koffie zetten. Zelf zou ik wel een wijntje lusten. Ik heb in de koelkast een voorraadje liggen en er zijn ruim voldoende ijsblokjes. Maar ja, ik wil geen slecht voorbeeld geven aan het meisje. Ik kan nog snel even douchen. Waarom ga ik niet even buiten in het kinderbadje liggen? In de bijkeuken kleed ik me om, mijn bikini is nog vochtig van vanmiddag. De tegels zijn heet en zelfs het gras voelt warm. Ondanks het lauwe water krijg ik kippenvel als ik me in het badje laat zakken. Mijn hoofd past precies op de opgeblazen kikker.

Bij de buren voert een onbekende, te luide, mannenstem de boventoon. Die verwijt iemand dat ze een jaloers kreng is. Nooit tevreden en te beroerd om een vinger uit te steken. En dat het allemaal haar eigen schuld wel zal zijn. Mannen houden nou eenmaal niet van vrouwen die hen kort houden. Je moet een man speelruimte geven. Een man moet als het ware vrij spel hebben om zijn ding te kunnen doen in de wereld, anders verpietert hij. En dat willen we toch niet? En staat hij niet altijd paraat als zij dat wil?

Hij is uitgesproken. Een onverstaanbare vrouwenstem geeft nu kennelijk haar visie op deze kwestie. De man lacht hard, zegt dat ze d'r mond moet houden, dat het allemaal wijvenpraat is en achterbaks geroddel van een stelletje huismutsen. Weer een vrouwenstem, nog zachter dan zonet. Dat zal buurvrouw wel zijn, bang dat de buren hen horen.

Door de dichte haag van coniferen kan ik hen niet zien en zij weten niet dat ik hier lig. Ik zou wel even willen kijken hoe ze eruitzien, het lijken me helemaal geen types waar mijn buren mee bevriend zouden zijn. Misschien is het familiebezoek. Wat weet je eigenlijk van mensen?

David is op dit moment op 'jacht', heeft vrije ruimte en vrij spel. Hij zit waarschijnlijk keurig op zijn speciale visstoel aan het water. Hij steekt zijn hengel in de houder en een sigaartje in zijn mond. Rookt, zegt zo nu en dan iets tegen zijn medejagers. Zou hij zelf het gevoel hebben dat hij hiermee een echt mannending doet? Ze vangen zelden iets. Dat doe ik beter, in de supermarkt.

Ik glibber alle kanten op als ik rechtop ga zitten. Ik moet eruit, straks staat de oppas voor de deur en lig ik hier. De geïrriteerde mannenstem hervat zijn betoog. De achtergevels van onze huizen vormen een perfecte rechthoekige klankkast.

De telefoon gaat, voorzichtig glibberend ren ik naar binnen.

'Met Marit.'

'Hi Marit, met Eva, van school... Bel ik gelegen? Ik moet je even spreken. Eigenlijk moet ik je iets vertellen.' Ze klinkt monotoon. Gespannen.

'Ja hoor, het kan wel even.' Ik sla een schone keukendoek om mijn schouders, raap op weg naar boven speelgoed op.

'Misschien moet je even gaan zitten, ik heb niet zulk leuk nieuws.'

Ze hapert en mijn hart slaat een slag over. Ik stroop de natte bikini af. Neem een schone handdoek van de stapel en droog me af.

'Ja, vertel!'

'Het gaat over David. Ik vind eigenlijk dat jij het moet weten...'

Stilte.

'Wat? Wat moet ik weten? Hij heeft toch geen ongeluk gehad?'

'Nee nee, geen ongeluk. Er is iets anders. Hij is toch weg vanavond?'

'Ja, hoezo? Hoe weet jij dat?'

De knokkels van mijn hand waarmee ik de hoorn vasthoud worden spierwit. Angst balt zich samen in mijn maag.

'Weet je Marit, ik vind het heel erg om te moeten zeggen, maar hij is... Ach, eigenlijk moet ik me hier helemaal niet mee bemoeien. Laat maar. Sorry dat ik je bel.'

'Nee, wat? Wat is er dan? Kom op nou!' Mijn stem klinkt vreemd gillend. In de spiegel zie ik mezelf, zittend op ons bed, de gekleurde handdoek over mijn schouders.

'Goed dan. David is op dit moment bij een andere vrouw. Oh Marit, het spijt me dat ik je dit zo moet vertellen, maar ik kan niet meer doen of ik het niet weet. Ik hoorde het op school. De mensen praten erover. Ik vind gewoon dat je het moet weten.'

Dwars door een aanzwellend geruis dat plotseling opsteekt in mijn hoofd hoor ik beneden de deurbel gaan.

'Marit, ben je er nog? Marit, zeg alsjeblieft iets.'

'Bedankt,' fluister ik. Ik druk het gesprek weg, slik moeizaam grote brokken uit mijn keel. De deurbel gaat opnieuw. Als ik stil ben, verdwijnt dat meisje vanzelf. Ik adem diep in, kokhals van de geur van gebraden worstjes, leer de betekenis kennen van je werktuigelijk aankleden, van een zwoegende borst, van bewegen op de automatische piloot, van bodem die onder je voeten wegslaat, van de status van bedrogen echtgenote. Van angst. En van je vermannen. Ik hang zelfs de natte handdoek en mijn bikini keurig op het rekje in de badkamer. Ik kam mijn haren voor de spiegel en stift mijn trillende lippen. Bij wie? Met wie? Waarom? Hoelang al? Wat doen ze nu? Wat doe ik fout?

Opnieuw de deurbel. Ik doe niet open.

Er klinkt een klagend stemmetje achter me. 'Maham, ik kan niet slapen.' Tims vingertjes wrijven langs zijn ogen. Voor ik me omdraai, zuig ik de lucht heel diep naar binnen. De scherpe nagels van mijn vingers dringen diep in de zachte binnenkant van mijn handen.

Renate

Terwijl haar stem het verhaal met afwisselend ingehouden en uitschietende klanken voortstuwt, verlies ik me in de beweging van haar handen. Onafgebroken dansen die om elkaar heen, gewikkeld in een ogenschijnlijk harmonieuze dialoog – de linkerhand soepeler dan de rechter, de vingers licht gebogen en ontspannen. De spitse vingers met de felrood gelakte nagels buigen en strekken zich, en wijzen dan weer behoedzaam naar een hoek van de kamer, alsof de spelers uit haar verhaal daar live aanwezig zijn.

Pas als ze me vraagt of ik wel luister, merk ik dat mijn blik zich al een hele tijd op buikhoogte bevindt, het speelveld van haar handen. Ik zeg dat ik alles gehoord heb wat ze zei en ze hervat haar verhaal. Ik dein mee op de klank van haar stem en denk ondertussen aan het geheugen van mijn eigen handen. Ik herinner me nog precies de textuur van de huid van de kinderen toen ze klein waren, het stukje vel tussen hun schouderbladen. Ik hoef me alleen maar iets voor te stellen, een handdoek, gras, een porseleinen vaas, het stukje haargrens achter in een nek, poezenvacht, poeder, en ik weet direct exact hoe dat voelt.

Het geheugen van mijn huid. Het is verbijsterend te bedenken dat huidcellen zich minimaal iedere maand vernieuwen, en dat in die nieuwe huid mijn herinneringen gewoon opnieuw aanwezig zijn.

'Wilt u iets anders drinken, of zal ik nog een keer bijschenken?'

In mijn mond proef ik de zurige nasmaak van goedkope filterkoffie. 'Graag wat fris alstublieft.'

De deurbel klinkt tegelijk met het zuigende geluid waarmee haar dijen zich van het leer losscheuren. Als ik ernaar kijk, kan ik de sensatie voelen van koele lucht langs vochtig vlees.

‘Dat zal Marc zijn. Eindelijk.’ Ze loopt met korte snelle pasjes de kamer uit. Snel sta ik op om wat lucht onder mijn kleren te wapperen. Ik hoor de sussende toon van een zware stem. De hare sist en fluistert. Ik kan het niet verstaan, maar dat hoeft ook niet. Ze heeft me duidelijk laten merken dat ze boos is op de zoon die zelfs in deze situatie nog te laat durft te komen.

Ik hoor dat ze doorlopen naar het achterkamertje waar haar man ligt. Je hoort het sonore zoemen van de koelinstallatie zelfs hier in de kamer. Het ding draait op volle sterkte. Met deze hitte is het moeilijk een lijk goed te houden, een lichaam ontbindt zo veel sneller dan je denkt. De begrafenisondernemer heeft geprobeerd de familie op andere gedachten te brengen, het uitvaartcentrum is er immers compleet op ingericht. Helemaal nu, met deze hitte. Maar ze wilden hem per se hier hebben, de allerlaatste dagen dicht bij elkaar doorbrengen. Mensen stellen zich vaak zo veel voor van het laatste afscheid. Terwijl de doodse stilte uit een kist meestal een overweldigend gevoel van eenzaamheid geeft. Maar wie ben ik om daarover te oordelen? Ieder mens rouwt op zijn eigen manier.

Een stap over de drempel en hij vult de kamer met zijn enorme lichaam. Zijn hand sluit stevig om de mijne. Grijze, heldere ogen.

‘Marc van Dam.’

‘Renate Versteegh. Gecondoleerd met uw vader, meneer Van Dam.’

‘Zeg alsjeblieft Marc.’

Zijn hand verlaat me tegelijk met zijn blik. Zijn moeder past wel twee keer in deze reus. Ze duwt hem zachtjes richting bank.

‘Ga zitten jongen, wil je ook wat fris?’

Ze is al in de keuken. Zijn vingers bewegen rusteloos over de bankleuning, dansen heen en weer. De handen van zijn moeder. Ik pak alvast mijn schrijfblok. Hij staat op en gaat voor de familiefoto’s staan. Een vochtige plek kleurt zijn overhemd donker tussen de schouderbladen, een vleugje vers zweet drijft mijn neus binnen. Ik snuif zachtjes. Vers hooi, zo roken de paarden soms als je ze zadelde na het borstelen. Opwindend, niet alleen vanwege de rit die je ging maken, maar ook door het contact met dat grote warme lijf. Ik wil binnenkort weer eens naar de manege. Misschien ga ik wel een buitenrit maken. Het is alweer veel te lang geleden.

‘Dus u houdt de toespraak op de crematie?’ De foto in zijn hand trilt zachtjes. 'Dat is fijn, dat er mensen zijn die dat doen. Onze familie praat niet zo makkelijk in het openbaar. Zeker niet bij zoiets, we zouden geen woord kunnen uitbrengen. Voor u is het natuurlijk makkelijker. Professionele afstand en zo.'

Zijn moeder komt binnen met drie beslagen glazen op een houten dienblad. Marc gaat zitten.

'Deze kan wel op de kist, ma.' Hij houdt de foto omhoog. 'Mooi uitvergroten, een houten lijst er omheen. Niet te veel poespas, net als pa zelf.'

Hij kijkt naar zijn moeder, lijkt te schrikken. 'Gaat het, mam?'

Ze schudt haar hoofd, snikt, slikt, snuift en haalt diep adem. Ze knikt en gaat zitten. We drinken, slikken hoorbaar. Van heel ver klinken de eerste donderslagen. Eindelijk.

'Het onweerde ook op onze trouwdag. Toen we over het middenpad van de kerk naar buiten liepen, hing er een sluier van regen voor de geopende deuren. De bui duurde zo lang en was zo hevig dat iedereen uiteindelijk drijfnat aan de bruidstaart zat. Gelukkig ging daarna de zon weer schijnen.'

Ze loopt naar de hoekkast en haalt een donkergroen album tevoorschijn.

'Doe dat nou niet, mam. Daar word je alleen maar overstuur van.' Marc veegt met zijn mouw over zijn voorhoofd.

Er klinkt opnieuw een rommelende donder – dichterbij, maar nog steeds ver weg. Mevrouw Van Dam slaat een bladzijde van het fotoalbum om. Het doorzichtige papier knispert en blijft aan haar vingers plakken.

'Kijk.' Ze draait het boek zo dat ik er goed zicht op heb. Ik kijk naar het bekende beeld van een stralend bruidspaar. Hij kortgeknipt, een donker pak, spierwit overhemd en de bruidsblik: trots, overmoedig en iets beschermend. Zij kijkt schuin naar hem omhoog. Voor haar buik haar boeket, rode rozen, met wit en groen. Ze kijkt bewonderend naar hem op en glimlacht. Ze draagt een witte jurk met kant en wijde rok.

'Van trouwen komt rouwen, dat zie je overal.' Haar stem klinkt zacht, kleintjes. Ze glimlacht moeizaam.

De bel gaat en ze doet het album dicht. Marc steekt zijn hand uit om het aan te pakken. 'Verwacht je nog iemand, mam?'

'Misschien is het oom Wim. Doe jij even open, jongen?'

Marc slingert zijn lange lijf uit de stoel omhoog en is met een paar stappen bij de voordeur.

'Wim is mijn jongste broer. Wij gaan veel met elkaar om. Mijn man en hij vissen... visten altijd samen. Ach ach, wat zonde allemaal, waarom zo onverwacht? Zo plotseling?'

Ze slaat haar handen voor haar ogen en buigt haar rug om het schokken van haar schouders op te vangen. De voordeur slaat dicht en ik hoor twee zware mannenstemmen. Ze komen door de gang naar ons toe.

'Het is Wim, mam. En dit is Renate. Zij gaat de toespraak houden in het crematorium.' Marc lijkt Wim zachtjes voor zich uit de kamer in te duwen. Mevrouw Van Dam staat op en geeft haar handen aan de man die met gebogen hoofd voor haar komt staan. Hij pakt ze even vast en slaat dan zijn armen om haar heen.

'Gecondoleerd. Wat een verschrikkelijk drama. Wie had dat nou kunnen denken? Wat erg voor jullie.' Hij laat haar los en kijkt haar aan: 'Gaat 't een beetje?'

Ze knikt en nu kijkt hij naar mij. Hij vouwt zijn hand stevig om de mijne, zijn blik is licht en helderblauw. 'Aangenaam. Kom ik ongelegen?'

Voordat ik kan antwoorden, doet Marc dat al. 'Wim weet juist veel van papa. Misschien kan hij helpen.'

'Ja jongen, dat is waar. Als mevrouw, Renate, het goedvindt?'

Ze kijken alle drie naar me. Een wit weerlicht flitst door de kamer die langzaam donker is geworden. In de plotselinge stilte klinkt het zoemen uit het achterkamertje ineens veel harder. Dan volgt de klap van de donder. De lucht wordt almaar dikker, de regen laat nog op zich wachten. 'Ja, natuurlijk. Het is juist fijn dat er nog iemand is die veel heeft meegemaakt met het gezin.'

We gaan zitten en het vertellen begint. In korte streken wordt een leven geschetst. Zijn kindertijd, het gezin van herkomst, zijn jaren op een olieplatform in de Noordzee. Hun huwelijk, de zondagen en de vakanties, zijn gewoontes en onhebbelijkheden, het ongeluk waarbij hij zijn rug brak, de jaren van revalidatie, het geluk van het vissen, het trekkende water, zijn vriendschap met Wim, de vader die hij was voor Marc. Ik stel mijn vragen, luister en schrijf. Weer een verhaal van een leven.

Plotseling klinkt het geluid van dikke druppels op het dak. Eerst vertraagd, zo her en der een tikje, maar al gauw hangt er een gordijn van water boven de straat en gorgelt het overal om ons heen. We luisteren, overdonderd door het lawaai, naar het onweer. De bui trekt razendsnel over, het wordt alweer lichter.

Wim vertelt graag. Ook zíjn handen bewegen mee op de woordenstroom. Het moet iets erfelijks zijn. Broer en zus, de zoon, ze doen het alle drie. Mevrouw Van Dam dept haar rode ogen, ze zien er pijnlijk rauw uit. Ze staat op om opnieuw appelsap te halen. Marc loopt met haar mee.

Wim vertelt over zijn eerste vangst. Hij kijkt me aan, glimlacht. Midden in een zin zakt de huid van zijn wangen naar beneden. Hij perst zijn lippen op elkaar en zijn ogen lopen over. Ik zie het gezicht van verdriet. Zijn grote handen moeten het voor mij verbergen. Hij legt ze over zijn gezicht. Ik pak een tissue en leg die voor hem neer.

'Hij was mijn beste vriend. Aan de waterkant...' Hij veegt zijn ogen droog. Kucht. 'Aan het water waren we net broers.'

Moeder en zoon komen binnen, zetten de glazen voor ons neer en gaan weer zitten.

'Ach Wim, nou moeten we zonder hem verder. Wil je hem nog zien?' Mevrouw Van Dam wijst met een kleine beweging van haar hoofd naar achteren. 'Hij ligt er mooi bij, alsof hij slaapt. Hè, Marc?'

Ik neem een slokje, luister naar het wegtrekkende onweer, de regen die nu in een dun waas recht naar beneden valt. Ik stel me voor hoe het buiten ruikt, de rijpe lucht van natte aarde.

Ze verdwijnen alle drie naar de achterkamer. Meestal vragen ze mij ook om mee te kijken. Het maakt me nu niet uit. Het is prettig hier even alleen te zitten, mijn lijst door te nemen. Nee, ik ben niets vergeten. Wim draagt geen ring, zag ik. Hij is vast ook gescheiden.

Mijn ogen dwalen door de kamer. Zo leeg zal deze kamer voorlopig voor haar zijn. Leeg en stil. De stoel waarin haar man altijd zat heeft kale, versleten leuningen. Zou zij daar in gaan zitten als wij straks weg zijn? Om met haar eigen lichaam de lege plek op te vullen? Om niet naar de lege plek te hoeven kijken?

In de verte rommelt het na. Het is bijna droog, een vaalgeel zonnetje komt tevoorschijn tussen de dikke wolken. Ik berg mijn spullen in mijn tas.

Wim komt de kamer binnen. Hij blijft staan en leunt tegen de deurpost.

'Hij ligt er mooi bij. Maar ja, daar krijgen we hem niet mee terug. Ik hoop dat je er wat mee kunt, met wat je gehoord hebt.'

Ik knik en sta op. Marc en zijn moeder komen erbij staan. Hij slaat zijn arm om haar schouders.

Ik schud hun klamme handen. Die van Wim zijn koel en droog.

'Ik moet gaan. Sterkte.'

'Zal ik u nu vast het geld geven? Het ligt al klaar, ik heb vanochtend gepind.'

'Ja, als u het toch klaar hebt liggen.'

Ze opent een lade van het wandmeubel en haalt de envelop eruit. 'Alstublieft.'

'Dank u wel.' Ik stop de envelop in mijn tas.

Wim legt zijn hand op mijn bovenarm. 'Bedankt, het is fijn dat er mensen zijn zoals u.'

De zware lucht buiten slaat me in het gezicht, ik kan haast niet ademen. Het onweer heeft niets opgeklaard. Ik voel de druk van zijn hand nog om mijn arm. Zijn felblauwe blik.

Langzaam fiets ik door de saaie buurt, rijtjeshuizen met overal dezelfde lapjes tuin. Ik schrik op van het geluid van mijn mobiele telefoon. Ik rem en sta stil in de schaduw van een grote kastanje.

'Hallo Renate, met Marit. Kun je alsjeblieft komen? Het gaat hier helemaal niet goed.' Haar stem klinkt dof.

'Toch niks met de kinderen?' Ik houd mijn adem in.

'Nee, met mij. Met David eigenlijk. Kun je alsjeblieft even komen vandaag, vanavond? Ik praat liever niet door de telefoon.'

'Je bent toch niet ziek, hè?' Mijn stem is scherp van angst.

'Nee, was dat het maar. Heb je tijd vandaag?'

'Ja, natuurlijk. Ik kan nu wel. Blijven de kinderen over tussen de middag?'

'Kom nu maar, als je wilt. Ik moet met iemand praten.' Haar stem slaat over, ik hoor hoe ze haar tranen wegslikt.

'Goed lieverd, ik ben er zo meteen. Moet ik nog iets meenemen?'

'Nee nee, ik hoef niks. Tot zo.'

Marit in de problemen? Dat is nieuw, en dat ze mij belt al helemaal. Ze doet altijd alles met vriendinnen. Wat weet ik eigenlijk van haar leven met David en de jongens? Alles altijd koek en ei en zonneschijn.

Schijnbaar. Natuurlijk, achter ieder mens schuilt een drama, vroeg of laat komt het tevoorschijn. Als ze in godsnaam maar niet een enge ziekte heeft.

Hier beginnen de nieuwbouwwijken, brede straten met goede fietspaden. Marit woont prachtig, in een ruim opgezette kinderrijke buurt. Ze hebben geld zat als tweeverdieners. Vooral David zal wel een dik salaris hebben als financieel directeur.

Het is hier stil op straat. Een enkele moeder, of au pair natuurlijk, met kinderwagen. Ik zet mijn fiets naast Marits auto. Er lopen straaltjes over mijn rug en langs mijn slapen. Ik heb te hard gefietst, ik was veel te bezorgd en nieuwsgierig.

Voor ik kan aanbellen doet Marit de deur al open. Rode ogen en neus, kringen onder haar ogen.

'Kom binnen, fijn dat je er bent.' Ze omhelst me en barst in huilen uit. We staan daar even in de deuropening. Dan duw ik haar zacht van me af en sluit ik de deur achter ons. In de keuken snuit ze haar neus.

'Koffie?'

'Nee, dank je. Vertel alsjeblieft wat er aan de hand is. Ik ben me wild geschrokken.'

Ik neem een zakdoekje van haar om mijn voorhoofd te drogen. Het ruikt naar lavendel. Heeft iedereen dat tegenwoordig?

Marit snuit nog eens. Voorzichtig dept ze haar ogen. Ze friemelt met haar vingers en kijkt naar de grond.

'David gaat vreemd.' Weer snikken.

Opgelucht adem ik uit. Geen ziekte, geen dood. 'Vertel.'

Mijn mobiel gaat. Een onbekend nummer op het display.

'Sorry lieverd, ik moet even opnemen, waarschijnlijk werk. Hallo, met Renate Versteegh.'

'Hallo, Renate. Je spreekt met Wim, de broer van mevrouw Van Dam.'

Zijn droge warme hand. Aardig. 'Ja, Wim, natuurlijk. Bel je om nog iets door te geven?'

'Nou, ja, eigenlijk vroeg ik me af, het is een beetje raar, maar... Zou je een kop koffie met me willen drinken na de crematie?'

'Ja natuurlijk, ik blijf altijd een kop koffie drinken met de familie.'

'Oh. Nou, eh, dat wou ik even weten. Tot dan.'

Wat een raar gesprek. Ik drink altijd koffie na de plechtigheid. 'Dat was een van de nabestaanden voor wie ik moet spreken. Een leuke man. Ze waren visvrienden van elkaar.'

Marit staat met haar rug tegen het aanrecht geleund. Ze stort opnieuw in.

'Visvriend? Hoe is het mogelijk! David had ook zogenaamde visvrienden. Nou, ik weet inmiddels dat hij bij het clubje ontbrak omdat ie zijn hengel zo nodig ergens anders in moest hangen.'

Ze snikt onbedaarlijk en ik sta op om haar vast te houden. Ik geef haar een schoon zakdoekje en een glas water. Verdomme, waarom doen ze hun vrouw dit toch aan? David is een van de meest gewone leuke mannen die ik ken. Niet zo gewoon dus. Of eigenlijk statistisch gezien juist weer wel.

'Ach, arme lieverd. Ga even zitten en vertel wat er gebeurd is. Sinds wanneer weet je het?'

'Gisteravond. Een telefoontje van iemand van school. Iedereen wist het, behalve ik. Domme naïeve kip die ik ben. Hij werd regelmatig met een dame gezien, gisteravond was ie bij haar thuis. Hij zei tegen mij dat hij ging vissen. Ik heb wat rondgebeld en kwam erachter waar die sloerie woont. Ik ben erheen gegaan. Ze woont hier verdomme vlakbij. Zijn auto stond een paar huizen verderop geparkeerd, de gordijnen bij haar boven waren dicht. Dus ik zette mijn fiets neer en liep naar de voordeur, ik had geen idee wat ik moest doen. Ik keek door het raam en toen zag ik ze op de grond liggen. Op zo'n wit wollen vloerkleed. Hij lag boven op haar. Ik heb heel hard op het raam gebonsd, tot ze me zagen. Daarna ben ik keihard weggefietst. Ik schaam me zó. Ik durf de deur niet meer uit. Hij komt er niet meer in. Nooit meer.'

'Ken je haar?'

'Ja, van gezicht. Van school. Gescheiden natuurlijk. Ze moeten verdomme van mijn vent afblijven.'

'Heb je hem gesproken?'

'Alleen door de telefoon. Hij zei de geijkte dingen. Dat het hem speet, dat het iets heel anders was dan het leek, dat het niks voorstelde. Dat hij alles zal doen om het goed te maken. Het zal wel.'

'Waar is hij nu?'

'Op zijn werk natuurlijk. Hij doet waarschijnlijk gewoon of de bui wel weer overwaait. Daar zijn ze toch zo goed in, die kerels? Nou, ik niet.'

Ze slaat dubbel, er komt een gierend geluid uit haar. Ik pak haar vast en sla mijn armen stevig om haar schokkende rug. Haar hoofd slaat tegen mijn schouder. 'Sorry Renaat, nu begin ik te voelen wat jij hebt meegemaakt. Ik haat ze! Ik haat ze allemaal!'

Ik houd haar nog wat steviger vast en staar naar de achtertuin, naar de felle, gebloemde kussens in de stoelen, het kinderbadje.

Ze snikt nu zachter, haalt diep adem. 'Dus nu is het voorbij. Dit was het. Dit was mijn leven.'

Ik ben verrast dat ik niet goed meer kan voelen hoe diep de afgrond voor mij was, hoe kapot ik was. Ik ben ondanks alles verder gegaan en het is me gelukt op te krabbelen. Maar het heeft geen zin dat nu tegen haar te zeggen, ze zou het niet eens horen. Ze kan zoiets op dit moment onmogelijk op haarzelf betrekken.

Ik laat haar los. 'Zal ik koffie zetten?'

Anne

De rollen zijn omgedraaid, hier ben ik de cliënt. Mijn hart lijkt een hazewindhond, het klopt licht en razendsnel en beneemt me haast de adem. Thea heeft schuin tegenover me plaatsgenomen. Zo heeft ze goed zicht op mij en krijg ik de ruimte om haar niet voortdurend aan te hoeven kijken. Ik ken de regels van het spel en zij weet dat.

'Zo Anne, onze eerste sessie samen. Het lijkt me goed als je om te beginnen iets over jezelf vertelt.'

Ze heeft een bijna lege map naast zich op tafel gelegd. Dat gaat mijn dossier worden, neem ik aan. In ons telefoongesprek heb ik een en ander over mijn situatie verteld. Ik heb geen idee waar ik zou moeten beginnen.

'Waar wil je iets over horen?' Eerst maar een wedervraag, dat lijkt me veilig.

'Misschien kun je vertellen hoe het nu met je is. Hoe voel je je?' Haar stem is warm en uitnodigend. Ze schenkt water in twee glazen.

Hoe ik me voel? 'Ik ben vooral heel moe. Uitgeput en huilerig, alsof ik voordurend premenstrueel ben.'

Ze knikt en humt begrijpend. 'Dat klinkt afschuwelijk. Hoelang heb je dat gevoel al?'

Mijn hand trilt als ik het glas vastpak, de hazewind in mijn borst loopt nog even hard. 'Een maand of drie, vier, denk ik. Misschien ook wel langer. Je weet nooit precies wanneer zoiets begint. Slecht slapen doe ik al een halfjaar. Dat put me uit.'

Ik slik opkomende tranen weg en word woedend als ik bedenk dat ik al bijna huil omdat er iemand de moeite neemt naar me te luisteren. Ze wordt er verdorie voor betaald, misschien denkt ze ondertussen aan haar gazon of een nieuw recept dat ze wil uitproberen. En daar ga ik ontroerd van zitten zijn? *No way*. Ik dwing de brok in mijn keel naar beneden en doe of ik moet hoesten.

Ze schuift de doos Kleenex een eindje naar me toe. 'Uitputting verzwakt. Maar dat hoef ik jou niet te vertellen, denk ik. Het tast niet alleen je fysieke weerbaarheid aan, het knabbelt natuurlijk ook aan je mentale barrières. Ik hoop dat de sessies hier een plek zijn waar je die kwetsbaarheid er durft te laten zijn. Ik bedoel, ik hoop dat je hier wat kunt ontspannen.'

God, wat klinkt dat aantrekkelijk. Ik snuit mijn neus in een zacht wit doekje uit de doos. Ze gaat verder.

'Vertel eens Anne, wat bracht deze emotionele reactie op gang? Was het iets wat ik zei of wat ik deed? Was het wellicht iets waar je aan dacht, of wat je zelf zei?'

Ze stelt goede vragen, nu moet ze niet te bijdehand worden. Ik verfrommel het zakdoekje tussen mijn zweterige vingers. Er ligt een tapijt op de vloer met een ingewikkeld, zich herhalend patroon. Ik weet dat ik daar in verdwaal als ik er te lang naar kijk. Mijn ogen volgen een golvende blauwe lijn langs de randen. Ik haal diep adem en voel hoe het snelle kloppen van mijn hart langzaam afneemt. Wat kan ze goed stil zijn. Dat is waarschijnlijk het resultaat van haar jarenlange ervaring. De meeste therapeuten en psychologen die ik ken, vullen stiltes graag op met het etaleren van hun eigen ideeën en adviezen.

'Gewoon, dat er iemand naar me luistert.' Ik haal mijn schouders op.

'Ja, en wat doet dat met je? Dat ik hier naar jou zit te luisteren?'

'Dat raakt me. En tegelijkertijd geloof ik het niet, dat je echt naar mij zit te luisteren.' Ik vind deze sessie nu al verschrikkelijk vermoeiend en onderdruk met grote moeite een geeuw.

'Is er iets wat ik doe dat het moeilijk maakt om me te geloven?' Ze blijft geduldig en belangstellend. Ze weet toch wel dat ik uiteindelijk bij mezelf uitkom.

'Nee, het zit niet in jou. Het is een gedachte die in mij opkomt. Ik geloof zelf kennelijk niet dat ik de moeite waard ben om naar te luisteren.' Dit antwoord moet haar zeer bevredigen. De patiënt wordt zich bewust van zichzelf. Ik schrik van mijn eigen cynisme. Wat ben ik diep gezakt.

'Dat lijkt me een verdrietige constatering. Zou je willen dat het anders was?'

Ik maak mijn blik met moeite los van het kleed en kijk haar rechtstreeks aan. 'Wat denk je? Natuurlijk wil ik dat het anders is.' Er zit vuil onder mijn vingernagels, zie ik.

'Is dat iets wat je kent van jezelf, of is dat nieuw voor je?' Ze reikt naar haar glas, ze heeft perfect verzorgde handen.

Mijn oogleden zijn zwaar, ik verlang naar mijn bed. 'Eigenlijk heb ik dat altijd gehad. Sinds ik niet meer werk is het wel erger. Ik zie ook niet meer zo veel mensen, ik ben veel alleen.'

Ze zet haar glas zacht neer op tafel, legt haar handen weer in haar schoot. Ik ben jaloers op de orde die ze in haar leven lijkt te hebben. Er is vast nog niet voldoende aan mijn mentale barrières geknabbeld, want ik houd mijn ogen droog bij deze confronterende vaststelling. Ik ben veel alleen. Ik zou niet anders willen, geen toeschouwers alsjeblieft. Laat mij maar gaarkoken in mijn eigen groezelige sop.

'Is dat iets wat je kent van vroeger, alleen zijn? Hoe was dat in jullie gezin? Heb je broers of zussen?'

Aha, het bruggetje naar toen. Het is tijd voor het verleden. Laat ik nu in godsnaam mijn hoofd erbij houden. 'Ik ben de jongste van vier zussen. Bij ons was het altijd druk.'

'Dus je was niet vaak alleen?'

Alleen? Onmogelijk, met zo veel zussen als een stel palingen krioelend in een emmer. Samen op een kamer, het rukken in elkaars klerenkast, het geruzie aan tafel. Tessa's vriendjes als vreemde wezens, onhandig tussen al die meiden in de woonkamer. Marit eeuwig schrijvend in een hoekje. De saaie zondagen met ons allen op elkaar gepropt in de woonkamer. Renate mokkend door het hele huis. Overal kwam je ze tegen, je kon niet eens rustig naar het toilet. Altijd stond er wel iemand te schreeuwen dat je moest opschieten. Soms een kussengevecht, een fluisterend gesprek onder de dekens. Meisjesdingen, die waren fijn. Maar meestal liepen mijn zussen me in de weg. Over papa en mama wil ik niet eens nadenken.

'Nee, het huis was altijd vol. Geschreeuw, geruzie, het gedoe van meisjes met elkaar. Je kent dat wel.'

'Nou, eerlijk gezegd heb ik geen ervaring met zussen. Ik had twee broertjes. Mis je dat gezinsleven?'

'Nee, helemaal niet. Ik vind het meestal heerlijk om alleen te zijn. Bovendien zie ik mensen genoeg als ik werk.'

We pakken tegelijk onze glazen. Ze glimlacht en drinkt.

'Hoe breng je je dagen door, Anne?'

Haar vraag roept beelden op van eindeloze dagen in bed, gezwollen ogen, in de weer zijn met mijn spiegels en grote doeken, kletsnat wakker schrikken uit nachtmerries, zitten en wachten. De tijd voorbij laten gaan, gedachteloos voor de tv blijven hangen. Het steeds maar opnieuw voornemens maken, moeten toegeven aan mezelf dat ik niet meer lijk te kunnen. Het overwegen van een operatie. Fel verdriet over mijn lijf. Het gevoel van binnen dicht te slibben. De genadeloosheid van zich opdringende herinneringen. De pijn in mijn nek.

'Ik kijk wat tv, doe een boodschapje. Soms schrijf ik een droom op, als ik me die kan herinneren. Ik doe niet zo veel.'

'Herinner je je veel dromen?' Wat klinkt ze plots enthousiast. Ze zal wel in droomduiding geloven.

'Ja, bijna altijd.'

'Is er een droom die je bij is gebleven van de laatste tijd?' Er lijkt een nieuwe energie in haar aangeboord. Ze leunt naar me over, niet te ver, maar toch.

'Hoezo? Geloof jij dat dromen een betekenis hebben?' Ik hoop dat mijn vraag nonchalant genoeg klinkt.

Ze haalt diep adem en steekt van wal. 'Ja, dat geloof ik zeker. Ik denk dat iedere mens zijn eigen droomtaal heeft. Als je die symboliek leert kennen, kun je de boodschappen in een droom ontcijferen. En jij, geloof jij daar ook in?'

De droom waarin ik in een afgrond viel terwijl mijn vader toekeek staat me onmiddellijk glashelder voor ogen. Ik heb thuis geen antwoord willen geven op de vragen die ik mezelf stelde. Ik weet niet of ik dat hier wil. Ik ken haar nog niet goed genoeg.

'Op zich wel. Ik kan me voorstellen dat er mensen zijn die daar baat bij hebben. Maar ik droom altijd wat anders. Ik heb niet van die terugkerende beelden geloof ik.'

Een nieuwe geeuw laat zich niet onderdrukken en ik verberg mijn opengesperde mond achter mijn hand. Ik wil naar huis. 'Kunnen we stoppen, Thea? Ik ben kapot.'

Ze knikt. 'Natuurlijk. Laten we een nieuwe afspraak maken. Ik wil je twee dingen vragen: zou je een dromendagboek bij willen houden?

En kun je voor me opschrijven wat je zou willen bereiken met onze sessies? Dan bespreken we dat de volgende keer.'

Het is overal hetzelfde, iedereen wil weten wat je doet en waarom. Waartoe en hoe. Laat me toch met rust.

Tessa

In de verte liggen donkere hoopjes, dicht bij elkaar, aan de rand van de zandbank. Om me heen wordt opgewonden geroepen, vingers wijzen in de juiste richting. Zeehonden. De telelens van mijn camera brengt kleur en vorm aan in de donkere massa. Tot mijn verrassing zijn de dieren veel lichter dan ik dacht, een paar zijn zelfs gevlekt. Er liggen ook wat kleintjes bij. Meeuwen zeilen met gespreide vleugels, groot en lawaaierig, naast ons mee. Er wordt brood omhoog gegooid, de vogels duiken naar het voedsel en laten het in hun vlucht in hun keel glijden. Soms gaan ze op de vlaggenmast zitten. Ze scheren dicht langs de hoofden van de mensen op het bovendek. De lucht heeft zo veel tinten blauw en grijs dat ik er duizelig van word. Het grijsbruine water neigt hier en daar naar groen. Mijn haren wapperen voor mijn ogen, de zeewind is vochtig en fris.

'Mooi, hè? Kom mee naar het achterdek.' Alex pakt mijn bovenarm en veegt de haren uit mijn gezicht. Hij kust me licht op mijn wang.

Het is druk op de veerboot, hoewel het nog geen vakantie is. De meeste bankjes zijn bezet door pensionado's, een zee van kortgeknipte grijze hoofden. De meeste vrouwen zijn bezig met het uitpakken van meegebrachte lunchpakketjes. Ze prikken onhandig puntige miniatuurrietjes in de dichtgesealde gaatjes van kartonnen pakjes vruchtensap. Ze voeren hun mannen bruine boterhammen. 'Kaas of ham?' Ze bieden hun buren een zuurtje aan uit knisperende zakken. 'Ja, lekker fris, zo'n zuurtje.' Ze breken het ijs door te klagen over het verlate vertrek. 'Als zo'n veerboot ook al niet op tijd vertrekt!' In alle toonaarden wordt de neerwaartse spiraal bezongen waarin ons land zich bevindt. 'Ja ja, waar moet dat heen?' Er wordt heel wat afgeknikt en beaamd. In hun felgekleurde ANWB-bodywarmers en uniseks afritsbroeken vormen ze hun eigen kolonie, op een schip in plaats van op een zandbank.

De meeste mannen hebben hun dure verrekijker voortdurend in de aanslag. Het gereedschap van de jager. Het instinct is werkzaam tot de dood. Een enkeling leest een boek. Waar ik langsloop draaien hoofden zich onopvallend naar me toe. Mijn hoge hakken klikken brutaal op het metalen dek. We lopen naar achteren, een trap met smalle treden voert ons naar beneden. Daar is een bankje met uitzicht op het helwitte schuimspoor dat de boot achter zich laat.

Alex neemt de camera van me over en zoekt mijn gezicht. 'Ga 's daar staan.'

Ik ga met mijn rug tegen de reling staan en lach naar hem. Klik. Nog eens, nu met mijn hoofd naar achteren geleund, mijn armen wijd. Klik. Als ik me opricht, zie ik boven me een lachend gezicht. Witte tanden, een woeste donkere kuif en een brede grijns. De man leunt over de reling van het bovendek en kijkt naar beneden, naar mij. Hij steekt zijn duim op.

'Nog een. De diva en de zee.' Alex heeft de smaak te pakken en springt om me heen als een paparazzo. Ik verander razendsnel van houding. Klik, klik, klik. Wij zijn alleen op dit achterdek, boven me weet ik de geïnteresseerde vreemde.

'En nu het boegbeeld.'

De man staat er nog. Alex staat klaar met de camera in de aanslag. Ik rits mijn leren jack los en klim op de reling. Ik duw mijn borsten omhoog en lach naar de lens. En naar boven. De man zet grote ogen op en tuit zijn lippen.

'Nu echt, Tess.'

We zijn nog steeds alleen, hier op het achterdek. Ik voel me verbonden in een onzichtbare driehoek. Mijn vest en het bloesje daaronder zijn in twee seconden open. Alex loopt naar de zijkant en neemt me en profil. Klik, klik.

Mijn tepels zijn direct stijf van de plotselinge koude wind. En van twee paar ogen.

'Prachtig, schatje. Wat ben je toch mooi.' Hij legt even een warme hand op mijn borsten en kust me snel. Ik voel zijn erectie tegen mijn dij. Met snelle vingers kleed ik me aan. Boven me is het leeg.

'Ik lust wel koffie met een borreltje.'

'Dan haal ik dat toch even.'

Hij geeft me de camera en loopt naar binnen. Met een verblindende straal spuit de zon wit licht door een plotselinge opening in het wolkendek. Het zeewater licht knallend groen op. De onverwachte schoonheid beneemt me de adem. Ik sluit mijn ogen en warm mijn gezicht aan de zon. Als ik opkijk is Alex daar met een dienblad. Achter hem doemt het eiland op, ik ben nooit eerder op Borkum geweest. De boot maakt een grote bocht om een zandbank heen. We gaan terug naar het bovendek. De meeste passagiers staan al in een rij voor de uitgang. Het duurt nog even voor de boot aanmeert, ik zoek veilig achter de lens naar de donkere kuif. Iemand tikt op mijn schouder.

'Zou u misschien een foto van ons willen maken?' Een vrouw steekt me haar camera toe.

'Tuurlijk. Jullie vier?'

'Ja.' De vrouw knikt en ze gaan dicht bij elkaar staan. Grote neuzen, donkere wenkbrauwen en allemaal even lang. Tussen de veertig en de zestig, schat ik. Ze lachen stralend naar me.

'Zijn jullie zussen?' Terwijl ik het vraag druk ik af. Mooi. Ze knikken tegelijk.

'We hebben onze jaarlijkse zussendag. Elk jaar doen we een ander strand. Hè, meiden?'

'Zal ik er nog een maken?'

'Ja, doe maar, voor de zekerheid.'

Weer lachen ze, nu drukken ze hun hoofden dicht tegen elkaar aan. Het ziet er heel erg samen uit. Ik druk af en pak snel mijn eigen camera. 'Mag ik er ook een van jullie nemen?'

'Voor je verzameling? Ja hoor.'

Klik, ik heb ze. Ze bedanken en lopen even later voor ons uit naar beneden.

'Over twintig jaar doen jullie dat ook, schat. Zie je het voor je? Grijs en gerimpeld.' Alex kijkt me lachend aan. Ik geef hem een venijnige stomp tegen zijn arm. Hij schrikt van mijn reactie en wrijft over de zere plek.

'Zoiets doen wij niet, dat weet je best. Bovendien, tegen de tijd dat ik grijs ben, ben jij waarschijnlijk kaal. En heb je een buikje.'

'Hé, lieverd, ik wil je niet kwaad maken. Wat is er nou?'

'Niks. Laat maar.' Ik heb geen zin om dit gesprek hoorbaar voor iedereen te voeren.

'Oké. Vind je het leuk om straks eerst het dorp in te gaan?

'Nee, ik wil direct naar het strand. Laat me nu maar even.'

Op de kade staat een ouderwets soort speelgoedtreintje voor ons klaar. Een eind voor me zie ik de kuif instappen. Wij zitten drie wagonnetjes achter hem. Ik ga bij het raam zitten en doe mijn ogen dicht. Alex vormt een buffer tussen mij en het luidruchtige gezelschap.

'Ik heb hoofdpijn. Ik doe even mijn ogen dicht, hoor.'

'Goed schat.' Hij legt zijn arm om me heen.

De gezichten van de zussen zijn niet van mijn netvlies te branden. Het beeld van de zee achter hen voert me terug naar zomervakanties lang geleden, naar ons huisje op Terschelling. Zon, zee en zand. Naar mama, met het grote blauwe blik Nivea. Ze smeerde dikke kleverige lagen waar het nodig was. We sliepen in stapelbedden in de piepkleine slaapkamer. Ik sliep onder, met Anne tegenover me. Boven liggen was een voorrecht voor de oudste twee. Als Marit en Renate weg waren, kroop ik stiekem in Renates bed en speelde de baas over Anne. Dat werd altijd huilen natuurlijk, want ik gaf haar onmogelijke opdrachten. Ik liet haar snoep stelen uit de keuken of geld voor ijs uit mama's handtas. Ze durfde niks, de jankepot. Als Renate mij op haar plek vond, gaf ze me er ongenadig van langs. Ze kon hard slaan. En knijpen. 'Dat is mijn plek, weg jij!' Ze kon sissend gillen, haast zonder geluid. Als zij haar hand ophief, wist je dat het menens was. Toch kon ik het niet laten. Ik zette Anne ertoe aan om op haar plaats aan tafel te gaan zitten. Als Renate binnenkwam en zag dat haar stoel bezet was, maakte ze rechtsomkeert. Wat heeft die vaak niet gegeten. Papa en mama deden er weinig aan. Ze riepen haar wel terug, maar gaven het al snel op. We verdeelden haar portie eten onder ons. In haar bed lagen altijd kruimels van de boterhammem die ze 's nachts at. Ik ontdekte dat ze spinnijdig werd als ik iets had gemaakt met papa – een ketting van schelpen of een bouwwerkje met aangespoelde spullen. Er is een foto van ons waar we trots staan te kijken naar een zandkasteel. Even nadat mama de foto nam, stortte Renate een emmer water over het ding. Ik weet niet meer waarom. Bij haar wist je dat nooit. Op de foto staan we met ons vieren op een rijtje. Papa staat achter ons en heeft zijn handen op mijn hoofd en op dat van Marit. Anne staat tussen ons in en Renate los van ons, haar armen over elkaar. Zo was het vroeger bij ons thuis. Zo is het eigenlijk nog altijd. Renate die zich afzondert, die vindt dat ze tekort komt, dat ze oneerlijk behandeld wordt. Ze heeft niet door dat ze dat voor een groot deel zelf veroorzaakt. Ze heeft zich vastgebeten in een idee. Of het idee heeft zich vastgebeten in haar.

Alex stoot me zachtjes aan. 'We zijn er.'

Marit

Stof zweeft in smalle banen licht
Smal stof geeft malle banen zicht
Zacht stof weeft alle wanen dicht

Wie weeft mijn wanen dicht?
Wanen
Waarin ik jou zie in de armen van die ander,
ons gezin in scherven.
Wanneer het stof van jouw vreemde gang gedaald is,
zichtlijnen scherp waarneembaar,
de contouren van ons huwelijk helder neergezet,
Dan zal ik opnieuw tot jou komen
Nee,
Dan mag jij,
Weer tot mij gaan.

Renate

Een vleugje koffiearoma drijft de aula binnen. Ik ben aan het eind van de toespraak. Ik richt me direct tot de naaste familie. Mevrouw Van Dam zit tussen haar zoon en haar broer. Marc heeft haar hand gepakt. Wim kijkt me aan, net als de anderen. Ik lees de laatste alinea voor:

'Toen vloeide de tijd voor hem ineen,
het verleden in het heden.
Hij werd heel stil,
en is ademloos,
de toekomst in gegleden.'

Ik pak mijn papieren en knik naar mevrouw Van Dam. Ik loop langs de aanwezigen naar achteren. Mijn stoel staat dicht bij die van de man die door Gré de 'Zwarte Kraai' werd genoemd. Dit is de plek voor de spreker. Hiërarchisch gezien is mijn plaats onder die van de kraai. Er spelen allerlei onuitgesproken wetten in deze wereld. Als je niet meespeelt, lig je eruit en bellen ze je niet meer. Ik speel dus gewoon mee.

Het is druk. Veel familie, buren en vrienden. De uitvaartleider nodigt iedereen uit naar de koffiekamer te komen. Hij verzoekt ons de naaste familie even met rust te laten. Dat vind ik zo onzinnig. Juist daardoor valt er vaak een doodse stilte in de koffieruimte. Ongemakkelijk gefluister is meestal het gevolg, ook al duurt dat nooit erg lang.

We staan op, voor een laatste moment van gezamenlijk gedenken. De zaal stroomt leeg. Ik ga als een van de laatsten. Tegen de heersende gewoontes in loop ik direct naar mevrouw Van Dam. Ze zegt dat ze mijn toespraak mooi vond en precies raak. Ze is er blij mee. Marc en Wim vallen haar bij.

‘Kan ik je zo nog even spreken, Renate?’ Wim kijkt me bijna dwingend aan.

‘Ja, natuurlijk. Ik ga daar een kopje koffie drinken.’ Ik wijs naar een tafeltje aan de andere kant van de ruimte. ‘Ik kom straks nog even afscheid van jullie nemen.’

Als ik zit, komt er een vrouw op me af gelopen. Ze geeft haar hand en vertelt dat ze een nichtje is. Ze vindt dat ik zo mooi gesproken heb. Of ze m’n kaartje mag voor het geval dat... Haar moeder is erg ziek en het zal niet lang meer duren, of ze me dan mag bellen. Ik geef mijn telefoonnummer en ze gaat terug naar haar plek. Ze vertelt en haar tafelgenoten kijken allemaal even naar me. Zo gaat het meestal, uit elke uitvaart komt op een goed moment wel een nieuwe opdracht voort.

Mevrouw Van Dam staart voor zich uit. Ze roert haar koffie, neemt een hapje cake. Dat zijn de dingen die je doet. Je neemt wat je voorgezet krijgt, zonder denken. Je stroomt mee met wat er gebeurt. Nu nog omringd door mensen, straks de stilte thuis. De eerste mensen gaan naar haar toe. Ze staat op om ze gedag te zeggen en zal dat met iedereen doen die langskomt. Haar koffie zal koud worden en haar voeten moe. Ze draagt ongemakkelijk uitziende pumps. Je doft je op om... Ja, waarom eigenlijk? De mannen naast haar zeggen af en toe iets tegen haar. Wim wordt omhelsd door een leeftijdgenoot. Ze slaan elkaar op de rug. In gedachten hoor ik ze zeggen: gecondoleerd, sterkte jongen, het zal de komende tijd niet meevallen. Nou, het beste dan maar. Bel als je iets nodig hebt...

Wim staat naar mij te kijken. Ik sta op om weg te gaan. Hij ziet het en komt naar me toe. ‘Dus dit is jouw werk?’ Zijn ogen zijn gezwollen. Hij heeft waarschijnlijk niet geslapen, of misschien gehuild.

‘Ja, onder andere.’

‘Hoe ben je daar zo bij gekomen? Het lijkt me moeilijk om al dat verdriet te zien.’

‘Ik ben natuurlijk geen familie, dus ik voel het verdriet niet zo. Soms is het wel erg. Met kinderen is het altijd verschrikkelijk. Maar het is ook mooi werk. Ik vind het belangrijk de doden te eren, ze een plek te geven.’

Er komt een oude man bij ons staan. ‘Wim, jongen, ik wou jou nog even dag zeggen.’

Wim kijkt hem stroef aan en draait zich naar hem toe. Ik pak mijn tas en zeg dat ik ga. De oude man praat al tegen hem. Wim steekt zijn hand naar me uit. 'Tot ziens Renate, we komen elkaar wel weer tegen, denk ik.'

Ik glimlach zwijgend en druk zijn hand. Die is weer warm en droog. Zijn blik is vochtig. Ik neem snel afscheid van de familie, geef moeder en zoon een kopie van de toespraak en loop naar de uitgang. Uit mijn tas pak ik de envelop met het percentage voor de uitvaartleider. Hij staat al op de uitkijk in het personeelskamertje. De twee koffiedames staan met hun rug naar ons toe bij een aanrechtje te roken. Het ziet er blauw. De kraai kijkt snel om zich heen en neemt de envelop van me aan. Hij glimlacht naar me.

'Dank je, en tot de volgende keer maar weer.' De envelop glijdt in een soepele beweging in zijn binnenzak.

Ik antwoord met maar één woord: 'Ja.'

Buiten ruikt het zoet en zwaar naar bloesem en rulle, omgewoelde aarde. Ik laat de gebeurtenissen achter me en fiets naar huis.

Een wonderlijke man, Wim. Ik zie even een beeld van hem bij mij thuis op de bank. Mogelijkheden. Een stiefvader voor de kinderen? Ach, over een paar jaar zijn ze al het huis uit. Zou het werkelijk iets bijdragen? We hebben een goed evenwicht gevonden, met ons drieen thuis. Theo ziet de kinderen nog steeds regelmatig, hoewel ze de laatste maanden af en toe een afgesproken ontmoeting afzeggen. Ze hebben het te druk met school, feestjes, sport. De dingen van alledag, daar hoort hij niet meer bij. Ze verlangen er ook niet naar bij hem te wonen. Tenminste, daar hoor ik ze nooit meer over. Voor Thomas ben ik bang geweest. Ik dacht dat de puberteit hem misschien naar zijn vader zou doen trekken. Dat is niet gebeurd. Voor mij is Theo iemand geworden die maandelijks geld stort op mijn rekening, dat doet hij gelukkig altijd. Ik had zo gehoopt mijn kinderen een echte vader te kunnen geven. Een vader die er voor ze zou zijn. Het is me niet gelukt hem vast te houden. Scheiden is duur, in alle opzichten betaal je een hoge prijs. En het is maar de vraag of het nieuw aangeschafte geluk blijvend is.

Arme Marit, wat staat haar te wachten? En arme kinderen, arme David. Vanavond gaan ze praten, ze klonk vastberaden vanochtend aan de telefoon. Wat haar betreft pakt hij zijn spullen en betrekt hij ergens in de buurt een appartementje. Het zal zo'n vaart niet lopen, denk ik. Hoop ik. Wie weet kan ze hem vergeven, eroverheen stappen en de stukken lijmen met ik-doe-het-voor-de-kinderen-lijm. Hoewel de houdbaarheid daarvan vaak niet van lange duur lijkt te zijn. Marit heeft het nog niet verteld aan Anne en Tessa, ik ben vooralsnog de enige van de familie die het weet. Nou ja, het is ook pas gebeurd, misschien hoopt ze zelf wel dat het toch nog overwaait.

Over twee maanden wordt mama vijfenzestig. Ik begreep van Marit dat ze een groot feest gaat geven. Daar zal ik dan wel naartoe moeten, al was het maar voor de kinderen. Ze zien hun grootouders al zo weinig. En altijd zonder mij. Laatst hoorde ik Thomas tegen Chantal zeggen dat hij in geen geval kinderen neemt, omdat die het leven alleen maar ingewikkelder maken. Hij zei: 'Ik heb genoeg aan de toestanden in de familie die ik al heb, ik hoef er niet nog meer bij.'

Ik realiseerde me dat het zelden of nooit de kinderen zijn die er een puinhoop van maken, het zijn de volwassenen, volwassenen zoals ik. Ik wil er niet heen, naar het feest van mijn moeder, maar ik zal wel moeten. Marit vindt dat ik moet gaan. Voor haar ben ik een van de vier dochters. Zou ze helemaal beseffen hoe het voor mij was? Hoe het is om voorgoed afstand te nemen van je ouders?

Eigenlijk zijn stiefvaders een soort hulpsinterklazen, waarnemers met paard en staf en zakken met cadeautjes. De hele rataplan en maar zingen en op schoot zitten terwijl de echte Sint god mag weten waar is. Ik wil nog steeds de echte, maar die is dood. Voor mij was hij slechts een verhaal, en ik wilde het keer op keer horen. Mijn leven lang hetzelfde boek. Een paar foto's heb ik, en zijn pijp. Hij rookte zoetige tabak. In het versleten leren pijpetuitje hangt na al die jaren nog zijn geur. Soms, als ik verdrietig ben, haal ik het tevoorschijn. Dan bekijk ik de foto's, steek ik zijn pijp voorzichtig in mijn mond en verbeeld ik me dat ik hem proef. Hij was mooi, mijn vader. Mooi, maar dood.

Uit het slaapkamerraam van Thomas klinkt muziek. Ik had hem nog niet thuis verwacht. Hij heeft zijn fiets tegen de muur gekwakt, hij verwachtte mij zeker ook niet. Op het aanrecht ligt een opengescheurde zak met brood, in de pot met pindakaas staat een mes, het deksel van het kuipje boter ligt met de boterkant op het blad. Overal kruimels, een open pak melk ernaast. Zijn schoenen heeft hij midden in de keuken uitgeschopt. Het skateboard ligt op de drempel. De eeuwige troep die ze maken drijft me af en toe tot wanhoop.

'Thomas?'

Ach, dat hoort hij natuurlijk nooit. Ik ben al onderweg naar boven. De zware beat van wat ik nauwelijks als muziek kan herkennen dreunt mijn oren binnen. Hij heeft wel zijn stapeltje schone kleren, dat ik op de trap had klaargelegd, mee naar boven genomen. Dat van Chantal ligt er nog. Ik klop op zijn deur en ga naar binnen zonder antwoord te verwachten. Hij zit met zijn rug naar me toe, zijn voeten in de vensterbank. Zijn hoofd beweegt vooruit en achteruit op het ritme van de herrie. Ik kan het niet zien, maar ik denk dat hij zit te sms'en. Ik wil hem niet laten schrikken, dus ik loop naar de versterker en draai heel langzaam het volume zachter. Hij kijkt onmiddellijk achterom, geeft me een brede grijns als hij mij ziet.

'Sorry mam, ik wist niet dat je d'r al was. Er vielen twee lessen uit. Ik ga zo zwemmen.'

Hij sms't gewoon door terwijl hij tegen me praat. Nu kijkt hij op. 'Is er iets?'

'Nee lieverd, alleen... Hoe was school? En zet de muziek in het vervolg zachter, straks klagen de buren weer, daar heb ik helemaal geen zin in. En de troep in de keuken, ruim je die zo even op?'

Ik zie zijn gestrekte hand naar zijn oor gaan om me te laten weten dat ik me gedraag als een bevelvoerder. 'Goed mam, straks.'

Het is nog koel in mijn eigen slaapkamer. Ik ga op bed liggen. Mijn schoenen glijden van mijn voeten op de grond. Plotselinge stilte. Ik vouw mijn handen onder mijn hoofd. Thomas' voeten bonken de trap af naar beneden.

'Dag mam, ik ben weg hoor.' Zijn zware stem galmt omhoog door het trapgat. Er klinken geluiden uit de keuken en even later hoor ik hoe hij wegfietst. Hij fluit.

Het gezicht van Wim verschijnt. Een vriendelijke, zachtaardige man. Stel dat hij me belt voor een afspraakje, zou ik daar dan op ingaan? Ik schrik van de mogelijkheid. Het is veilig en rustig zonder man. Ik kan nu in ieder geval niet verlaten worden. Toch is er een kloppend verlangen, zacht maar aanhoudend, naar iemand naast me. Ik denk wel dat ik ja zou zeggen. Voorzichtig.

Anne

Verzilveren mag tot uiterlijk eind volgend jaar. Dus ik hoef niet nu al te beslissen met wie ik ga, en wanneer. En of ik ga. Ik heb de envelop diep weggestopt in mijn lade met administratie. Ik durf het niemand te vertellen, niemand te vragen. Dan kan er ook niemand nee zeggen. Als ik niets doe, wordt het misschien als in een droom. Dat zou fijn zijn. Ik hoef natuurlijk helemaal niets te doen. De tijd glijdt vanzelf voorbij, ook zonder dat ik ertegenaan duw. Het is al meer dan een week geleden. Over minder dan twee maanden viert mama haar vijfenzestigste verjaardag. Dan zijn we allemaal bij elkaar. Als Renate tenminste wil komen. Misschien is dat een goed moment om het ze te vertellen. Ik neem nog maar een half oxazepammetje. Dat helpt wonderwel, maakt het leven een stuk gemakkelijker. Kom, mijn tuinstoel wacht op me. Waarom raapt niemand al die kranten en brieven op van de vloer? Ik moet er steeds overheen stappen. Er is geen schoon glas meer te vinden. Waste ik voorheen altijd af? Ik kan het me niet herinneren. Straks in mijn agenda zetten dat ik elke dag een keer in mijn agenda moet kijken.

Nu even mijn ogen dicht en wegglijden, het donker achter mijn gesloten ogen is er altijd, en zo aangenaam...

...Mijn vader heeft een hoge hoed op en draagt een donkere jas van zeehondenbont met enorme revers. Hij zwaait de deur uitnodigend voor ons open. We hebben geen koffers bij ons, zelfs geen weekendtas. Ik heb alleen een losse tandenborstel in mijn zak. Ik ga als eerste naar binnen. De ruime hal is enorm en azuurblauw, het is er ijskoud. 'Welkom, welkom lieve dames, ik wens u een warm welkom.' Hij lacht een rijtje bruine tanden bloot. Ik pak Marit vast, haar hand trilt in de mijne. Achter ons staan Tessa en Renate. We volgen de man die mijn vader is, naar boven langs een enorme wenteltrap die in het midden van de ruimte in spiralen omhooggaat. Hij gaat op de leuning zitten en glijdt langzaam naar boven. Hij gebaart ons zijn tempo bij te houden. We moeten sneller. Gedwee doen we wat hij zegt. Ik krijg het warm, ondanks de ijzige kou. Om ons heen vallen druppels water van zwevende ijspegels. We dragen alle vier korte zomerjurkjes en open schoentjes. Ik heb platte sandalen aan, Tessa draagt haar hoogste hakken. Boven ons strekt de hal zich torenhoog uit, er lijkt geen eind aan te komen.

'Zo dames, dus de reis is begonnen?' Papa lacht als de ekster bij ons thuis in de kersenboom. Ik kan niets terugzeggen, ik heb al mijn adem nodig om hem bij te houden.

Achter me klinkt Tessa's stem. 'Zo Anne, dus dit is de reis die je voor ons bedacht had.'

Ik weet niet wat ik moet zeggen, mijn keel knijpt zich samen van angst. Als vader ziet dat ik wil praten, snoert hij me de mond met een grauwend 'Nee!' Het lijkt alsof hij me wil slaan. Weer lacht hij en hij lijkt nog sneller langs de leuning te zweven. We hijgen nu allemaal en er lopen tranen over mijn wangen. Onze adem vormt grote grijze pluimen die in de lucht blijven hangen.

Plotseling voel ik een hand op mijn schouder. Ik schrik zo dat ik gil. Mijn vader keert zich naar me toe en snauwt: 'Dat had je niet moeten doen, meisje. Het is slechts in stilte dat je lijdt en, als vanzelf, naar je bestemming glijdt.' Met een zwaai neemt hij zijn hoed voor ons af. Hij buigt voorover en vliegt razendsnel omhoog, tot we hem niet meer kunnen zien. Ik draai me om en warm me aan mijn zussen. Het ijs om ons heen smelt en we laten ons vallen en glijden over de treden naar beneden. Ik wist niet dat we zo hoog waren. De trap leidt ons dieper en dieper en we klampen ons aan elkaar vast. Iemand gilt en ik volg en we rollen als een enorme klont levend vlees, steeds sneller...

Nee! Het geluid van mijn eigen schreeuw echoot na in mijn oren. Ik zit rechtop, hijgend, kletsnat en koud. Ik heb kennelijk gehuild in mijn slaap – mijn wangen zijn nat. Ik loop bibberend naar binnen, naar de douche, en kom bij zinnen onder het warme water. De kou zit diep in mijn botten en de droomangst bonkt nog vlak onder mijn huid. Ik zal eerst maar een pot thee zetten. Bijkomen. Het is in stilte dat men lijdt.

Ergens deze week heb ik weer een afspraak met Thea. Misschien zeg ik de afspraak wel af. Hoezo terugkijken? Ik wil vooruit.

Tessa

Ze willen me. Expositie dit najaar in 'Zinnebeeld'. Goed hè? Rxben.

Ik sms terug: *gefeliciteerd! Cu Tx*

Dit biedt perspectief. Als ik hard doorwerk, heb ik een flink aantal zelfportretten klaar tegen die tijd. Wie weet wil hij een duo-expositie met me.

Ik werk in klein formaat voor mijn doen, portretten op de achterkant van sigarendoosjes en de zijkanten van melkpakken. De afgelopen week heb ik onafgebroken gewerkt in mijn kleine zolderatelier. Een ventilator verplaatst de warme lucht om me heen. Dat geeft net genoeg verkoeling.

De vroege zomer zindert onverminderd voort. Een enkele keer passeert een onweersbui met kortdurende, heftige stortregens. Soms komt Alex boven met een kop thee of een pilsje. Hij is lief voor me, blij dat ik uit mijn impasse ben. We praten niet veel. We pikken af en toe een terrasje, 's avonds laat, als het iets koeler is.

Mijn hoofd staat naar werken. Ongemerkt ben ik in een stroom geraakt. Ik gebruik verschillende soorten spiegelende oppervlakken waarin mijn gezicht vervormd wordt – de bolle kant van een soeplepel, de achterkant van een koperkleurig blikje, een antieke verweerde handspiegel, het donkergetinte glas van een zonnebril, het lemmet van een mes, het dubbelglas in het dakraam. Tessa in de dingen. Mijn gezicht neemt verschillende vormen aan zonder dat ik zelf verdwijn. Zou het goed genoeg zijn voor een expositie? Ik zal Ruben uitnodigen om te komen kijken en een oordeel te vellen. Als ik durf.

Ik wil ook zoiets voor mama's verjaardagsfeest maken. Een portret van ons vieren, dat zou ze een mooi cadeau vinden. Haar dochters op de vier kanten van een melkpak? Het lijkt mij prachtig, ik zou van foto's kunnen werken. Het is een goed idee. Zou ik het eerst aan de anderen moeten vragen? Renate is eigenlijk de enige die dwars kan gaan liggen. Het wordt tijd dat ze weer eens normaal gaat doen. Wat hebben ze haar nou helemaal aangedaan?

Of zal ik ze vragen voor een fotosessie? Dat is natuurlijk veel leuker en geeft mij de ruimte om de goede foto's te maken. Ik zal ze bellen voor een afspraak. Maar nu moet ik me omkleden en naar Ruben voor de laatste sessie.

Ik fiets snel en zodra hij me binnen heeft gelaten kleed ik me uit. De bank staat voor me klaar.

We beginnen direct.

'Je kin omhoog? Ja, en je benen misschien iets dichter naar elkaar. Hoe voelt dat?'

Vreemd, nee, dit is geen houding die ik makkelijk aanneem. Dit past totaal niet bij me, maar dat hoeft ook niet. Waar zit mijn heimwee?

'Laat me even in m'n eentje zoeken, wil je?' Er klinkt een ongeduldige zucht door in mijn stem.

Ruben trekt zich terug tussen ezel en gereedschap. 'Goed goed, sorry.'

Toen ik pas afgestudeerd was, kon ik zo terugverlangen naar de Academie – de veiligheid van een lokaal, medestudenten die net als ik op zoek waren naar een eigen stijl, naar dat wat ons werk uniek zou maken. Een eigen identiteit, waardoor we ons zouden onderscheiden. Onderscheid was een belangrijk criterium, uniciteit.

Is heimwee hetzelfde als verlangen?

Bestemd verlangen. Als kind was ik gefascineerd door het geluid van een buizerd. Dat raakte iets heel dieps in me. Het maakte me verdrietig op een prettige manier. Mijn ogen zochten in de hoge lucht boven me naar de grote, in cirkels zwevende vogel die het geluid voortbracht. Een klaaglijk iew-iew, het geluid van heimwee. Die weemoed overvalt me nog altijd als ik een buizerd hoor.

Ik spreid m'n armen en leg mijn handen op de rugleuning van de bank. De kleur van heimwee is mij onbekend. Voor Ruben is het kennelijk een vaal soort groen, de kleur van de grand foulard die hij vandaag over de bank heeft gedrapeerd. Ik zou het niet weten. Ik buig voorover en raap een stuk gevlochten koord op dat voor de bank op de grond ligt. Het ruikt prettig vertrouwd. Katoen? Hennep? Ik zoek in mijn geurgeheugen.

Hij staat met zijn rug naar me toe, en bladert in een boek dat op de hoge werktafel voor hem ligt. Ik zal hem missen. Onze sessies hier in het lichte atelier. Zijn gezicht. Naar hem zal ik zeker heimwee krijgen.

Hij draait zich om en kijkt naar me. 'Niet bewegen!'

Hij pakt zijn fototoestel en neemt snel achter elkaar een tiental foto's van me. Ik beweeg me niet. Zelfs mijn ogen liggen doodstil in hun kassen. Ik houd mijn adem in.

'Prachtig, Tessa. Als dit heimwee is, dan ziet het er schitterend uit. Waar dacht je aan? Denk je dat je zo kunt blijven zitten?'

Mijn benen liggen gebogen onder me. Tussen mijn vingers houd ik het koord onder mijn neus. Mijn ogen staren recht voor me uit, naar iets onzichtbaars in de verte. Wat er waarschijnlijk ook helemaal niet is. Hoe zou je geur ook kunnen zien?

Hij pakt zijn penselen en begint te werken.

Ineens ben ik terug bij de gordijnen op mijn oude kinderkamer. Als ik in bed lag, pakte ik de punt van het dichtgeschoven gordijn vlak naast me en wond de stof om mijn wijsvinger. Die hield ik onder mijn neus en wreef er zacht mee heen en weer over mijn bovenlip, de duim van dezelfde hand in mijn mond. Het gordijn was gemaakt van een grof geweven stof. De punt waarmee ik duimde was zacht en vettig geworden door het wrijven over mijn huid. Jarenlang ben ik in slaap gevallen met dat gordijn. Als ik bij een vriendinnetje logeerde, kon ik altijd maar moeilijk in slaap vallen. Mama weigerde een reepje stof af te knippen voor een duimlapje om mee te nemen. Duimen was volgens haar iets voor kleuters, en kleuters gingen niet uit logeren. Dus. Wat er na dat 'dus' kwam, heb ik pas veel later begrepen. Duimen of logeren. Een van de twee. Heimwee naar een lapje. Heimwee naar een geur. Mama had niet zo veel op met troost. Volgens haar moest je als mens 'dwars door de dingen heen'. Ik hoor het haar nog zeggen. Een duimlapje verdoezelt de boel maar, zal ze wel gedacht hebben. Thuispijn. Het nestelt zich zwaar in de vochtige holte achter in mijn keel. Ik haal diep adem om het weg te krijgen. De heimwee zorgt er ook voor dat er tranen in mijn ogen prikken. Ik laat het maar gaan.

'Even pauzeren?'

Ik rek me uit, veeg tranen uit mijn ogen. De zachte katoenen stof van mijn ochtendjas is koel op mijn huid. Hij schenkt dieprode wijn in de vertrouwde kristallen glazen. Mijn vingertoppen raken de zijne als ik het glas aanneem. We leunen tegen de werkbank, drinken zwijgend. Ik kijk naar 'Heimwee in wording', dat voor ons op de ezel staat. Veel groen, ook in mijn ogen. Hij heeft mijn tranen gezien.

De rand van het houten blad drukt onaangenaam in m'n rug. Ik draai me naar hem toe en ga vlak voor hem staan. 'Ga je me missen, Ruben?'

Hij slaat zijn ogen neer, verplaatst het glas naar zijn andere hand en neemt een slok. Hij mijdt mijn ogen. Ik leg mijn vinger onder zijn kin en dwing zijn hoofd omhoog. Voel de vingers van mijn moeder onder mijn eigen kin als ik haar moest aankijken. Ik trek mijn hand terug.

'Ik jou wel. Ik zou jouw gezicht altijd om me heen willen hebben. Ik heb nu al heimwee. Naar deze plek. Naar de geur van verf. Naar het licht hier. Naar de stilte. Naar onze after painting party.'

Hij grinnikt en neemt een slok.

'Ik ben weer aan het werk gegaan. Thuis. Ik zou willen dat je komt kijken, dat je zegt wat je ervan vindt.' Ik durf niet te beginnen over mijn idee voor iets gezamenlijks. Als hij mijn werk goed vindt, kan ik het misschien als een plotseling opkomend idee opperen.

'Wat maak je?' Hij doet een stap opzij om zijn glas weg te kunnen zetten. Hij pakt een doek en begint het werkblad schoon te poetsen.

'Weet je, ik zou willen dat je komt en naar mijn werk kijkt zonder, zeg maar, voorkennis. En ik wil een eerlijke reactie van je.'

Ik pak de doek uit zijn handen en hij kijkt me eindelijk aan. 'Goed goed, ik zal komen kijken. Heb je al iets af?'

Ik knik. Dan loop ik van hem weg, langs de doeken die met de voorkant tegen de muur staan, de doeken waar ik op sta. De geheime serie. Hoewel, misschien heeft hij ze al vernietigd, of overgeschilderd. Waarom zou hij zoiets willen bewaren? Mijn ochtendjas zweeft door de lucht en valt als een kleurig hoopje bloemen op de grond. Ik neem mijn plek weer in, pak het koord en beland opnieuw op de plek die heimwee heet. Aan zijn gebaren en zijn glimlach zie ik dat het werk goed wordt.

Marit

'Nee lieverd, ik breng je vanmiddag naar voetbal. Pappie gaat een paar dagen weg.'

Ik negeer Davids teleurgestelde blik en zie uit mijn ooghoek hoe hij zijn lippen op elkaar perst.

'Nee, ik wil dat pappie meegaat! Jij mag niet mee.' Tim trekt zijn boze gezicht, doet demonstratief zijn armen over elkaar en schopt tegen zijn stoelpoten.

'Tim, hou daar onmiddellijk mee op en eet je bord leeg.'

Pelle hangt jengelend in zijn kinderstoel en kneedt bolletjes van zijn boterham. Ik pak zijn bord weg en houd hem een stukje voor. 'Mond open, lieverd.'

Hij graait naar het brood in mijn hand. 'Nee Pelle, mondje open. Hier heb je iets anders om vast te houden.'

Hij neemt de lepel van me aan, en het brood. Hij slaat ritmisch met de lepel op het tafelblad, kauwt, slikt en opent zijn mondje wijd. Een nieuw stukje verdwijnt naar binnen.

'Tim, dooreten nu, anders gaan we helemaal niet vanmiddag.'

Het rituele feestelijke zaterdagontbijt is veranderd in een vijandig gezinsgebeuren. We zitten met elkaar gevangen en ik heb de sleutel van het slot. Ik gebruik hem niet. Davids zielig onderdanige gedrag maakt me razend.

'Je weet dat ik ga, als jij dat wilt. Maar misschien is maandag beter? Of morgen? Voor Tim is het toch fijner als ik hem breng? Dat is hij gewend. En voor jou is dat misschien ook rustiger. Als ik Pelle ook meeneem, heb jij even je handen vrij.'

Hij kijkt me smekend aan.

Ik sis terug: 'Nee hoor, ga jij nou maar lekker vissen, dat doe je toch het liefst? Wij redden ons wel. Tim, nu eet je je boterham of je kunt naar boven.'

Tim veegt het brood van zijn bord en gooit zijn stoel bij het opstaan om. Hij schreeuwt keihard: 'Nee! Rotmama.' En rent naar boven.

'Nou David, zie je wat je ons aandoet?' Ik scheld hem binnensmonds uit en begin de tafel af te ruimen. 'Ga nu maar voordat je nog meer ellende aanricht.'

Pelle wil zijn beker melk, hij houdt de beker met beide handjes vast. David staat op. 'Alsjeblieft Marit, zo hoeft het toch niet te gaan?'

Hij staat naast Pelle en legt een hand op zijn hoofdje. Pelle duwt hem weg en morst een flinke straal melk op Davids broek. Die springt achteruit. 'Gadverdamme Pelle.' Ruw grist hij de beker uit Pelles handje en zet hem met een klap op tafel. 'Goed dan. Als jij het zo graag in je eentje doet, dan ga ik wel.'

Hij kijkt me aan met natte ogen en loopt weg. Ik hoor zijn voetstappen op de trap naar boven. En wie mag zijn broek wassen? Ik til Pelle uit de kinderstoel, ga zelf zitten en neem hem bij me op schoot. Hij graait een stuk brood van tafel en stopt het in zijn mondje. Hij zit zoet kauwend tegen me aan. Boven hoor ik hoe Tim en David tegen elkaar praten. Dan komt Tim huilend naar beneden. 'Pappie mag niet weg! Hij moet mee naar voetbal!'

Boven is het nu doodstil. 'Kom Tim, pas jij even op Pelle. Dan gaat mama even met papa praten.' Ik zet Pelle op de grond.

Tim schopt een autootje door de keuken. 'Hij moet wel mee! Hij mag niet weg. Waarom moet papa weg? Ga jij maar weg!'

Ik veeg zijn wangen droog, trek hem tegen me aan en zeg dat het allemaal goed komt. 'Ik ben zo terug.'

Nog voordat ik bij de deur ben, gilt Pelle achter me. Hij slaat zijn broertje tegen de benen en strekt zijn armpjes omhoog. Ik draai me om. 'Tim, als jullie nou even samen spelen dan ben ik zo terug. Neem maar wat lekkers uit het kastje.'

Pelle blijft gillen en Tim sprint naar de la waar het kindersnoep ligt. Hij grist er twee lolly's uit en houdt ze triomfantelijk omhoog naar Pelle. Ik veeg de tranen uit mijn ogen en loop snel naar boven. David zit op ons bed, zijn hoofd gebogen, verslagen. De vieze broek ligt op een hoopje naast zijn voeten. Ik blijf staan en leun tegen de deurpost. Ik haat hem en ik wil hem niet kwijt. Meer nog haat ik die andere vrouw.

Hij kijkt op. 'Marit, kunnen we alsjeblieft dit weekend doen alsof er niets gebeurd is? Laten we ons als volwassenen gedragen. Het is al erg genoeg.'

'Dat had je ook eerder kunnen bedenken, voordat je met die slet het bed indook.' Ik had iets heel anders willen zeggen. Iets volwasseners, iets wat het niet nog erger maakt. 'En hoe denk je dat dan te doen?'

Mijn stem sneert gierend door de ruimte, langs zijn hoofd en de foto's van de kinderen aan de muur. Langs de kasten met onze kleren, over onze kussens en het satijnen dekbed. Hij kaatst tegen het bureau met onze vakantievondsten. Onze onze onze. Onze kamer, onze spullen en ons bed. David heeft ons bezoedeld. Hij heeft ons samen kapotgemaakt. Hij moet boeten, voelen wat hij heeft gedaan.

'Goed, je kunt dit weekend blijven, maar je blijft op zolder slapen. Jij doet de boodschappen en de kinderen. Jij kookt. Ik zie wel of ik thuisblijf of wegga.'

Ik draai me om en loop naar beneden. De jongens zitten op de grond met een lolly in hun mond.

'Gaat pap mee?' Tim praat slurpend, zonder de lolly uit zijn mond te halen.

'Ja schat, pappie blijft thuis en zorgt voor jullie. Misschien gaat mama wel een nachtje weg.' Ik begin automatisch de tafel af te ruimen, bedenk halverwege dat David dat straks ook kan doen. Ik schenk een kop koffie in en open de terrasdeuren. De lucht is blauw en het is alweer warm. In de schaduw is het nog wel lekker. Het licht doet pijn aan mijn gevoelige ogen. Mijn zonnebril ligt nog op de terrastafel. God, wat is het hier gehorig. Het is nog vroeg maar iedereen zit al buiten. Er wordt alweer gezwommen en geschreeuwd, aan het begin van de middag zullen de eerste braaiskotels aangestoken worden.

In huis hoor ik David tegen de jongens praten. De vaatwasser gaat aan. Dan klinkt plots Davids stem vanuit de keuken: 'Wil je nog koffie?' Hij doet zijn best.

'Nee, ik heb al.'

Hij komt niet bij me zitten. Ik zet mijn zonnebril af en gebruik de spiegelende glazen om in huis te kunnen kijken. David zit met een kop koffie bij de kinderen. Hij heeft zich verkleed, draagt de lichte linnen broek die hem zo mooi staat. Voor wie doet hij dat? Hij zal de kinderen toch niet mee naar háár nemen? Ach, natuurlijk niet. Hij heeft me verzekerd dat hij haar nooit meer ziet. Dat het niets voorstelde. Dat het buiten hem om gebeurde, een tijdelijke verstandsverbijstering. Hij huilde, smeekte me om vergeving. Ik zei dat ik erover na moest denken. Dat hij eerst maar eens iets moet laten zien. Ik heb geen idee wat precies. Ik check zijn mobiel op onbekende nummers en sms'jes. Ik sta voortdurend op scherp. Ik snuif in zijn kleren naar vreemde geurtjes. Controleer zijn auto op damesharen. Zijn ondergoed op zaadsporen. De afgelopen week heb ik me ontwikkeld tot een nerveuze privédetective. Mijn werk op school lijdt er nog net niet onder. En nu gluur ik ongezien naar hem. Bah, waar houdt dit op? Ik herken mezelf niet. Ik verlang naar ons vieren. Gewoon, zoals altijd een heerlijk weekend met elkaar doorbrengen. Anders waren we misschien wel naar zee gegaan. En daarna een lange avond buiten met een fles goede wijn. Ik slik opnieuw opkomende tranen weg. Waarom heeft hij het gedaan? Waarom kan ik me niet neerleggen bij zijn antwoord en geloof ik zijn herhaalde verklaring niet?

Snelle voetjes roffelen naar me toe. Ik draai me om en vang Tim in mijn armen. 'We gaan alvast, mam. We mogen ijsjes en een vlieger.'

David verschijnt in de deuropening, met Pelle op zijn arm. 'Vind je het goed dat we vast gaan? Ik heb Tim beloofd dat we een vlieger kopen. Daarna eten we wel ergens een broodje.' Hij draait zich naar Tim. 'Zit alles in je tas, jongen?'

'Geef maar hier.' Ik gris de tas uit zijn handen en controleer de inhoud. Natuurlijk zit alles erin. 'Neem nog wat pakjes drinken mee uit de koelkast, en een paar reepjes. Heb je alles voor Pelle? Neem ook zijn blauwe jasje mee, je weet nooit of het weer omslaat.'

David knikt, staat daar als een vreemde in zijn eigen huis, op zijn eigen terras, bij zijn eigen vrouw. Hij is mijn man. Wat betekenen die woorden nog? Wil ik hem nog terug? Wil ik zijn vrouw nog zijn? Alles in mij schreeuwt ja ja ja. Ik doe mijn uiterste best het te negeren en er nee nee nee tegenover te zetten. Het gedrag van mijn moeder flitst door me heen. Koppig en eigenwijs. Volhouden in je zelfverklaarde gelijk, soms tegen beter weten in. Doe ik dat ook?

'Kom jongens, zeg mama dag en dan gaan we.'

Ik kus warme wangetjes. 'Ik weet niet of ik thuis ben vanmiddag. Ik zie wel, misschien ga ik naar Renate. Ik leg wel een briefje neer.'

David kijkt me kort aan. Hij knikt en bromt iets bevestigends. Ze draaien me tegelijk hun rug toe. Ik loop hen achterna en blijf achter het raam staan kijken hoe ze instappen. Als hij de kinderen in hun autostoeltjes heeft, zie ik hem zijn mobiel pakken. Hij toetst iets in en kijkt op naar het huis. Hij ziet me niet. Misschien zette hij zijn telefoon gewoon aan, of uit.

Hij stapt in en rijdt weg. Het huis is plotseling groot en stil om me heen. De geluiden van buiten zijn te hard. Ik stik, moet hier weg. In de tuin drinkt een grote zwarte kat uit het zwembadje.

Renate

Op het dakterras staat een klein tafeltje vol met glazen en bakjes zoutjes, lolly's, olijven, kaaskoekjes. Twee plastic wijnkoelers staan onder de tafel, tussen vier paar uitgeschopte slippers. Vanaf hier, onder de hanenbalken van Tessa's atelier, zie ik hoe haar grote cyperse kater zich klaarmaakt voor de sprong op tafel. Ach, hij kan hoogstens wat nootjes eten, of een olijf. Dat lijkt me geen kwaad kunnen. Ik draai me om en richt mijn aandacht opnieuw op de zelfportretten die Tessa heeft uitgestald. We geven elkaar voorzichtig de melkpakken en doosjes door, onze ogen schieten voortdurend heen en weer tussen Tessa's gezicht en de portretjes. Op zoek naar herkenning. Tegen de muur staat een wat groter werk, op een pizzadoos. Tessa's heldere ogen kijken me recht aan, een brutale blik die uitdagend lijkt te vragen of je iets van haar moet. Ik herken haar het sterkst in dit portret. Dat felle, haast aanvallende dat ze altijd heeft als ze in een goeie periode zit. Ze heeft haar eigen kijk op de wereld goed getroffen, op de achterkant van een doos. Ze ziet me kijken. 'Hoe vind je die, Renate?' Ze pakt het portret op en kijkt met toegeknepen ogen naar haar eigen werk. 'Niet slecht, hè?'

Ik neem het van haar aan en zie van dichtbij hoe de structuur van de verf meewerkt aan de ronding van haar wang, de plooien in de oogleden. Ondanks de felle, niet realistische kleuren vind ik het mooi en ontroert het me. Het lijkt wel of ze zichzelf in sommige portretten met opzet vertekend weergeeft. Ze vertelt dat ze zich spiegelt in voorwerpen, waardoor onvoorziene aspecten van haarzelf worden vervormd of overbelicht. Marit en Anne turen naar de beschilderde zijkant van een sigarettendoosje. 'Moet je zien hoe pietepeuterig dit is geschilderd. Hoe krijg je het voor elkaar, Tessa? Wat knap.'

'Het kleinste penseeltje en een hoop geduld. Dat is alles. Zullen we weer naar buiten, ik sterf van de hitte en jullie hebben nu wel zo'n beetje een idee van wat ik bedoel voor mama, toch?' Ze herschikt de portretserie op de werktafel. Haar woorden bezorgen me een beklemmend gevoel; het idee dat ik in de huiskamer van mama en Gerard kom te staan – op de eettafel of in een kast. Ze zullen mij wel met mijn gezicht naar de muur zetten. Als we op iets vierkants komen te staan, tenminste. Tessa kan mij het best maar op de onderkant van een melkpak neerzetten.

Een bittere smaak vult mijn mond, mijn stem klinkt laag. 'Ja, kom, ik heb dorst.'

Ik zet het brutale gezicht van mijn zus terug tegen de muur en loop snel de enorme zolderruimte door. In de keuken gooi ik wat koud water tegen mijn verhitte gezicht. Ik draai de kraan wijd open. Ik houd mijn polsen in de harde straal en vul een glas. Het water wil zonder ijs niet meer echt koud worden, het is al te lang te warm weer.

Marit komt de keuken binnen, haar gezicht staat stuurs vandaag. Ik laat een glas voor haar vollopen. Ze drinkt het in één keer leeg en geeft het aan me terug.

'Dank je. Kom, zullen we naar buiten gaan. Mooi werk van onze Tessa, hè? Ik ben benieuwd wat ze met ons van plan is. Kom jij eigenlijk wel op het feest?'

Ze loopt voor me uit en ik zie dat ze is afgevallen. Haar schouders hangen wat naar voren, alsof de toestand met David haar letterlijk terneerdrukt.

Kom ik op het feest? De vraag resoneert in mijn hoofd. Er valt voor mij niets te vieren.

'Wijntje?'

Ze verwacht kennelijk geen reactie van me, niet op de vraag of ik wijn wil en niet op de vraag of ik naar het feest kom. Ze heeft een fles uit de koeler gehaald en schenkt zonder mijn antwoord af te wachten vier glazen in.

'Wat vind jij?'

Ze lijkt te schrikken van mijn vraag, trekt haar wenkbrauwen op.

'Dat weet je toch? Ik vind dat je gewoon moet komen. Het wordt tijd dat je de dingen van vroeger achter je laat. Of wil je voor eeuwig wrokkig blijven?'

Ze zet een glas voor me op tafel. Het piepende geluid van de kurk die ze van de trekker draait, doet pijn in mijn oren.

'Wrokkig? Dat heeft er helemaal niets mee te maken. Het gaat over loyaliteit van ouders en kinderen. Dat is wel even wat anders, hoor.'

Marit knikt en neemt een slok. 'Ja ja, dat weet ik ook wel. Toch zul je een keer moeten slikken, vrees ik. Je kunt niet eeuwig wegblijven. Dit feest lijkt me een goede gelegenheid. Je zou door je afwezigheid meer opvallen, denk ik. De vraag is of je dat wilt. Bovendien hoef je niet bang te zijn voor veel vragen. Mama is echt niet veranderd hoor, in de tijd die jij haar niet meer hebt gesproken.'

'En Gerard waarschijnlijk ook niet. Praat die nog steeds voor twee?'

Tessa onderbreekt ons, ze loopt met twee camera's in haar handen op ons af. 'Eerst maar even een drankje en dan aan het werk.'

Ze legt de camera's op een stoel, pakt een glas van tafel en houdt het tegen haar wang. Dan neemt ze een grote slok. Ik kijk naar haar en vraag waar Anne is.

Tessa zet haar glas terug op tafel en neemt een handvol nootjes. 'Naar de wc geloof ik, ze komt eraan.'

'Ik vind dat ze er heel slecht uitziet, heb je die ingevallen wangen gezien? En die kringen onder haar ogen. Volgens mij gaat het helemaal niet goed met haar. Belt ze jullie weleens?' Ik praat fluisterend en kijk achter me om te zien of Anne er al aan komt.

'Ja, ik bel wel eens met haar, niet vaak. Jullie weten hoe het gaat tussen ons, direct bekvechten en ruzie zoeken. Ik heb eigenlijk geen idee, ze zit nog steeds ziek thuis van haar werk. Volgens mij is ze in therapie.' Tessa is net uitgepraat als Anne er aan komt lopen. Haar enorme borsten deinen. Het verbaast me iedere keer weer hoe groot ze zijn.

'Anne, neem even wat ijs mee uit de vriezer. Links bovenin liggen wat doosjes.' Tessa's stem klinkt bevelend, zoals gewoonlijk. Tessa speelt de baas over haar jongste zusje. En Anne doet braaf wat haar opgedragen wordt. Dertig is ze dit jaar geworden, en ze is nog steeds hetzelfde meisje als vroeger. Ze deed altijd alles wat papa en mama zeiden. Ze was de braafste van de klas, zoniet van de hele school. Mama noemde haar altijd een 'gezeglijk kind'. Tot dat gezeglijke kind plots ging puberen. Ze veranderde van de een op andere dag in een vreemd wezen. Ze heeft nog nooit een langere relatie gehad, alleen wat losse, korte contacten.

Toen Anne geboren werd, had ik nauwelijks belangstelling voor nog een nieuw zusje. Ik had er al twee, Marit en Tessa. Mama gebruikte me al snel als oppas. Dat maakte me woedend, want ik verdiende er niets mee. Die onvrede heb ik op het arme kind losgelaten. Niet dat ik haar sloeg, dat nooit, maar ik was onaardig en ongeduldig. Misschien heb ik weleens een beetje in haar armpjes geknepen als ze niet stil wilde zijn. Ik snauwde als ze huilde, liet haar altijd net iets te lang liggen, verzuimde soms de luier te verschonen. Ik herinner me de woede die ik voelde als ik op zaterdagavond thuiszat met drie kleintjes. Terwijl al mijn vriendinnen uitgingen. Mama zei dan dat ik toch geen geld had en daarom dus niet eens uit had gekund. Ze draaide de boel altijd lekker om. Toen Anne naar de basisschool ging, was ik al bijna van school af.

'Aha, daar is het ijs.' Tessa strekt haar handen uit om het ijs van Anne aan te pakken. Ze drukt de klontjes uit de verpakking en verdeelt ze spetterend over de glazen. Dan gooit ze er eentje in de spleet tussen Annes borsten. Die gilt en morst wijn in een grote boog over ons heen. Ze bukt voorover en schudt haar bovenlichaam heftig heen en weer, haar handen graaien zoekend onder haar shirt. We lachen allemaal en Marit laat onverwachts een klontje achter in Tessa's hemdje glijden. God, wat is het lekker om zo te lachen. Ik houd mijn buik vast en bemachtig ook een klontje – het verdwijnt in Marits rokband en glijdt langs haar benen op de grond. Ze raapt het vliegensvlug op en stopt het tussen mijn borsten. We liggen nu allemaal hijgend en lachend op onze stoelen en bekijken de natte plekken. Anne probeert haar borsten weer in het gareel te krijgen, ze lacht gelukkig ook. Even was ik bang dat ze zou gaan huilen. Ik wrijf een smeltend klontje tussen mijn voeten, het is een aangenaam opwindend gevoel.

Tessa schenkt onze glazen nog eens vol. 'Met ijs?' Ze grinnikt en vist wat overgebleven klontjes van de tafel. Haar harde tepels steken scherp door het dunne jurkje dat ze draagt. Ze heeft geen beha nodig, zo te zien. Door de natte stof op haar billen schijnt de afdruk van een string. Ze heeft het figuur van een model, wat een geluk. Tessa is altijd de meest uitdagende en lichamelijke van ons vieren geweest. Ze lijkt altijd lekker in haar vel te zitten en was een echte mannenverslindster. Ik vraag me af hoe dat nu is, nu ze met Alex samenwoont. Toen ik net in haar slaapkamer gluurde, zag ik dat de stoel en de grond bezaaid waren met slipjes en kledingstukken. Het enorme tweepersoonsbed was onopgemaakt. Een rood onderlaken en witte, gladde satijnen lakens lagen slordig op een hoop. Op het nachtkastje lag een knalroze ding. Ik herkende het niet direct als een vibrator. Hij lag daar open en bloot. Ik schrok ervan. Zoiets verberg je toch? Maar dat is natuurlijk een gedachte van een moeder. Je verstopt die dingen als je kinderen hebt. Ik moet er in ieder geval niet aan denken dat Thomas en Chantal zo'n ding in mijn slaapkamer zouden aantreffen. Ik heb nog nooit een vibrator gehad, maar het lijkt me ineens heel prettig.

Anne heeft twee felrode vlekken op haar wangen. Haar benen steken dun uit haar wijde korte broek. Haar grote tepels tekenen zich vaag af. Ze moet wel een stevige beha dragen. Wat zal dat warm zijn. Arme Anne, ze zou zich moeten laten opereren. Jammer dat ze bang is voor de narcose. Ze zou er een stuk gelukkiger van worden, denk ik.

'Goed, hoe gaan we dit doen, Tessa?' Marit buigt zich voorover, neemt een sigaret en steekt hem aan met een zilverkleurige aansteker. Die heeft de vorm van een pistool. Wat zou ze die graag op David richten.

'Nou, het gaat dus om onze gezichten. Ik wil graag een paar groepsfoto's maken van ons alle vier, met de zelfontspanner. En een paar van jullie apart, portretfoto's. Ik wil ze graag tegen de muur nemen, die is mooi neutraal. Laten we het nu doen.'

We staan allemaal tegelijk op. Ik wil geen spelbreker zijn, maar wat vind ik dit vervelend. De gedachte aan het feest ligt als een zware steen op mijn maag. Ik wil niet bij mijn ouders op de kast staan. Ik wil mijn moeder niet zien, me moeten gedragen, de oudste dochter zijn. Het was natuurlijk onontkoombaar dat ik haar op een goed moment weer zou zien en spreken, maar ik had dat graag nog heel lang uitgesteld. Aan Gerard wil ik al helemaal niet denken. Mijn zussen lijken eraan gewend te zijn dat ik niet meer thuiskom. Zij gaan nog allemaal regelmatig, zeker met verjaardagen en feestdagen.

Alsof ze mijn gedachten kan lezen vraagt Anne ernaar. 'Hoe is dat eigenlijk voor jou, Renate? Kom je echt naar het feest?' Zij heeft als psycholoog waarschijnlijk wel enig idee hoe deze situatie voor mij is.

'Ja Renate, kom je?' Tessa kijkt me vragend aan.

'Ik zal wel moeten, denk ik, alleen al voor de kinderen.'

Marit kijkt me aan. 'Het lijkt me een goede gelegenheid om de dingen bij te leggen. Je kunt niet eeuwig doorgaan met je af te zonderen. Je hoort nou eenmaal bij de familie, of je wilt of niet. Doe het dan voor mama.'

'Anders doe je het maar voor je zusjes. Voor ons is het ook niet leuk, altijd dat gedoe. Hoewel we eigenlijk al niet meer beter weten.' Tessa zegt het terwijl ze door de lens van de camera naar me kijkt.

Voor ik kan antwoorden dirigeert ze ons in de juiste opstelling. 'Dicht bij elkaar gaan staan. Goh, wat lijken jullie toch op elkaar.'

Ze praat tegen Anne en Marit. Ze heeft gelijk, ze hebben allebei de fijne trekken van hun vader. Ik ben de enige die de grove botstructuur van mama heeft. Maar ik heb de ogen van mijn vader, dat kan ik zien aan de foto die ik van hem heb.

Tessa zet de camera op een stoel en manoeuvreert hem zo dat ze ons goed voor de lens heeft. Anne staat naast me en zegt dat het haar moeilijk voor me lijkt om te komen. 'Jullie hebben elkaar toch drie jaar niet gezien.'

'Ja, alweer drie jaar.' Drie lange jaren waarin ik hevig strijd heb moeten voeren, met mezelf en met de kinderen. Voor hen was mijn gedrag onbegrijpelijk, ze vonden dat ik omwille van de lieve vrede op zijn minst bij verjaardagen en feestdagen hoorde te zijn. Dat heb ik al die tijd geweigerd.

Anne fluistert zacht in mijn oor. 'Ik zou ook liever niet gaan. Wat dat betreft zitten we in hetzelfde schuitje.'

'Allemaal in de lens kijken, daar komt ie.' Tessa voegt zich met een sprintje bij ons. Ik kijk naar de camera, voel de huid van mijn zussen warm tegen mijn armen. Klik.

'Nog één, lachen!'

Ik doe mijn best om te glimlachen en probeer in gedachten te relativeren. Wij vieren zijn tenminste nog bij elkaar. Mijn problemen zijn lang niet zo erg als die van Anne en Marit. Het gaat in ieder geval goed met de kinderen, al ben ik bang dat Chantal foute vrienden heeft. Ik meende laatst duidelijk te ruiken dat ze gerookt had, de zurige lucht van cannabis hing op haar kamer. Ze ontkende hevig verontwaardigd toen ik ernaar vroeg.

‘Renate, lachen!’ Klik. ‘Nu nog eentje van oudste naar jongste.’

Ik verschuif van plek en sta nu aan het begin. Marit sist tegen me dat ze gek wordt van Tessa’s gecommandeer. We krullen onze lippen omhoog, tonen onze tanden. Klik.

‘Nog eentje zoals vroeger, als we niet op de foto wilden en gekke bekken trokken.’

Ik buig me voorover en steek mijn tong uit naar de camera. Ik herinner me Gerard die eindeloos wachtte met afdrukken tot we allemaal stonden zoals hij het in zijn hoofd had. Dat duurde altijd zo lang dat we uit verveling raar gingen doen. Soms bleef ik gewoon expres buiten beeld staan. Op de meeste familiefoto’s zie je ons als apen en monsters. Gerard was dan de rest van de dag verschrikkelijk chagrijnig.

Klik. Het geluid van een snik. Anne huilt, haar gezicht is verwrongen. We kijken elkaar aan. Daar gaan we weer. Ik loop haar achterna naar de tafel. Ze pakt haar tas en vist er een pakje tissues uit. Zweetdruppeltjes glinsteren op haar voorhoofd. Ik verlang naar een stortbui.

‘Wat is er lieverd, komt het door de foto’s? Hier, neem een slokje. Tessa, heb je nog ijs?’

Anne snottert en haalt hijgend adem. Marit komt bij ons zitten. ‘Gaat ’t weer over vroeger?’ Haar stem klinkt bits, ze neemt een handvol nootjes en propt die in haar mond.

Anne kijkt woedend op van haar zakdoek. ‘Hoezo, jij hebt geen idee waar je het over hebt. Wat bedoel je eigenlijk?’ Een nieuwe stroom tranen vloeit uit haar ogen.

‘Die therapie helpt niet echt, hè? Wat doen jullie daar eigenlijk?’ vraagt Marit met volle mond.

Ik verstijf bij de toon in haar stem. Anne ook. ‘Nou ja zeg, waarom doe je zo gemeen? Volgens mij ben je zelf aan hulp toe met je fijne gezinnetje.’

Zo, de kaarten liggen open op tafel. Oude pijn en jaloezie. Tessa komt aangelopen met ijs, een karaf water en een nieuwe fles wijn. ‘Zo, zullen we maar eens even wat wegdrinken, meisjes?’ Ze schenkt ongevraagd onze glazen vol en strijkt over Annes hoofd. ‘Kom op schat, wat is er nou? Gooi het eruit. We moeten nog portretten maken, dus droog je tranen. Anders zie je er niet uit – hoewel ik dat wel weg kan schilderen. Proost!’ Ze heft haar glas en drinkt.

Anne staat op en pakt haar tas. 'Ik ga. Sorry, maar ik kan hier niet meer tegen. Het is één groot circus.' Ze draait zich om en loopt naar binnen.

'Ja, loop maar weer lekker weg, dat is makkelijk. Wij vermaken ons wel met ons favoriete familiespelletje: Wat is er toch met Anne?' Marits stem sneert haar achterna.

Ik wou ook dat Anne eens wat vertelde, nu loopt ze weer weg. 'Beetje rustig, Marit. Je hoeft haar niet nog meer overstuur te maken.' Mijn stem klinkt sussend, dat kan ik goed. Als er getroost moet worden, ben ik in mijn element. Ik sta vlug op. 'Wacht nou even, Anne.'

Ze heeft de deur achter zich opengelaten en rent de trappen af. Het geluid van haar rennende voetstappen galmt door het hoge trappenhuis. Ze is al buiten als ik haar inhaal. 'Anne, gaat het? Wat is er nou toch? Zal ik je morgen even bellen?'

Ze knikt en loopt van me vandaan. Ik zie nog vaag de natte plekken op haar shirt. Mijn kleine, depressieve, zwijgende zusje. Morgen moet ik maar eens proberen iets uit haar te krijgen.

Het begint te schemeren. De straattegels geven hun warmte af, er liggen vuilniszakken op de stoep. Ergens huilt een kind. Ik moet terug, het oude schoolgebouw in, de drie trappen op naar de enorme zolderverdieping waar Tessa met Alex woont.

Als ik de keuken in loop, hoor ik besmuikt praten op het dakterras. '...typisch, de oudste kreeg te weinig en de jongste te veel. Fysiek in ieder geval.'

Het klinkt alsof ze achter hun hand lachen. Ik blijf doodstil staan.

'Ze stellen zich aan, Renate helemaal. Ik vind dat ze het gewoon voor mama over moet hebben. Renate heeft geen idee hoe mama eronder lijdt dat ze niet meer thuiskomt. God, wat heb ik de pest aan dit gedoe. Heb jij dat niet?' Tessa zucht hoorbaar.

Marit antwoordt zacht. 'Ja natuurlijk, maar ik heb voorlopig even genoeg aan mijn eigen gezin.'

Mijn maag balt zich samen. Wat mij betreft laten we het plan voor het cadeau varen. Ik heb steeds minder zin om lachend op de achterkant van een melkpak op mijn moeders kast te staan. Laat mij er maar buiten, dat was toch altijd al mijn plek.

Marit

Voor David,

Haat is de achterkant van de liefde. Haat rust, wachtend op zijn kans, in de verborgen kamer van mijn hart.
Papier is gewillig, dus ik kan erop dromen en tekeergaan. Waarom is papier niet zwart en inkt wit? Onschuld. Niet schuldig. Nog niet schuldig. Geen weet hebben van de achterkant. Je blind staren op de glimmende voorkant van de dingen. Die glans ontneemt je het zicht. Verblindt. Liefde maakt blind. Haat verblindt evenzeer. Zeer is pijn. Pijn verdooft. Doof voor verklaringen. Verklaring; de dingen 'klaar' maken, helder zicht krijgen. Licht op de duistere kant werpen.
Overdrijf ik?
Het gebeurde drukt me neer en kleurt mijn dagen donker. Om me heen zijn de dingen niet veranderd. Niet de dingen veranderen, maar de manier waarop je ernaar kijkt. Ik ben van binnen niet meer dezelfde. In mijn hoofd heeft een verschuiving plaatsgevonden. Mijn leven is niet meer hetzelfde.
Als ik het maar niet gezien had.
Het witte kleed brandt overbelicht en gloeiend op mijn netvlies. Jouw lichaam op een ander. Ik houd mezelf voor dat er biologisch gezien niet zo veel aan de hand is. Zoveel mensen drukken een kort moment hun lichaam tegen dat van een ander. Er worden wat vloeistoffen uitgewisseld en daarna gaan ze ieder weer hun eigen weg.
Lust is een snelle voorbijganger.
Hoe wek ik je lust weer op? Met een spleet tussen mijn borsten,

deinend vlees, mijn ronde kont in een strakke broek, een lach, lingerie, een glimp vochtig glanzende huid?
Buitenkant.
Wat er binnen in ons gebeurt, daar hebben we nauwelijks grip op. De meeste vrouwen gaan vreemd tijdens hun ovulatie. De evolutie heeft ons zo ingericht dat we op het juiste moment op zoek gaan naar de meest kansrijke man: het alfamannetje. We schijnen onbewust om ons heen te kijken en te kiezen voor de man die net iets groter is, dat wil zeggen: een man die bredere schouders heeft, en smalle heupen, een model Tarzan. Een man met de grootste kans op sterk en gezond nageslacht. Mannen zijn gericht op zo veel mogelijk nakomelingen.
Zaaien. Sproeien. Bevruchten. Hoe kan ik jou iets kwalijk nemen wat zo duidelijk is aangestuurd door chemie? Mijn taak is om voor het nageslacht te zorgen. Het te verzorgen, te voeden en te koesteren. Zodat onze jongens later op hun beurt hun gezonde sterke zaad kunnen verspreiden.
Heel natuurlijk allemaal.
Waarom doet het dan zo veel pijn? Waarom ben ik niet tevreden met wat jij ons biedt? Riant onderdak, voedsel, kleding, bescherming tegen natuurgeweld en indringers. Je vervult je taak naar behoren. Kan ik je die ene keer niet vergeven? Ik houd van jou en jij van mij. Dat mag ik niet vergeten. Ook al kan ik het nu niet voelen. Waardoor wordt deze enorme giftige woede ingegeven? Door mijn verbeelding, of ook door fysieke, chemische processen? Is het de ingebouwde drang tot bescherming van ons gezin? De angst je te verliezen en alleen te staan? Je zegt dat je nog steeds bij mij en de kinderen wilt zijn. Je hebt haar niet meer gezien, zeg je. Je doet je best en bent lief voor me.
Ik moet ophouden je liefde weg te wuiven. Als ik te lang wuif, verdwijn je misschien voorgoed. Straks word ik een bittere vrouw die verzuurt. Dat is niet wat ik wil. Als zij maar niet haar kinderen op dezelfde school had zitten. Nu kom ik haar af en toe tegen. Ze slaat haar ogen neer als ze me ziet. Ik kijk weg van haar. Verhuizen? Opnieuw oplaaiende woede. Waarom zou ik moeten vertrekken. Laat háár weggaan! Huilend hart. Jankend hart.
Oud zeer. Nieuw zeer.

Ik wil repareren, lijmen, polijsten tot de breuk onzichtbaar wordt. Maar ook wil ik je slaan. Mijn vuisten tegen je borst rammen. En ik wil weer in je armen kunnen kruipen, dicht tegen je aan liggen en onbekommerd vrijen. Zou dat nog mogelijk zijn? Misschien later, maar ik wil het proberen, voor de kinderen en voor mezelf. Jij en ik hebben gezien hoe het bij Renate was: de kinderen uit het lood geslagen, zijzelf versuft en rauw van verdriet. Zij is een sterke vrouw. Zo wil ik ook zijn. Niet gemeen, zoals ik laatst met mijn zussen tegen Anne deed, zo wil ik niet zijn. Ik wil dat we normaal naar mama's feest kunnen, zonder ruzie en bittere gezichten.
Misschien laat ik dit aan je lezen. Misschien wordt alles dan weer wat rustiger.

Ik vouw de brief zorgvuldig in drieën en doe hem in een envelop. De sterke smaak van de lijmrand prikt in mijn tong. Morgenavond zal ik de brief aan hem laten lezen. Dan zullen we erover praten.

Anne

Thea begint onze sessie wederom met: 'Hoe voel je je?'

Telkens weer dezelfde eerste vraag. Alsof voelen het belangrijkste op de wereld is.

'Beroerd.' Vandaag moet ze maar eens echt aan het werk, vind ik. Ik zal het haar moeilijk maken, en als ze goed haar best doet, krijgt ze een kleine beloning van me.

'Beschrijf dat eens, beroerd. Hoe ziet dat eruit?'

Domme suggestie. Heeft ze niet geleerd dat je de verschillende zintuiglijke systemen moet gebruiken in je vraagstelling? Als ik niet visueel ben, kan ik hierop moeilijk een antwoord geven.

'Geen idee.' Ik klink afhoudend.

Haar voet wipt omhoog, een teken dat ik haar aandacht heb. Nu is ze waarschijnlijk lichtjes geïrriteerd. Haar ogen verwijden zich.

'Vertel me eens Anne, heb je enig idee wat ik vandaag voor je kan doen?'

Aha, een nieuwe strategie. Ze dwingt me tot een breder perspectief.

'Je zou me kunnen helpen weer aan het werk te kunnen.'

Nu lichten haar ogen op. Ze gaat iets rechter zitten.

'Daar wil ik je graag mee helpen, dat weet je. Is er iets wat je er op dit moment van weerhoudt om weer aan het werk te gaan?'

Goeie vraag. Ze doet duidelijk haar best. Vooruit, ik gun haar een glimp.

'Mijn slapeloosheid. En anders mijn nachtmerries.'

Ze knikt. 'Heb je enig idee wat je uit je slaap houdt?'

Natuurlijk, ideeën zat, nu nog oplossingen. 'Het verleden misschien?' Ik kijk haar vragend aan.

'Is dat een vraag?'

Ik sla mijn ogen neer. 'Ja. Ik weet niet of ik wakker lig vanwege mijn verleden of dat ik voortdurend aan het verleden denk juist omdat ik wakker lig. Het is zo'n typisch kip-of-ei-vraagstuk.'

Ze buigt zich wat voorover. 'Is er iets specifieks uit je verleden wat zich aan je opdringt?'

Nu moet ik oppassen voor de glijdende schaal. Voor je het weet, leg je je hele ziel en zaligheid op tafel.

'Van alles eigenlijk, dingen van vroeger. Beelden, kleuren. Veel rood, bijvoorbeeld aardbeien, vlekken op een jurkje dat ik droeg, de pumps van mijn moeder, een plas bloed op straat, van een hond die onder een auto was gekomen. Een zelfgebreide sjaal. Rare dingen waarover ik dan later weer droom.'

Ik realiseer me dat rood gevaar symboliseert. In deze kamer is er niets roods. Wel veel rustgevend groen.

'Welke betekenis heeft rood voor jou?'

Dat is een voor de hand liggende vraag, maar vooruit.

'Ik vind rood heftig, opdringerig.'

'Zijn er in je werk dingen of mensen die je associeert met rood? Of die deze emoties bij je opwekken?'

Oké. 'Ja, er zijn een paar collega's, mannen. Die dringen zich op. Maar dat is voor mij niet iets om wakker van te liggen, hoor. Met mijn cupmaat gaat dat vanzelf, dat snap je wel.'

Ze probeert niet naar mijn borsten te kijken.

'En hoe sta jij zelf tegenover je... cupmaat, Anne?'

Ik lach onwillekeurig. Zo is het me nog nooit gevraagd. Dan schieten volkomen onverwachts tranen in mijn ogen. Verdorie, dat is niet de bedoeling. Ik probeer ze terug te dringen, maar ze zetten door. De tissues staan naast me op de lage tafel. Thea duwt de doos naar me toe. Ze bijt op haar onderlip.

'Ik haat ze. Ik haat ze zo verschrikkelijk.'

Nog meer tranen. Ik laat ze nu maar komen en veeg ze van mijn wangen, met de ene tissue na de andere. In mijn schoot vormt zich een bergje witte proppen.

'Niemand ziet mij, weet je. Ze zien altijd eerst mijn borsten. Ik zie ze kijken op straat en op mijn werk. Collega's, klanten. De mannen kijken begerig en de meeste vrouwen jaloers of walgend. Ik weet echt wel wat ze denken, ik ben een wandelend pornoaffiche.'

Ze is even stil, schenkt een glas water voor me in. 'Dus, je vindt je borsten, eh, heftig en opdringerig.'

Ze stelt het, meer als feit dan als vraag. Ik knik alleen maar.

'En rood is voor jou de kleur van gevaar?'

Ik snuit mijn neus en drink wat water.

'Ja, kennelijk.'

Ik haal een paar keer diep adem.

'Anne, heb je het idee dat je dromen, je nachtmerries, hiermee te maken hebben?'

Mijn schouders gaan omhoog. Ik besluit nog even de waarheid te vermijden.

'Dat weet ik niet, misschien wel. Maar waarom dan nu?'

De blik in haar ogen is zacht en ernstig. 'Waarom nu? Dat is een vraag die je alleen zelf kunt beantwoorden, vrees ik. Ik adviseer je om deze vraag op te schrijven en er af en toe naar te kijken. De beelden en associaties die erbij opkomen zou ik opschrijven. Laat je onbewuste het werk doen. Vaak geeft het onverwachte antwoorden en nieuwe inzichten. Neem de vraag mee als je gaat slapen.'

Mijn neus jeukt en er lopen straaltjes zweet onder mijn oksels vandaan. Alles aan me plakt. Thea schrijft iets op en scheurt het beschreven vel af, geeft het me.

'Hier, neem deze vragen mee. Vertel me volgende week wat ze bij je teweegbrengen. Denk je dat we kunnen stoppen voor vandaag?'

We? Ze klinkt als een ouderwetse verpleegster. Het papier is koel tussen mijn vingers, ik vouw het zonder te lezen dubbel en stop het in mijn tas.

'Ja hoor, het gaat al weer. Tot volgende week dan maar.'

Ze geeft haar hand en knikt me geruststellend toe. Ik geneer me voor mijn kleffe handpalm en loop snel door naar het toilet. Ik houd mijn handen en mijn polsen lang in het stromende water uit het koperen kraantje. Er zitten barsten in het gelige porselein van de wasbak. Ik kijk mezelf aan in de spiegel en dep voorzichtig mijn gezwollen ogen. Ik ben uitgeput van deze sessie. Dat doet huilen met je. Eigenlijk had ik haar willen vertellen over de prijs. Dat er niemand is die ik mee durf te vragen. Ik droog mijn handen en rust een kort moment uit, met mijn rug tegen de muur geleund. Ik doe mijn best om mijn aandacht op mijn ademhaling te richten. Na enkele ogenblikken verlaat ik ongedurig en geïrriteerd de ruimte. Buiten, in de schaduw van de hoge huizen, lees ik wat ze heeft geschreven.

1. *Stel jezelf de volgende vraag: Rood, wat wil je me vertellen? Laat deze vraag achter in je hoofd resoneren. Leg hem onder je kussen.*

2. *Schrijf een brief aan je borsten. Wat betekenen ze voor je? Wat willen ze je zeggen?*

N.B. *Deze brief is voor jou alleen, dus je kunt zo open en eerlijk zijn als je maar wilt.*

Tessa

Eerlijk gezegd vind ik de foto's helemaal niks. Ze inspireren me totaal niet, die zussen van mij. Ik zie af van het hele project. Ik plak de foto's wel op een leuk ding en geef dat aan mama. God, wat zijn ze truttig. De degelijkheid van Renate! Altijd met de dood bezig en ondertussen glijdt het leven onder haar weg en langs haar heen. Nooit eens aan zichzelf denken, en wie spreekt er straks op haar begrafenis? Ik niet. En dan Marit, met haar chagrijnige kop. Geen wonder dat David het een keer buiten de deur zoekt. Wat doet ze daar moeilijk over, alsof het haar leven in gevaar brengt. Die arme man heeft al jaren in hetzelfde potje moeten roeren. Er is toch niks mis mee als je eens een ander kutje wilt? Sodemieter toch op met die achterhaalde ideeën. Geniet een beetje. Pluk de dag. Ik heb mijn jaloerse kinderachtige gevoelens over Alex' vriendinnetjes ook van me afgezet. Ik wil er gewoon niet aan denken. Ik zoek ook niet meer in zijn zakken. Punt. Anne kan er ook wat van. Laat ze die tieten van d'r gebruiken in plaats van er een complex van te krijgen. Ruben zou ze fantastisch vinden. Ik zal hem de foto's laten zien, wie weet wil ze model staan.

Hoe is het mogelijk dat wij vieren zussen van elkaar zijn? Nee, ik maak geen groepsportret. Sorry meisjes, het feest gaat niet door. Wat nu? Zal ik eens kijken of meneer onbekend in de buurt is. Waarom ook niet, die wil vast nog wel een keer met me naar de waterkant. Het display licht op, nummer kiezen, bellen. In gesprek. De gedachte aan een lekker buitennummertje windt me op. Ik ga even op bed liggen. Ik trek mijn jurkje omhoog en mijn slipje opzij. Het laken is lekker koel onder mijn billen en mijn roze rubberen speeltje trilt aangenaam tussen mijn dijen. Ik glij stevig heen en weer in mijn eigen natheid en duw hard naar binnen. Een paar heftige stoten en dan komt het al, een kort, diep orgasme. Jammer, zo snel. Zacht laat ik mijn vingers heen en weer glijden tussen mijn lippen. Nog een keer. Glanzend van speeksel wrijven mijn vingertoppen rondjes om mijn tepels. Ik word onderbroken door mijn telefoon. Ik veeg mijn hand schoon aan het laken en neem op. Hopelijk iemand die het af komt maken. 'Met Tessa.' Mmm, wat klinkt mijn stem loom.

'Hi. Met Ruben. Hé, ik heb nog eens nagedacht over de expositie en heb een voorstel. Het lijkt me geweldig spannend als het hele gebeuren een grote verrassing is voor jou. Dus dacht ik: stel dat jij de schilderijen, net als iedereen, pas bij de officiële opening ziet. Wat denk je daarvan?'

Zijn stem reduceert mijn denkvermogen tot ongeveer nul. Ik verbeeld me zijn handen en zijn mond.

'Ben je aan het werk? Stoor ik?'

Hij hoort het geluid van de zacht ronkende vibrator natuurlijk. Een standje lager.

'Aan het werk? Niet echt, nee. Ik lig even op bed. Ik heb zo genoeg van de hitte. Wat zei je nou? Je bedoelt dat ik niet moet komen kijken als je in de galerie aan het werk bent?'

'Ja, precies. Dan is het voor jou ook nieuw. De eerste keer, daar houd je toch zo van?' Ik hoor hem glimlachen.

'Daar ben ik dol op, dat weet je. Goed. Ik kom pas bij de opening. Zeg, ben je nog van plan naar mijn werk te komen kijken? Heb je het druk vandaag?' Alleen zijn ademhaling al windt me op.

'Nou ja, wat is druk. Ik heb genoeg te doen. Hoezo?'

'Ik dacht, kunnen we niet, nu ik klaar ben met poseren, eh, nou ja, dat we gewoon alleen een aftersessie doen? Nu? Zo meteen? Straks? Ik mis je eigenlijk wel.' Zelfs de laagste stand van de vibrator is me even te heftig nu, ik gooi het ding van me af.

'Nou nee, ik denk niet dat dat gaat lukken vandaag. Ik heb afspraken, een programma. Misschien moeten we elkaar maar even niet zien. Ik moet me echt concentreren op m'n werk, weet je.'

'Jammer. Je hebt zeker geen idee wat ik aan het doen ben, hè?' Misschien wekt dit zijn lust op: 'Ik ben aan het bodypainten, met m'n eigen speeksel. Vooral cirkels, lange lijnen. Zie je 't voor je? Jammer dat je het zo druk hebt, anders kon je me mooi helpen met mijn achterkant.' Hij slikt hoorbaar, ademt diep in. 'Lieve schat, het klinkt heel opwindend, maar ik moet gewoon een aantal dingen doen vandaag. Maak er een paar mooie foto's van en stuur ze naar me op. Ik mis je ook, weet je. Hé, ik ga hangen. Geniet ze nog.'

En weg is ie. Ook goed, dan geen dubbelexpositie. En die foto's gaat hij krijgen. Ik zal een mooie serie voor hem maken. Hij krijgt ze onbewerkt en ongecensureerd.

Renate

Stoom wolkt heet omhoog. Terwijl ik strijk, dwalen mijn gedachten naar de nabestaanden die ik de laatste tijd heb ontmoet. Wim. Gré en haar dode glazenwasser. Ik heb voor die toespraak het beeld van de werkschoenen in de gang gebruikt. Het lijkt of in sommige levens nooit iets bijzonders gebeurt, maar dat is bedrieglijke schijn. Ieder mens is bijzonder, als je maar goed genoeg kijkt, en luistert. Gelukkig heb ik vlak voor de plechtigheid hun kinderen nog even kunnen spreken. Het verhaal van de dochter over de fietstochtjes die ze af en toe met haar vader maakte, ontroerde me. Haar vader nam haar heel soms mee om samen te kijken naar de grote nieuwe gebouwen aan de rand van de stad. Hij liet haar de honderden ramen zien en praatte over het glaswerk en hoe dat schoon werd gehouden. Een keer mocht ze met hem mee in zo'n bakje dat als een lift omhoogging. Ze was doodsbang geweest, maar papa had zijn handen stevig voor haar ogen gehouden tot ze beneden waren. Het was niet veel, maar wel veelzeggend. De zoon mompelde iets over verplicht samen de auto wassen op zaterdag, en verder zagen ze elkaar niet zo veel. Hij had op zijn laatste verjaardag een horloge gekregen van zijn vader, daar was hij nu wel heel blij mee. Het was uiteindelijk een van mijn kortste toespraken ooit. Toch weiger ik een standaardverhaal te gebruiken. Ik wil niet een van die 'broodsprekers' zijn die je tegenwoordig hebt. Die maken wat aantekeningen tijdens een interview en verzinnen daar tijdens de dienst een verhaaltje omheen. Dan loop je natuurlijk het nodige risico om fouten te maken. Laatst nog had zo iemand twee families helemaal door elkaar gehaald. De nabestaanden zaten hoofdschuddend en verbijsterd met elkaar te fluisteren. Het komt allemaal zo nauw bij rouw. Zoiets zal mij nooit overkomen.

Gelukkig, dat was de laatste blouse. Wat een lastig kraagje is dit altijd. Klaar voor de volgende crematie. Nu de slaapkamers stofzuigen. Mijn gedachten bewegen heen en weer, net als de zuigmond aan het eind van de slang. Iedere baan dezelfde structuur. Heen licht, terug donker. Hoe vaak heb ik deze vloer al gezogen, en dezelfde gedachten gehad?

Thomas' kamer heeft nog altijd dezelfde donkergroene vloerbedekking. Het onverslijtbare, stugge nylon prikt in mijn blote voeten. Onder zijn bed ligt weer van alles. Nu prikt het ook in mijn knieën. Mijn rug doet zeer als ik omhoogkom. Een straaltje zweet loopt tussen mijn borsten naar beneden. Het is me vandaag te veel moeite om alle los slingerende kledingstukken en rommel op te ruimen. Ik zuig zo'n beetje om de dingen heen.

Op het overvolle bureau ligt Thomas' fotoalbum tussen enkele schoolboeken en een elektronische rekenmachine. Ik heb het album nooit ergens anders dan in de kast zien staan. Misschien had hij het nodig voor een project op school. Mijn handen zijn plakkerig en kleven aan het dunne doorzichtige beschermpapier tussen de dikke fotobladen. Nog niks digitaal toen. Lachende, snotterende en boze snoetjes kijken me aan. Hij was een drukke baby, maar om op te vreten zo mooi. Theo staat stralend met zijn pasgeboren zoon op zijn arm. Dan de geboorte van Chantal. Thomas prikt met een spits vingertje in haar wang. Met ons vieren, een compleet gezin. We kijken trots en verrukt naar elkaar. De eerste schoolfoto. Dikke wangen en glimmende ogen. Verjaardagen. Een van de weinige foto's met zijn opa en oma, in de dierentuin. Mijn moeder kijkt stralend in de camera, Gerard houdt Thomas stevig vast op de ezel. Met Chantal en de buurkinderen bij een enorme sneeuwpop. Op de volgende pagina twee witte plekken. Het onderschrift vermeldt: *papa en mama vijf jaar getrouwd*. Ik herinner me de foto's die hier zaten goed. Op de ene sta ik gearmd met Theo onder de sering in de voortuin. De andere is genomen toen we met ons vieren na een tochtje in een roeiboot een enorme coupe ijs zaten te eten. Nu herinner ik me dat Thomas verteld heeft dat hij voor school een stamboom moest maken. Waarschijnlijk heeft hij deze foto's meegenomen om te kopiëren. Ik blader snel door. Verderop in het album zijn nog drie witte plekken.

Dwars door het geluid van de stofzuiger hoor ik gerinkel. Ik trek de stekker uit het stopcontact en neem in de plotselinge stilte de telefoon op.

'Met Renate.'

Licht hijgen aan de andere kant, een nauwelijks ingehouden zucht. Ik krijg de neiging de verbinding te verbreken. Dan is er zijn stem.

'Dag Renate, met Wim spreek je. Bel ik gelegen?'

Wim! 'Eh ja, hoe is het met je?' Meer weet ik niet te zeggen.

'Goed, dank je. Ik wou nog eens bedanken voor de fijne dienst in het crematorium, en je mooie toespraak. Ik vind het knap van je hoe je dat doet.'

'Nou, dank je wel, dat is fijn. En, ach, het is mijn werk. Ik ben altijd blij als ik iets toe kan voegen aan zo'n verdrietige gebeurtenis.'

Wat wil hij? Belt hij me om dit te zeggen? De telefoon glijdt haast uit mijn hand. Ik loop heen en weer tussen de slaapkamers. Raap kleren van de grond. Strijk met mijn vingers stof van een richel op de overloop.

'Ja, het is prachtig werk wat je doet, interessant ook. Ik zou er wel eens met je over willen praten. Zeg Renate, ik wilde je eigenlijk vragen of je zin hebt om eens een kop koffie met me te drinken, maar ik weet niks van je, misschien ben je wel getrouwd. Ik wil me natuurlijk niet opdringen.'

Mijn hart slaat een slag over. Wil ik dat? Een afspraakje met hem?

'Ik ben alleen, gescheiden. Een kop koffie drinken? Dat is goed. En jij, dus ook niet getrouwd neem ik aan?'

Waar en wanneer zou ik met hem moeten koffie drinken? Opnieuw zijn stem.

'Ik ben ook gescheiden. Mijn twee kinderen studeren en wonen op kamers. Dus dat zou je wel willen? Nou, wanneer zou het jou uitkomen?'

'Tja, ik ben nogal druk. En ik heb de twee kinderen nog thuis. Op een avond zou wel kunnen, een beetje op tijd... Misschien woensdag?'

Dan zijn ze allebei naar hun sportclub. Als ik maar geen aanvraag voor een toespraak krijg. In de badkamerspiegel zie ik mezelf met rode wangen aan mijn haar frunniken. Ik keer me af van mijn spiegelbeeld en vouw met mijn rechterhand een paar handdoeken op.

'Woensdagavond is goed, dan kan ik ook. Wat denk je van half acht? Is dat te vroeg?'

'Nee, dat is prima.' Oh god, nu nog een plek. Waar doe je zoiets? Niet hier thuis, ook niet bij hem. Op neutraal terrein is het beste. Maar waar?

'Wat denk je van het terras tegenover het station?'

'Lijkt me prima. Nou, bloemen of een krant onder de arm hoeft niet, hè?' Zo luchtig als ik klink, voel ik me niet bepaald.

'Eh, tot dan, en laten we hopen dat het wat koeler is tegen die tijd.'

Toch nog een weerpraatje. 'Ja, dat hoop ik ook. Tot woensdag dan.'

'Ja, tot woensdag.'

Ik droog de telefoon aan mijn rok af en neem de trap met snelle passen. Schenk een glas ijskoud sap in en klok het gulzig naar binnen. Met mijn rug tegen het aanrecht geleund voel ik tot mijn verbazing een oud gevoel in mijn maagstreek. Het vlindert daarbinnen. Lichtjes, maar toch. Ik zeg het zachtjes hardop tegen mezelf. 'Ik heb een afspraakje. Hij heeft me gebeld. Er is een man die me misschien leuk vindt.'

Nu de wastafels nog. Opnieuw naar boven. Kletterend stroomt het water in de emmer, het spat over de rand. Glanzend wit verschijnt na het schuren. Ik neurie een zelfverzonnen melodietje tegen mijn spiegelbeeld. Op Thomas' kamer ligt het fotoboek nog opengeslagen. Ik ga ermee op zijn bed zitten, blader door naar de foto's waar Theo op staat. Aan zijn gezicht valt niet af te lezen dat hij me na een paar jaar huwelijk zou verlaten. Toen hij in mijn leven verscheen, kon ik maar aan één ding denken: verlos me! Door hem werd ik volwassen en kon ik me losmaken uit het systeem dat me vasthield. Los van thuis. We trouwden al na een halfjaar verkering. Iedereen om ons heen ging samenwonen, ze waren allemaal fel antiburgerlijk. Maar ik wilde een levensverzekering – een stempel en officiële goedkeuring. In voor- en tegenspoed, tot de dood ons scheidt. Ik wilde het allemaal hardop gehoord en gezegd hebben. Ik klonk hem aan me vast met scherpe, glimmende nagels. Hij hield het voor liefde, lachte vergevingsgezind om de felheid waarmee ik het gemak veroordeelde van samenwonen en weer uit elkaar gaan. Ik zag de vrouwen naar Theo kijken als ze bij ons op visite waren, ik verdacht ze ervan hem van me af te willen pakken. Zij met hun los-vaste verhoudingen en vrije seksuele moraal. Een voor een keerden ze zich van ons af. Toen de kinderen werden geboren, kwam ik tot rust. Er daalde een weldadige tevredenheid in me neer, nu was alles veilig. In die waas van geborgenheid verloor ik Theo uit het oog. Ik raakte verblind door een ongekend gevoel van juistheid. En zonder dat ik het in de gaten had, glipte hij ertussenuit.

Nu dient zich opnieuw een man aan. Voor het eerst sinds de scheiding durf ik de mogelijkheid te overwegen. Zou ik het nu anders kunnen?

Marit

Pelle zingt luid een onverstaanbaar liedje, in het fietsstoeltje aan mijn stuur.

Ik beweeg de pedalen in een langzaam ritme. Er ligt opnieuw een hete dag voor ons, houdt het dan nooit op?

Bij de supermarkt til ik mijn kleine mannetje met een grote zwaai uit zijn stoeltje. Hij gilt van plezier.

'Nog een keer.'

Ik zet de fiets op slot en neem zijn handje in de mijne.

'Pelle ijsje!'

In de weerspiegeling van het enorme raam zie ik mijn vermoeide ogen. Ondanks de bruine kleur zie ik bleek. Ik heb ingevallen wangen en afhangende schouders. Ik adem diep in en recht mijn rug. Vanavond praat ik met David over de brief. We maken tegenwoordig afspraken om te praten. We leven langs elkaar heen, ik begrijp nu wat dat betekent. Je zit elkaar niet in de weg, danst om de ander heen. Je probeert uit alle macht te voorkomen dat je elkaar raakt. David slaapt nog steeds op zolder. Soms lig ik de hele nacht wakker, me voorstellend hoe hij boven me ligt. Hij vertrekt 's ochtends zo vroeg dat hij al weg is als wij opstaan. Hij gebruikt de douche op zijn werk.

Ik houd van hem. Ik wil dat hij weer naast me komt liggen. Maar ik wil hem ook straffen. Mijn verlangen naar hem, naar de oude situatie, krijgt langzamerhand de overhand. Vanavond zal ik hem zeggen dat hij terug bij mij in bed mag komen. Vandaag leest hij de brief. Ik heb hem in zijn tas gestopt, duidelijk zichtbaar, hij moet hem als eerste zien als hij zijn tas opent.

'Deze, deze!'

Pelle trekt aan mijn rok. In zijn andere hand heeft hij een zak berendropjes. Mijn mobieltje gaat. Heeft David mijn brief al gelezen? Ja, zijn naam verschijnt op het display.

'Met Marit.' Mijn stem klinkt schor van de spanning.

'Met mij. Ik wilde even zeggen dat ik vanavond later ben. We hebben onverwachts een spoedbespreking met Bielermans. In Parkheuvel, dus je weet wel hoe laat het dan wordt. Sorry. Kun jij dan de kinderen vanavond in bed doen?'

'Ja, dat is goed. Maar, eh, bel je nu vanaf kantoor?'

Hij heeft de brief nog niet eens gezien. Hij is er vanavond niet. Verdomme, waarom ben ik niet duidelijker geweest tegen hem. Nu wordt het vannacht of morgen.

'Ja, we hebben even een korte break, dus ik dacht: ik bel je nu.'

'David, luister, in je tas zit een brief die je moet lezen. Een brief waar ik het met je over wil hebben. Ik hoop dat je heel zeker weet dat je vanavond niet met een of andere dame in Parkheuvel zit. Want als dat wel zo is dan is het dus voorgoed over en uit tussen ons en kun je morgen verhuizen.'

Ik verbreek de verbinding en zet mijn telefoon uit. Ik haal hijgend adem, ben verbijsterd over de donkere hoek ergens in mij waar dit gif uit voortspoot. Dit was helemaal niet mijn bedoeling.

Pelles stemmetje klinkt vrolijk boven de supermarktmuziek uit.

'Nee mvouw, die!'

Hij staat bij de groentes tegen een oudere dame te praten en wijst naar een bak bananen. Als hij me ziet, rekt hij zich nog verder uit om bij het fruit te kunnen.

'Mama, die! Pelle bamaan.'

Ik neem een banaan uit de bak en geef die aan hem.

'Wat een schattig ventje. Zo lief.'

Ik knik naar de vrouw en sla mijn betraande ogen neer.

'Kom Pelle, we gaan.' De rest van de boodschappen doe ik op de automatische piloot. Buiten knalt het licht pijnlijk tegen mijn ogen.

Anne

Voorzichtig gluur ik door mijn oogharen naar de spiegel. De grote doek die eroverheen hing, ligt in een geplooide hoop aan mijn voeten. De brief met de opdrachten van Thea heb ik met plakband op de spiegel gehangen. Een nieuwe knalrode kanten beha omspant mijn borsten. In de exclusieve lingeriezaak leek de maat goed. Maar toen ik wilde afrekenen, vertelde de juffrouw me dat ze me niet kon laten gaan met een ongepast kledingstuk. Ze stond erop dat ik de beha paste. In een vlaag van verstandsverbijstering moet ik instemmend geknikt hebben. De juffrouw duwde me zacht naar een rijtje gordijnen achter in de zaak. 'Alstublieft, mevrouw.'

In het zachte schijnsel van de paskamer viel het beeld in de donkergetinte passpiegel me mee. Toen kwam haar hoofd om het gordijn.

'Hebt u hulp nodig?'

Voor ik kon antwoorden stond ze naast me. Ze trok resoluut het gordijn achter zich dicht en begon naar mijn borsten te kijken.

'Oh mevrouw, dit kan veel beter. U moet ze er als het ware inleggen. Kom, mag ik het even voordoen?'

Met haar ene hand trok ze de beha naar voren en met haar andere hand omvatte ze een voor een mijn borsten. Ze gleed met haar hand van opzij naar onderen, woog ze op haar hand en legde ze stevig in de cups. Toen pakte ze allebei mijn borsten tegelijkertijd en schudde ze nog beter op hun plaats. Dit 'aan je zitten' is precies de reden waarom ik nooit naar dit soort winkels wilde. Ik begon vreselijk te transpireren.

'Wacht even, zei ze en ze liep weg. Twee tellen later was ze terug met een bijpassende slip. 'Past u deze anders ook even. Het is altijd beter om een setje te nemen.'

Ik nam ze allebei.

Dat was eergisteren. Nu heb ik het eindelijk gedurfd en sta ik thuis voor de grote spiegel, probeer ik naar mezelf te kijken. Ik zie Thea's opdracht op het witte papier midden in mijn blikveld. Rood kant, hoe heb ik het in mijn hoofd kunnen halen? Een gevoel van walging golft in me omhoog. Ik pak de doek van de grond en sla die met een snelle zwaai om me heen. Een knoop boven mijn borsten. Een knoop in mijn maag. Mijn dagboek ligt klaar, op de bank. De pen die zo lekker schrijft ernaast. Ik schenk een biertje in. Uitstel, ik weet het. Nog even zappen. Niets boeiends. Schrijven Anne, kom op.

Thea roept. Het kind in mij roept. Vertel! Over je dromen, je nachtmerries, over rood en over HEM. *Hij verdient verdomme helemaal geen hoofdletters. Vertel! Rood. Nu komt het eropaan te schrijven en niets achterwege te laten. Ik moet de hele waarheid op papier zien te krijgen. Waarmee te beginnen? De dromen die ik heb, misschien mijn nachtmerries. Zou het mogelijk zijn om de stemmen uit het verleden achter me te laten? Ik vind het eng. Ik weet dat het belangrijk is, ik heb genoeg psychologie gestudeerd om te weten dat het nodig is om naar je verleden te kijken. Maar is het nodig om te schrijven? Thea vindt dat ik het aan mezelf verplicht ben. Ze zegt dat ik er recht heb op heb die ruimte te nemen. Dat het me goed zal doen mijn verhaal op papier te zien. Dat de handeling van het schrijven therapeutisch werkt. Vooruit dan maar. Voor mijzelf. Voor de rest van mijn leven. Want waar gaat dit allemaal over? Wat is er nou helemaal gebeurd?*

Veertien jaar was ik. Ik weet nog dat het douchegordijn tegen mijn benen waaide en eraan vastplakte. Dat was uitzonderlijk, het tochtte. Maar ik had de deur niet open horen gaan. Ik zeepte me zoals gewoonlijk uitvoerig in, met overdreven veel zeep, bang als ik was voor mijn eigen lichaamsgeur. Mijn borsten waren al volgroeid en hingen zwaar naar beneden. Ik zeepte ze altijd extra in, het was eigenlijk het enige moment dat ik van ze genoot. Ik speelde graag met mezelf onder de douche, ik vond het opwindend als alles glad was. Buiten verafschuwde ik mijn lichaam en voelde ik voornamelijk schaamte. Alleen in de badkamer, zon-

der andere ogen om me heen, durfde ik van mijn lichaam te genieten. Ik leunde zoals altijd tegen de muur en liet de waterstraal haar werk doen. Ik had mijn ogen dicht. Toen hoorde ik iets, een onderdrukte kreun. Ik opende mijn ogen en sloeg het gordijn opzij. Daar stond hij, het grote rode badlaken lag over zijn onderarm. Zijn gezicht trok zich terug. Zijn mond stond open, van geiligheid of van schrik. Ik zag dat hij mijn beha in zijn ene hand had en zijn grote stijve geslacht in zijn andere. Ik gilde. 'Wat doe je hier? Ga weg!' Hij draaide zich vliegensvlug om en ik trok onmiddellijk het gordijn weer dicht. Hij fluisterde, siste, terug. 'Sssst niet zo hard ik ga al sorry sorry ik ga al ssst niks zeggen hoor alsjeblieft het spijt me ssst ik ga al...' De deur sloeg met een klap achter hem dicht.

Het bleef doodstil in huis. Wij waren de enigen die thuiswaren. Mijn vader en ik. Toen werd ik bang. Ik begon helemaal te trillen. Tranen spoten uit mijn ogen en ik kokhalsde van walging. Hoelang had hij daar gestaan? Ik liet me op de tegelvloer zakken en huilde. Hij klopte op de deur. Hij riep en smeekte me te geloven dat het een ongelukje was, dat het hem vreselijk speet en dat ik onder de douche vandaan moest komen en dat we er dan even over zouden praten voordat de anderen thuiskwamen, en meer van dat soort dingen. Ik riep alleen maar hard dat hij weg moest gaan, weg weg weg.

Toen werd het stil. Ik ben opgestaan en heb de kraan dichtgedraaid. Buiten hoorde ik de grasmaaier. Mijn beha lag in de hoek, naast de grote rode handdoek. In de spiegel zag ik mijn opgezette ogen. Weer een braakneiging. Ik droogde mezelf overdreven hard af en vermeed het verder in de spiegel te kijken. De handdoek en mijn beha heb ik laten liggen. Later heb ik ze weggegooid. Ik heb me aangekleed. Daarna heb ik mijn fiets gepakt en ben ik een heel eind keihard gaan fietsen. Viespeuk, vuilak, gore gluiperd, viezerik. Op het ritme van mijn trappen schold ik kilometers lang. Bij de rivier ben ik even in het gras gaan zitten. Overal hoorde ik het lawaai van grasmaaiers. Ik durfde niet terug naar huis. Ik moest letterlijk mijn hoofd schudden om het beeld van hem achter het douchegordijn kwijt te raken.

Toen kwam de schaamte. De walging over alles, over hem en me-

zelf. Ik voelde me smerig. Besmeurd. Zijn hand aan zijn ding. Wat ik stond te doen met de douchekop. Mijn veel te grote borsten. Alles vloeide in elkaar over tot een brok wanhopige walging in mijn lijf.
Ik moest naar huis. Heel traag ben ik teruggefietst. Ik had geen idee hoe ik me zou moeten gedragen. Moest ik het zeggen? Dan zou hij misschien vertellen wat ik had staan doen. Zeggen dat ik me vergist had?
Thuis was iedereen er weer. Ik hoorde hun stemmen binnen en buiten. De zijne vanachter het huis, hij stond te praten met een buurman. Ik gooide mijn fiets neer en sloop ongezien naar boven. Ik ging op bed liggen en gleed met mijn handen onder mijn kussen. Daar vond ik de envelop met het briefje. Hij schreef dat ik, als ik mijn mond zou houden, op verjaardagen en met Sinterklaas zou mogen vragen wat ik wilde. Hij zou ervoor zorgen dat ik het kreeg. Er was toch ook niet echt iets gebeurd? Dus, erover praten zou geen zin hebben en zijn aanbod was voor de schrik. Ik heb het briefje in duizend snippers verscheurd en kwam die avond niet aan tafel. Misselijk, zei ik. Iemand bracht me thee, een beschuitje. Verder was ik alleen. Ik hoorde hem af en toe lachen in de tuin.
Hij heeft het nooit weer gedaan. Hij keek wel altijd naar mijn borsten, maar ja, wie niet. Ik heb het hem nooit vergeven. Ik ben het nooit vergeten. Ik droom er soms nog van. Niet letterlijk. Maar over geheimen en verborgen zaken, daar droom ik van. Ik haatte hem erom. Maar god, het was maar een keertje! Toch heeft die gebeurtenis mijn leven gekleurd. Zij kleurt mijn relatie met mannen, met mijn lichaam. Ik wil een operatie, nu. Ik wil dat ze me niet meer in de weg zitten.

Ik sluit het dagboek voordat het papier doorweekt raakt door mijn tranen. Woedend en huilend sta ik op. Ik zet de radio aan, uit angst dat de buren me zullen horen. Alle deuren en ramen staan open, een vleugje avondkoelte drijft naar binnen. In de badkamer plens ik koud water tegen mijn gezicht. Mijn oog valt op de berg kleren, de volle mand met wasgoed, de haren in het putje, het groezelige beddengoed en de uitgedroogde varen in de vensterbank. Waar ben ik geweest de laatste tijd? Ik zie dikke vlokken stof in de hoeken van de traptreden. Een slordige stapel reclameblaadjes ligt in de gang. Het aanrecht staat vol afwas, de gootsteen is grauw. De koelkast is leeg, op een paar flessen frisdrank, drie pilsjes en een pak houdbare melk na. Waar kom ik vandaan? Het bierflesje glipt bijna uit mijn handen als ik het openmaak.

Het is bijna donker. Zachte stemmen klinken uit de tuin van de buren. Een tuinhekje knarst. Het linnen van de ligstoel is nog warm van de zon. Het bier glijdt koel in mijn uitgedroogde mond. Boven me staan sterren te stralen. Hoewel sommige al verdwenen zijn, is hun licht nog zichtbaar. Hoelang zal het duren voor het 'licht' van gebeurtenissen uit het verleden uitdooft? Ik moet het aan iemand vertellen. Aan Thea natuurlijk, ik zal het haar laten lezen. Misschien aan Renate, die zal het wel begrijpen. Achter het schuurtje klimt de wassende maan omhoog langs de hemel.

Ik verwijt mijn moeder niets, ik heb haar nooit iets verteld. Dat ik met verjaardagen zo werd verwend, werd afgedaan met opmerkingen als: 'Ach ja, het is de jongste, hè?' Na mijn achttiende hield het op. Geen dure cadeaus meer, ik was kennelijk voldoende omgekocht. Ik was er blij om, want bij elk cadeau herinnerde ik me de scène in de douche. Steeds voelde ik walging, voelde ik me goedkoop. Bij ons thuis was seks gelukkig nooit onderwerp van gesprek. Dat Tessa soms zo openlijk over alles praat, vervult mij met weerzin. Voor mij is het zo goed als onbespreekbaar. Nog steeds.

Ik merk dat het schrijven me een licht gevoel van opluchting geeft. Nu nog een brief aan mijn borsten. Morgen. Eerst nog maar een biertje. In huis is alles donker. De stof van de zachte omslagdoek waait licht langs mijn benen. Mijn nieuwe lingerie zit eigenlijk heel lekker. Als je 't maar niet ziet... Ik vind mijn weg naar de koelkast met gemak. Buiten is het nog steeds zwoel. Wat zou er gebeurd zijn als ik het toen wel aan mijn familie had verteld?

Tessa

Ik moet voor mama's feest toch iets met mijn zussen. De vervelende gedachten die ik over hen had, zijn weggetrokken. Voor me op tafel liggen alle familiefoto's die ik heb, ook de foto's die we hier laatst hebben genomen. Ze lijken ineens mooier dan ik dacht. In totaal zijn het er flink wat. Ik heb ze geordend op afgebeelde personen, in rijen en op stapeltjes. Hier ligt mijn familieleven.

Het lijkt of de kleuren die ik uit de tubes op het palet gedrukt heb helderder zijn dan normaal. Het felle geel doet haast pijn aan mijn ogen. Ik meng de verf om kleuren te laten verschijnen waarin ik me kan wentelen. Rond en rond draaien de haren van mijn penseel. Blauw wordt bruin, met wat wit erbij maak ik de kleur van modder. Na nog meer wit verschijnt een lichter bruin, als het strand van zomervakanties aan zee, het steeds lichter opdrogende zand van de kastelen die we bouwden.

Nu zie ik knalgeel knisperend vliegerpapier voor me. De smalle uitgeknipte strookjes voor aan de staart. Papa prutste net zo lang met het vliegertouw tot de vlieger perfect was. Daarna volgde het opwinden van het touw op het zelfgemaakte houten draaihout, het brandende spoor van het glijdende touw in mijn vel. Ik bleef altijd stokstijf staan, draaide mijn hielen alvast dieper in het zand. Mijn vingers klemde ik stijf om de ronde handvatten. Papa hield zijn handen om het rondhout achter op de vlieger. Onze papieren vogel.

'En laat maar gaan, Tessa. Ja, draaien!'

Papa liep achteruit.

'Laten vieren, Tessa! Geef me meer touw.'

Hij begon te rennen, steeds verder weg. Hij hield de gele ruit nog maar met één hand vast, de arm hoog opgeheven. En los!

'Doordraaien, Tessa. Hou vast.'

Onze vlieger steeg hoger en hoger, knallend geel en met een klapperende staart. En ik lachte omdat ik wel moest, omdat ik anders zou knappen. Papa kwam terug. We keken samen omhoog, naar de woeste cirkels die de vlieger maakte, steeds hoger en steeds stiller. Papa's hand lag heerlijk zwaar op mijn hoofd. Ik gaf hem het draaihout en liet me vallen in het zand naast zijn voeten. Hij leek een reus, zo hoog boven me, scherp afgetekend tegen de knalblauwe lucht. Ik speelde met het zand onder mijn vingers en zweefde weg, met de verre gele stip.

Waar droomde ik toen van?

Ik leg het palet op het kleine werktafeltje naast me. Midden op tafel ligt een foto van ons op het strand. Papa en mama zitten naast elkaar op het uitgespreide strandkleed. Mama's hand is verdwenen in de tas die voor haar staat, ze lacht naar me. Papa kijkt naar de grond. Marit zit naast mama en steekt haar tong tegen me uit. Anne zit achterovergeleund tegen papa's knieën. Ze heeft haar duim in haar mond. Renate ligt languit op haar buik, op haar eigen badlaken. Ze leest een boek. Ik mocht die keer de camera bedienen. Geen vlieger te zien op deze foto. Mama was bezig de gesmeerde broodjes uit de tas te halen. We dronken warm geworden priklimonade uit plastic bekers. We aten gevulde koeken. Hoe krijg ik in godsnaam de smaak van mijn kindertijd op papier? Het gevoel van het schurende zand tussen mijn huid en de natte rand van mijn badpak? Het koude topje van mijn verbrande neus? Het gevoel van papa's hand om de mijne, of mijn schaamte voor Renate die hem negeerde? Hoe schilder ik die stilte, die er vaak heerste, volop geladen met onuitgesproken woorden? Renates blikken naar hem als hij met mij vliegerde, of wanneer Marit op zijn schoot mocht zitten. Mama, die deed alsof ze niets hoorde als hij tegen Renate sneerde. Of andersom, de verwijten aan elkaar over stiefvader en stiefdochter zijn. Nee, dat was pas veel later. Toen we klein waren, was er al wel het gevoel dat er iets niet in orde was. Maar we wisten er het fijne niet van.

Hoe verbeeld ik het gevecht tussen ons? Het niet durven vragen om duidelijkheid, het loyaliteitsconflict? Hoe konden we voor of tegen een van beiden zijn? Renate was immers onze zus. Hij was onze vader. Waarom kiezen? Hoe, voor wie? Deze veel te grote vragen hebben ons verstikt. We besloten uiteindelijk te zwijgen. Alleen dan konden we blijven ademen. Dat geldt althans voor mij, voor de anderen zal het niet veel anders zijn. Zwijgen over belangrijke dingen werd normaal. Ik zou willen dat Renate gewoon naar het feest zou komen. Ze maakt de dingen met haar manier van doen voor ons allemaal ingewikkeld.

Dat wij niet allemaal net zo gek zijn als onze Anne is een wonder. Wat die met papa heeft, is voor iedereen een raadsel. Water en vuur die twee, en toch de grootste cadeaus op haar verjaardag. Rara, hoe kan dat? Anne leek met dat gedrag van haar meer op een stiefkind dan Renate.

Hoe verbeeld ik een halfzus? Portretten maken is een eenvoudige oplossing in dezen. Dat lijkt het tenminste. Maar als kunstenaar kan ik manipuleren. Ik kan de blik van de geportretteerde richten waarnaar ik wil. Ik kan mensen naar elkaar laten kijken of van elkaar weg. Met de houding van mijn figuren kan ik een bepaalde beleving bij de kijker oproepen. Suggereren. Interpreteren. Zelfs de plek die iemand inneemt op het doek, of in dit geval: het melkpak, geeft informatie en stuurt de interpretatie van de kijker. Ik kan de kijkrichting van de kijker sturen. Ik kan mama boodschappen geven over de verhouding tussen ons vieren. Ik kan ook haar en papa erbij schilderen. Er zijn zes kanten. De onderkant zou ik leeg kunnen laten. Ik kan zelfs de binnenkant beschilderen. De meest nieuwsgierige kijker zou de informatie van binnenuit ook nog meekrijgen. Of ik herstel het pak, nadat ik de melk heb uitgegoten en de binnenkant heb beschilderd, zodanig dat niemand het ooit van binnen te zien krijgt. Ik kan voorstellen dat we alle vier een verhaaltje of misschien zelfs een boodschap op een brief te schrijven, en die in het pak verstoppen.

Mogelijkheden en keuzes te over. Ik moet een beetje voortmaken, want voor ik het weet is het zover. Nog een paar weken te gaan. De opening van Rubens expositie valt in dezelfde week als het feest. Hij heeft met maar één woord gereageerd op de foto's van mijn bodypaint-actie. '*Dank!*' Ik vond ze zelf goed gelukt. Ze waren een beetje pornoachtig. Ik had ze ook naar Alex gemaild. Hij opende het bestand op zijn werk en belde me met zijn mobiel. Ik liep op straat, hij bekeek de foto's vanachter zijn bureau en beschreef me fluisterend wat hij zag. 's Middags kwam hij vroeger thuis dan ik verwachtte. Hij nam me direct achter de deur, in het halletje en de hele weg door naar de slaapkamer. Ten slotte kreeg ik een toetje op de keukentafel.

Vanaf een van de stapeltjes kijken mijn drie zussen me lachend aan. Jammer dat seks geen onderwerp van gesprek is tussen ons. Dat is het nooit geweest en dat zal het waarschijnlijk ook nooit meer worden. Met iemand als Anne sowieso niet. Zonde van die prachtige tieten. Renate liet doorschemeren dat ze er na al die tijd weer aan toe is. En Marit? Ach, die zal het wel gewoon rechttoe rechtaan doen. Nou, een lekker stel zo bij elkaar.

Marit

Mijn hart bonkt tegen mijn ribben terwijl ik de verbinding verbreek. Mijn keel is kurkdroog en mijn handen zijn klam. Gelukkig! David zit inderdaad met die klant in het restaurant. Nooit eerder heb ik hem gebeld met de bedoeling te controleren waar hij was, en met wie. Deze verdomde situatie maakt dat ik me goedkoop voel.

De kinderen slapen, het hele huis is opgeruimd. Het grote wachten kan beginnen. Aan mijn opluchting kan ik merken hoe bang ik was voor wat ik te horen zou krijgen. De doemscenario's die ik in de afgelopen uren heb verzonnen, blijven goddank fantasie. Ik wist niet dat ik zo veel moordzucht in me had.

De ijskoude witte wijn glijdt in één teug naar binnen. Het zal nog wel een paar uur duren voordat hij er is. Ondanks alle draaiende ventilatoren lijkt de temperatuur in mijn werkkamer wel veertig graden. Het is een wonder dat de jongens slapen. Ik neem mijn laptop mee naar beneden. Daar is het stukken koeler. Eerst open ik het bestand met de brief, de brief die in zijn tas zit. Ik herlees wat ik heb geschreven. Ik blijf haken bij de passage over haar: "Als zij maar niet de kinderen op dezelfde school had zitten. Nu kom ik haar af en toe tegen. Ze slaat haar ogen neer als ze me ziet. Ik kijk weg van haar. Verhuizen?"

De stoelpoten schuren scherp piepend over de vloer als ik mijn stoel hard naar achteren schuif. Het is toch verdorie te gek voor woorden? Wat denkt ze eigenlijk wel? Ik bel haar op, nu doe ik het echt. Haar telefoonnummer heb ik al een tijdje in mijn tas zitten.

Een nieuw glas wijn tintelt koel tegen mijn vingers. Mijn handen trillen. Ik toets het nummer in en loop naar de openstaande tuindeuren. De geur van droog stof komt omhoog van de tegels. Het gras is kortgemaaid en begint al bruin te kleuren.

'Hallo, met Rico.'

Haar zoontje. Heeft ze dat kind nog niet in bed? 'Dag Rico, is je moeder er ook?'

'Mama is onder de douche. Wie ben jij?'

'Ik bel later wel terug. Dag.'

Gelukkig is mijn nummer afgeschermd, stel je voor dat ze mij terug zou bellen. Toch wil ik haar ter verantwoording roepen. Ik probeer het straks weer. Eerst sluit ik mijn computer af, de brief verdwijnt van het scherm. Ik sta weer op, buiten begint het te schemeren. De nacht valt, maar de schemer sluipt. De geluiden van buiten lijken gedempt. Ik ga met mijn blote voeten in het zwembadje staan. Het water is lauw en er drijven grassprietjes op. Het deint hevig door mijn plotselinge bewegingen en klotst tegen de wand. Een paar meter bij me vandaan klinken de geluiden van een computerspelletje. Het geluid van een glas, een bierflesje, dat op tafel teruggezet wordt. Ergens verderop stemmen, muziek. Ik hoor een tv die te hard staat, de stem van een bekende nieuwslezer. Ik versta niet wat er wordt gezegd, maar ik herken de toon en het ritme. Het gaat ongetwijfeld over de oorlog in het Midden-Oosten en over dreigende conflicten overal. Als ik een geweer had gehad, had ik wellicht ook geschoten. Verraad vervreemdt je van elkaar, van jezelf.

Het water is heerlijk aan mijn voeten en ik ga zitten, met de rand van het badje onder mijn knieën. Als ik achterover ga liggen, prikt het dorre gras in mijn rug. De situatie met David brengt het slechtste in mij naar boven. Ik ken mezelf niet zo. Wat wil ik die vrouw zeggen? Dat ze uit zijn buurt moet blijven en ons met rust moet laten? Dat weet ze inmiddels zelf ook wel. Moet ik erboven staan en lekker op haar neerkijken? Dat zal me echt niet helpen de relatie met David weer goed te krijgen. Nee, ik moet het vergeten, vertrouwen hebben in onze goede bedoelingen en onze relatie de kans geven zich te herstellen. Ik wil het vanavond niet verpesten. Het water spat hoog op als ik mijn voeten uit het water haal. Ze zal nu wel onder de douche vandaan zijn. Eerst reken ik af met haar, dan heb ik straks een schone lei met David.

Opnieuw het bonken van mijn hart.

'Met Lonneke.'

Haar stem zweeft mijn oor binnen. Onmiddellijk zwelt iets op in mijn keel. Ik slik moeilijk en probeer, onhoorbaar voor haar, diep adem te halen.

'Hallo, wie belt me?'

Het geluid van haar stem doet een bombardement aan beelden in me losbarsten. Zij en David op het witte kleed, haar mond tegen zijn oor, hees gefluister, zijn handen op haar billen, zijn tong tussen haar lippen, zijn hand die haar dijen spreidt, haar lach, zijn stem in haar oor. Zijn benen om haar heupen. Felrode nagels.

'Dag Lonneke, met Marit.'

Zodra ik haar naam hardop uitspreek, vlamt een felle steek woede door mijn onderbuik. Dan voel ik alles tegelijkertijd: haat voor de bedreiging die ze vormt voor mijn leven. Haat voor mezelf omdat ik bang voor haar ben, voor mijn onvolwassenheid. Haat voor David. Haat die plotseling omslaat in een wanhopig soort verdriet, en angst. Ik slik de taaie prop weg en probeer te bedenken wat ik tegen haar wilde zeggen.

'Marit?'

Nu klinkt er iets anders door in haar stem. Een zweempje twijfel. Het wekt mijn vechtlust op.

'Ja inderdaad, Marit. De vrouw van David, weet je nog? Of ben je hem al vergeten? Nou, ik jou niet! En ik wilde je even zeggen dat je met je hoerenvingertjes van mijn man af moet blijven. En denk de volgende keer beter na als je weer zonodig moet. Of is je eigen scheiding nog niet ellendig genoeg? Dus je kunt maar beter ver uit onze buurt blijven. Dag Lonneke.'

Mijn mobiel glijdt haast uit mijn handen als ik het gesprek verbreek. Zo. Weg Lonneke. Trillend loop ik naar de kraan. Ik steek mijn handen in de harde straal. Goed gedaan, Marit. Je hebt precies gezegd wat je wilde. Nu weet ze hoe je erover denkt. Nu zal ze zeker uit zijn buurt blijven.

Renate

'Ik heb zo wonderlijk gedroomd vannacht. Ik deed mee aan een ontwerpwedstrijd voor doodskisten en ik had de eerste prijs gewonnen. Mijn vader had... Oh ja, het was mijn echte vader, dat realiseer ik me nu pas.'

Mijn hart bonkt van schrik, ontredderd wend ik mijn gezicht af. Het stationsplein ligt er bijna verlaten bij. Een vrouw in een knalrode jurk loopt gehaast voorbij. Een gevlekte hond steekt in zijn eentje het zebrapad over. Aan de overkant staan twee politieagenten met elkaar te praten, ze leunen allebei over het stuur van hun fiets.

Wim kucht en gaat verzitten, hij voelt zich vast ongemakkelijk door mijn verhaal. 'Zal ik eerst nog wat voor ons bestellen, Renate?'

'Ja graag, koffie en een glas water alsjeblieft.'

'Goed, ik haal het zelf wel even aan de bar. Ze hebben hier veel te weinig personeel lopen.'

Hij staat op en zoekt een kort moment mijn ogen. Ik kijk weg en zie uit een ooghoek hoe hij naar binnen loopt. Volgens mijn horloge zitten we hier al bijna een uur. Ik weet niet zeker wat ik van hem vind. Hij is beslist aardig – hij praat niet alleen maar over zichzelf en vraagt me ook dingen. Hij is in ieder geval betrokken bij zijn werk als milieuambtenaar. Eenenvijftig is hij, en al zesentwintig jaar in dienst bij de Provincie. Waarom zou hij gescheiden zijn? Dat durf ik hem niet te vragen. Ik vraag me af of hij het onderwerp mijdt, hij vraagt mij er ook niet naar. Altijd die angst dat alle gescheiden mannen hun vrouw en kinderen verlieten voor een ander. Meer vragen dan antwoorden. Maar wat wil je, na een uur. Ik heb me waarschijnlijk toch nog te veel van deze ontmoeting voorgesteld. Hij zal wel een goed pensioen hebben.

Terug naar de man in mijn droom... Ik kan me zijn gezicht niet meer voor de geest halen, maar het was mijn vader. Ik weet het zeker, zulke dingen weet je gewoon. Als kind droomde ik weleens over hem. Niet dat ik me details herinner, maar ik weet nog het gevoel dat bij zo'n droom hoorde.

Aan de overkant trekt de gevlekte hond allerlei afval uit een prullenbak. Nu heeft hij kennelijk iets eetbaars te pakken. Hij zet zijn rechtervoorpoot op een witte papieren zak en scheurt er met woeste gebaren van zijn kop stukken af. Zijn staart zwiept heen en weer. Hij schrokt zijn vondst naar binnen en begint opnieuw in de bak te graven. De twee agenten stoppen met praten en kijken op naar de hond die een steeds grotere kring van afval om zich heen verspreidt. Een van de agenten geeft zijn fiets aan zijn collega en loopt naar het dier toe.

'Zo, dat ging gelukkig vlot.' Wim zet mijn koffie en water voor me neer. Zelf heeft hij een biertje genomen. Hij schenkt het in en heft het glas. 'Op onze kennismaking.'

Het glas glijdt haast uit mijn vingers als ik het oppak. 'Ja, op onze kennismaking.' Ik weet niets anders te zeggen en neem een slok.

'Zo, wil je nog vertellen over je droom?'

Aan de overkant rent de hond blaffend weg. Hoofdschuddend schraapt de agent met zijn voet het afval bij elkaar. Hij schuift het zo dicht mogelijk tegen de afvalbak aan en kijkt een ogenblik in de richting waarin de hond is verdwenen. Dan wandelt hij terug naar zijn collega. Zo, de orde is gehandhaafd. Op het station wordt een bericht omgeroepen. Ik kan het niet verstaan.

'Ja, mijn droom. Nou, ik had dus meegedaan aan een prijsvraag voor het ontwerpen van een doodskist. Wij hadden vroeger thuis een schuurtje achter het huis en daarachter verzamelde mijn stiefvader, Gerard, hout. Afvalhout, timmerhout en boomstammen en zo. Hij was een houtfanaat. Zolang hij dat achter in de tuin bij het schuurtje deed, vond mijn moeder alles best. Maar goed, over dat hout. In mijn droom had mijn vader, mijn echte vader dus, van afvalhout een kist getimmerd waarmee ik met de wedstrijd mee kon doen. Ik heb eigenlijk geen idee hoe oud ik was in mijn droom. Ik wilde iets warms maken, een nest, want ik vond het zo zielig dat een dode in een harde houten kist moest. Mijn vader jaagde, in het schuurtje hing hij de geschoten konijnen en hazen aan hun achterpoten aan een lijn. Ik herinner me nog hoe hij in de droom de huid van het bleekblauwe glanzende vlees afstroopte. Ineens vraag ik me trouwens af of ik dat ooit in het echt heb gezien. Nou ja, er lag daar dus een flinke berg konijnenvellen waarmee ik mijn kist mocht bekleden. Ik heb net zolang vachten aan elkaar genaaid tot ik een prachtige grote deken had. Dat duurde dagen. Toen heb ik de kist bekleed met bont. Hij werd prachtig, zacht en warm. Als je goed keek, was het alsof hij leefde, ademde. Maar dat was natuurlijk de wind die langs de haartjes streek. Toen hij klaar was, kreeg ik een telefoontje dat ik had gewonnen. De kist stond in de tuin, op vier van die kleine aardbeienkistjes. De hele buurt kwam kijken, ze stonden in een lange rij die helemaal doorliep tot aan het einde van de straat. Ze wilden weleens zien hoe het eruitzag als er echt iemand in zou liggen. Toen begonnen ze te wijzen. Even later wezen ze allemaal tegelijk naar mijn vader. Ik wilde niet dat hij het deed, maar hij liep naar de kist toe en ging er languit in liggen. Op zijn buik, met zijn wang tegen het bont. Toen werd ik wakker. Idioot, hè? Wat je allemaal door elkaar haalt in een droom.'

De koffie is erg sterk en ik neem snel een slok water. Wim glimlacht naar me. 'Mooie droom. Of was het een nachtmerrie?'

Was het eng? Nee, ik was niet bang, ook niet toen hij plaatsnam in de kist. Het was wel mooi eigenlijk, bijzonder.

'Nee, het was geen nachtmerrie. Ergens voelde ik me trots dat ik een nest voor mijn vader gemaakt had. Het was bijna een eer dat hij erin ging liggen, ook al leek het eng. Kijk, zie je die hond? Die heeft zonet die afvalbak geplunderd.'

Het beest loopt nu voor het stationsgebouw langs.

'Hij lijkt op onze oude hond.' Zijn stem klinkt peinzend. Het woord 'onze' valt me op, ik wil niet vragen wat hij daarmee bedoelt. Ineens komt het me belachelijk voor dat ik hem zonet mijn droom heb verteld. Dat is natuurlijk veel te persoonlijk voor deze eerste ontmoeting. Aan de andere kant, wat maakt het uit? Zo gek is het toch niet als iemand die op uitvaarten spreekt, droomt over de dood? Het verlangen naar een vertrouwd gezicht naast me overvalt me. Ik mis mijn vader, ook al ken ik hem niet. Ik wilde dat Thomas even dicht naast me kwam zitten.

'Heb je nog steeds een hond?'

'Nee, onze vorige hond is heel oud geworden en is heel lang ziek geweest. Dat was de laatste maanden verschrikkelijk zielig. Hij liet alles lopen, kon haast niet meer op zijn poten staan. Het was een lange lijdensweg, we hadden hem veel eerder moeten laten inslapen. Maar ja, je weet van tevoren nooit hoelang iets duurt, hè? Daarna ben ik begonnen met hardlopen. Houd jij van sport?'

Zijn strakke lijf was me al opgevallen. 'Nee, ik hou niet zo van sport. Ja, wandelen misschien, maar dat is niet echt een sport, toch? En verder ik doe zo veel mogelijk op de fiets. En jij?'

Onwillekeurig trek ik mijn buik in. Mijn wijde blouse valt gelukkig over de rolletjes boven mijn rokband. Ik ben niet meer zo slank als vroeger, elk jaar een kleine kilo erbij. Ik wil niet weten hoeveel jaar al.

'Ja, ik sport elke dag. Ik doe aan hardlopen. Ik heb een strak trainingsschema en ben altijd op dieet. Dat ik nu een pilsje drink is uitzonderlijk. Morgen zal ik dat wel moeten bezuren.' Hij drinkt zijn glas in een lange teug leeg, zakt wat onderuit in zijn stoel en zucht. 'En vissen natuurlijk, maar dat zal voorlopig wel even voorbij zijn. Zonder vismaatje is er niks aan.'

'Nee, dat kan ik me voorstellen.' Dus hij loopt hard, hij vist en is altijd op dieet. Niet echt een feestvarken, maar ja, dat ben ik ook niet. Zou hij me aantrekkelijk vinden? Ik weet helemaal niets te zeggen en houd me vast aan mijn koffiekopje.

Een kleine stroom reizigers verlaat het station. Het licht neigt naar blauw, een eerste aankondiging van het donker. Ik verlang er ineens hevig naar in een weiland te liggen. Ik wil lucht en ruimte om me heen, de geur van vers gemaaid gras in mijn neus. Misschien is dit wel genoeg voor een eerste kennismaking.

'Ik denk dat ik maar eens naar huis ga, Wim. De kinderen zullen er al wel zijn.'

Ik verschuil me achter de kinderen – wat belachelijk.

'Goed, dan reken ik even af.'

Wim gaat opnieuw naar binnen en ik sta op en loop naar mijn fiets. Als hij naar buiten komt, kijkt hij zoekend rond. Ik probeer mijn toekomstige man in hem te zien, stel me voor hoe we eruitzien als een paar. Hij lijkt totaal niet op Theo, die was mager, op het schriele af. Wim is steviger, gevuld zonder dik te zijn.

Hij komt naast me staan en steekt zijn hand naar me uit. Ik veeg de mijne eerst snel af aan mijn rok. Hij houdt mijn hand vast en lijkt verlegen. Zijn linkerhand speelt met een sleutelbos in zijn broekzak. Dan laat hij me los en veegt over zijn voorhoofd.

'Wat denk je, zullen we nog eens afspreken?'

Voor de derde keer steekt de gevlekte hond het zebrapad over.

'Ja, dat is goed, leuk. Je hebt mijn nummer... We bellen wel.'

Hij zwaait als ik wegfiets. 'Wel thuis, Renate.'

Mijn rok waait hoog op en ik hap ongewild naar adem. Als ik achterom kijk, is hij verdwenen. Het is een zwoele avond en ik fiets een heel eind om. Mijn gedachten draaien om hem heen. Zou het iets kunnen worden, en zo ja, wil ik dat dan? Ik weet het niet. Hoe zou ik het ook moeten weten, ik heb de ene relatie die ik heb gehad verprutst. Mijn verlatingsangst dreef Theo bij me vandaan. Die angst is nu lang niet meer zo sterk als vroeger. Als ik niet te gretig en vasthoudend ben, zou het misschien een kans van slagen hebben. Dan zou Wim misschien wel bij me blijven.

Het bloed golft gloeiend naar mijn wangen. Wat haal ik me toch in mijn hoofd? Met een ruime bocht fiets ik de smalle steeg achter ons huis in. Boven, in de kamers van de kinderen, brandt licht.

Anne

Thea is klaar met lezen en legt de brief op het lage ronde tafeltje, naast de doos met tissues en de kristallen karaf met water. Onze glazen staan tot aan de rand gevuld keurig op twee kurken onderzetters. Haar ogen dwalen kort langs de lichte, groene muren, via de brief laat ze haar blik nu op mij rusten.

'Zo Anne, en hoe was het voor je, om dit op te schrijven?' Ze knikt kort naar het papier tussen ons en kijkt me afwachtend aan.

'Tja, ik heb het er in één keer uitgegooid. Het duurde wel even voordat ik het durfde, maar toen ik eenmaal begonnen was, ging het eigenlijk vanzelf. Nou ja, niet helemaal natuurlijk. Ik vond het moeilijk om te doen, maar achteraf is het wel fijn.'

Vind ik dat werkelijk? Wat is het geheugen toch een lastig ding. Het heden kleurt het verleden net zo erg als andersom.

'Heb je het na het schrijven al eens teruggelezen?'

Haar stem is hees, ze wordt vast verkouden. Dat heb je als in deze hitte overal de airco aanstaat. Hier blaast een plafondventilator koele lucht op ons neer.

'Hoe denk jij eigenlijk over de betrouwbaarheid van het geheugen? Neem je alles wat mensen zich herinneren voor waar aan?' De sfeer vandaag geeft me het gevoel dat we collega's zijn, veel meer dan therapeut en cliënt. Ik heb plotseling enorm veel zin in een professionele discussie over het onderwerp.

'Je geeft geen antwoord op mijn vraag, Anne. Je verandert van onderwerp, ben je je daarvan bewust?'

Verdomme, waarom speelt ze niet gewoon mee met me? Ik stel toch een legitieme vraag? Het is bovendien een interessant onderwerp in het licht van mijn problematiek. En dan dat toontje: 'Ben je je daarvan bewust, Anne.' Alsof ik een kleuter ben. Ze duwt me zonder pardon weer terug in mijn rol als cliënt. Waarom neemt ze me niet serieus als vakgenote?

'Zeg Thea, hoor eens even, ik heb ook psychologie gestudeerd, hoor. En dat ik niet direct antwoord geef, hoef je niet meteen te interpreteren als onwil of onbewust gedrag. Natuurlijk weet ik dat ik je vraag niet heb beantwoord. Maar we hebben nog een halfuur, toch? Je kan toch even wachten, de boel even parkeren? De werking van het geheugen houdt me gewoon erg bezig. Neem nou mijn menstruatiecyclus. Ik ben telkens, iedere maand dus, weer verbaasd over hoe mijn hormooncyclus de boel bepaalt. Hormonen sturen mijn stemmingen, bepalen mijn doen en laten, mijn plezier in de dingen, mijn huilbuien en mijn motivatie. Ze bepalen hoe ik over mezelf denk. Buiten mij om. Dus: wat waar is, is afhankelijk van het moment in mijn cyclus. Hoe ga jij daarmee om als therapeut? Neem je dat mee in je observaties, misschien zelfs in je diagnoses en behandelplannen?'

Ze neemt een slok water en kijkt me met licht opengesperde ogen aan. Haar gezicht is rimpelig als gekreukt vloeipapier. Dat is het nadeel van een fijne huid. De zachtroze lippenstift loopt een beetje uit in de diepere lijntjes rond haar mond. Vroeger was ze beslist een schoonheid.

'Wel Anne, dat zijn een heleboel vragen tegelijk. Je lijkt mijn opmerking en mijn vraag als kritiek op te vatten. Dat is beslist niet mijn intentie. Wel vind ik je observaties aangaande de invloed van de vrouwelijke cyclus op het fenomeen "herinneren" bijzonder interessant. Zullen we in dat licht nog eens kijken naar wat je geschreven hebt?'

Al mijn gevoelens zijn uit me verdwenen, haar stem heeft me in een keer leeggezogen. In alle rust kijk ik naar haar, mijn ogen knipperen niet en ik voel nog steeds niets. We zwijgen.

Dan verbreekt ze de stilte. 'Anne, heb je zelf het idee dat je, door het opschrijven van een herinnering, als het ware de ban daarvan doorbroken hebt? Is er iets in je veranderd ten opzichte van vóór het schrijven?'

Zorgvuldig tast ik mijn binnenste af naar eventuele antwoorden die zouden moeten opborrelen. Het blijft doodstil, ook in mijn hoofd. Dat is een wonder.

Boem. Met een flinke plof vliegt een vogel tegen het grote raam. Hij valt als een donkere vlek loodrecht naar beneden. We staan allebei direct op. Zij opent het raam en beneden ons, op een smalle strook gras in de achtertuin, ligt een merel verdwaasd met zijn vleugels te klapperen. Het lukt hem al snel zijn pootjes onder zich te krijgen. Hij fladdert een eindje weg en blijft dan onder een struik zitten. Doodstil zit hij daar... Dan slaat hij onverwachts zijn vleugels uit en vliegt hij schuin over de daken omhoog, uit mijn blikveld. Gewoon stil blijven zitten tot je hersteld bent en dan in een keer, hupsakee, daar ben ik weer! Dat zou wat zijn.

'Ik wil wel stoppen voor vandaag.' Ik buk alvast om mijn tas te pakken.

'Dat is goed, als jij dat wilt. Vergeet je brief niet. Wat denk je, ga je die andere brief nog schrijven?' Thea loopt kwiek naar haar bureau en checkt onze afspraak in haar agenda. Volgende week, zelfde dag, zelfde tijd.

'Ik weet het nog niet. Misschien. Heb jij de indruk dat schrijven goed voor me is?' Terwijl mijn vingers de brief opvouwen, kijk ik onder mijn wimpers door naar haar gezicht.

'Je weet, Anne, dat ik geloof in het durven kijken. Ik ken de kracht van de dingen onder ogen zien. Ik geloof dat de mens daardoor minder bang wordt. Eenvoudigweg omdat het kijken *an sich* licht werpt, daar waar het eerst donker was. Zodat je minder hoeft te gissen... Maar, je wilde gaan. Ik wens je een hele goede week. Kom, ik doe de deur voor je open. Tot volgende week.'

Ik voel haar hand licht op mijn schouder, de zachte druk van warme vingers. Ik ruik een vleugje bloemen. Heel even strijk ik met mijn wang langs de bovenkant van haar hand. Er is niemand in de schemerige wachtkamer. Het schelle buitenlicht verblindt me. Te veel licht is niet goed voor mij. Ik heb haar weer niet over de prijs verteld.

Tessa

Achter de dichtgeplakte ruiten moet hij aan het werk zijn. Ik wil hem verrassen en bons hard op de deur. Zijn stem klinkt dof vanuit het binnenste van de galerie. Zijn gezicht betrekt als hij de deur op een kier opent en mij ziet staan.

'Wacht even. Ik pak de sleutel en dan kom ik naar buiten.'

'Laat me er nou even in, joh.'

Mijn stem weerkaatst tegen de dichte deur. Nergens een opening te vinden in het karton dat voor de ramen is geplakt. Je kunt helemaal niets zien van wat er binnen gebeurt, Ruben heeft de boel zorgvuldig verduisterd. De schat, zou hij me zo graag willen verrassen?

'Sorry hoor, maar je mag het echt nog niet zien.' Hij sluit de deur met een klik achter zich en leunt er met zijn rug tegenaan.

'Gaat het goed? Ik dacht: ik ga even langs. Maar ik ben niet echt welkom, hè? Waarom ben je niet naar mijn werk komen kijken?' Ik druk me tegen hem aan en glijd met het puntje van mijn tong langs de binnenkant van zijn lippen. Ik voel zijn handen even op mijn billen en dan op mijn schouders.

Hij maakt zich van me los. 'Toe, liefje. Je bent onweerstaanbaar, dat weet je, maar ik moet echt werken.'

Ik pak zijn hand en neem zijn vingertoppen in mijn mond. Een voor een.

'Tessa, liefje, je kunt niet mee naar binnen en ik moet aan het werk. Na de opening heb ik weer tijd voor je.'

Ik krijg de neiging om te gaan pruilen als een klein kind dat z'n zin niet krijgt. 'Wordt het mooi? Word ik beroemd? Worden wij misschien beroemd, als de schilder en zijn muze? Zijn muuuze...' Zachtjes blaas ik lucht in zijn oor.

'Beroemd weet ik niet, maar bekend zeker.'

Zijn stelligheid verrast me, windt me op. Hij duwt me iets verder van zich af en vermijdt het om me aan te kijken. Hij draait zich om, zijn doorweekte shirt plakt aan zijn prachtige rug. Ik wil hem. Nu! Hij opent de deur en kijkt om. 'Tot de dertigste.'

De deur glijdt achter hem in het slot en twee tellen later klinkt er muziek uit het binnenste van het pand. Een aria – hij heeft kennelijk geen zin meer in onderbrekingen. Het volume gaat voluit. Verdomme, hij had me toch gewoon even kunnen nemen? Voor mijn part tegen de deur, in de gang. Ik hoef echt niet per se te zien waar hij mee bezig is. Ik heb het gevoel dat hij me afwijst.

Ik bel Alex. 'Hé schat, heb je zin om naar de stad te komen? Ik heb een enorme behoefte om de beest uit te hangen.'

Voor mijn voeten ligt een leeg blikje. Ik schop keihard, het rolt kletterend meters voor me uit. Een meisje dat net langsfietst, kijkt verschrikt achterom. Ik zwaai verontschuldigend.

'Ach, wat jammer nou lieverd, ik had afgesproken met de jongens. We varen al.'

Oké, ook goed. Dan niet. 'Jammer, dat wordt dus wel een latertje vanavond?'

'Ja, reken maar nergens op. Heb je een fijne dag?'

Het blikje schiet nu dwars de straat over, het stuitert terug van de stoeprand.

'Ja hoor, best. Ik verveel me alleen een beetje en ik heb het heet.'

'Nou, neem een duik ergens of bel een vriendin. Er zal toch wel iemand thuis zijn?'

Op de achtergrond hoor ik mannenstemmen, gelach en het geluid van de buitenboordmotor. Was ik maar bij hem, op het water.

'Ja goed, veel plezier daar hè, ik zie je later.'

'Ja lieverd, tot later.'

Misschien moeten we wat meer samen doen, vaker afspreken dat we allebei thuis zijn. Wat raar, Ruben, die als een weermannetje de deur uit- en inging. De geheimzinnigheid waarmee hij me buitensloot. Voor me, in de etalage van een speelgoedwinkel, staat een enorm poppenhuis. Het is een moderne, strakke villa, compleet met een fitnessruimte en zwembad op de onderste verdieping. Het huis heeft drie woonkamers en vier door een stilist ingerichte zitslaapkamers, twee voor meisjes en twee voor jongens. De vier thema's – of moet ik 'concepten' zeggen? – zijn: stripfiguren, roze, R&B-sterren en sport. Op elk van de verdiepingen is een enorme badkamer. Er staan her en der loungeachtige zithoeken en er zijn grote tafels waar de hele familie 's avonds bijeen kan komen om de maaltijd te gebruiken. Gezellig. Twee open haarden. Naast de villa staat een stal met ruimte voor vijf paarden. Het gebouwtje is een miniatuuruitvoering van het grote huis. Er zijn een paar poppetjes thuis: vijf paarden en een stalknecht die staat uit te mesten. Een witgekleed sportief figuurtje ligt bij het zwembad. Iemand met een schort aan staat in de enorme keuken midden in het huis. De open haard brandt en alle tv's, ik tel er zes, hebben piepkleine bewegende beeldjes op het scherm. Verder is er niemand thuis. Oh nee, er ligt nog een hond naast een van de open haarden.

Naast me komen een vrouw en een meisje van een jaar of zes staan.

'Oh, kijk eens wat een prachtig poppenhuis!' De vrouw gilt bijna en drukt het meisje dichter naar het raam.

'Ach mama, kijk nou, die hond! Die ligt daar helemaal alleen... Wat zielig.'

'Zielig? Die hond heeft de beste plek van de wereld. Moet je zien wat een kamers, en een zwembad en stallen. Nee, die hond is niet zielig. Wij zijn zielig, dat we dat niet hebben.'

'Zal ik vragen aan de meneer van de winkel of er een andere hond bij mag liggen, mam?'

'Ach kind, zeur toch niet zo. Kijk nou maar naar hoe mooi het is.'

Mijn telefoon gaat en ik wend me af van de etalage. Aha, wat een verrassing. Het is mijn naamloze minnaar, de zwanenman.

'Hallo, Tessa.'

Zijn stem bezorgt me een stoot energie.

'Hé, hoi. Goed dat je belt.'

'Vind je? Ik zou je wel even willen zien. Nu.'

Dat wil ik ook. 'Weet je waar het Filmhuis is? Ik zit zo op het terras.'

'Goed. Ik ben er over een kwartier. Tot zo. Ik verheug me erop.'

Hij komt als geroepen. Het is maar een klein eindje lopen vanaf hier, ik ben er al bijna. Ik werp een laatste blik op het poppenhuis. Thuis, weggestopt in een diepe kast, staat het poppenhuis dat papa voor me gemaakt heeft. Zijn grootste hobby heeft voor de grootste ellende gezorgd. Jammer dat er zo'n naar luchtje aan kleeft. Wie zou daar nog mee willen spelen? Door die ellendige poppenhuizen is het bij ons thuis geknald. Papa is een man met twee gezichten, altijd al geweest en nu nog steeds.

Op naar mijn afspraak. Het is koopavond en alle terrassen zitten vol. Soepel laveer ik tussen de traag lopende, winkelende mensen. Ik ben me bewust van de beweging van mijn heupen in mijn jurk. Mannen kijken om en vanaf een terras wordt naar me gefloten. Feromonen, testosteron, hormonen – allerlei stofjes vliegen met de snelheid van het licht over en weer en in en om ons heen en doen hun werk, onzichtbaar en geurloos.

Alle stoelen op het terras van het Filmcafé zijn bezet, ik zie geen bekenden. Binnen is het warm en stil. Wat draait er allemaal? Een documentaire over Mongolië, een film met Al Pacino, een *coming-of-agefilm* van een jonge Deense filmmaker. Eerst naar het toilet. Het invalidentoilet is groot en schoon. Zal ik? Ik toets een sms-bericht voor hem in, verzend het en wacht in het donker. Als er zacht geklopt wordt, open ik de deur en laat ik hem binnen. Er schijnt licht langs de onderkant van de deur. Ik kan hem nauwelijks zien, maar ik herken zijn geur.

'Hier, ik dacht dat je vast een biertje zou lusten.'

Hij pakt mijn hand en legt mijn vingers om een ijskoud glas. Ik drink gulzig en zet het glas voorzichtig op de wastafel. Ik zie de contouren van zijn gezicht.

Hij fluistert in mijn oor en draait me met mijn rug tegen de deur. 'Hoe gaat het met je, schoonheid? Leuke plek om af te spreken, trouwens.'

'Ssst, we moeten heel zachtjes doen.'

Ik leg mijn achterhoofd tegen het koele hout en sluit mijn ogen. Zijn tong is er eerst, mijn lippen gaan vanzelf van elkaar. Hij is dwingend vandaag en ik vind het best. Ik laat me leiden van de deur naar zijn schoot. Hij zit op het deksel van de wc en ik zit op hem. Ik stroop het condoom af en houd me vast aan de beugels die aan weerszijden van de pot uit de muur komen. We lachen en hij gromt tegen mijn buik. Hij zegt dat hij het licht aan wil, dat hij me wil zien klaarkomen. Ik sta op, en als het licht aangaat zie ik mezelf in de lage, schuine spiegel.

'Kom dan.'

Ik fluister heel zacht en hij komt achter me staan. Ik houd me vast aan de wastafel, krom mijn rug. Mijn borsten deinen langs de koude rand van het glanzende witte steen.

Hij grijpt in mijn haren en trekt mijn hoofd naar achteren. 'Kijk dan. Kom dan!'

Via de spiegel kijkt hij me doordringend aan. Hij laat mijn hoofd los en streelt mijn rug, mijn billen. Glijdt ertussenin. Ik buig mijn hoofd, sluit mijn ogen en geef me over aan de beweging in mijn buik.

'En nu, heb je nu een naam voor me?' Zijn stem klinkt van ver.

Marit

Het is nu bijna elf uur en je bent nog niet thuis. Ik weet niet wat ik moet doen, dus ik schrijf. Dat maakt me rustig, voor zover er sprake kan zijn van rust. Ik kan haast niet wachten tot je er bent, maar tegelijkertijd beangstigt het me. Ik wil je nog iets vertellen. Van de week had ik een gesprek met een leerling op school, Rosa, veertien jaar en tweede klas havo. Ze bleef wat in het lokaal hangen na de les. Ze vertelde dat ze de laatste tijd niet zo goed was op school omdat het thuis nogal een puinhoop was. Ik vroeg natuurlijk waarom. Ze vertelde dat haar ouders gaan scheiden en dat ze er niets van begrijpt. Haar moeder kondigde twee maanden geleden aan dat ze wegging. Zomaar, vanuit het niets. Niemand had het zien aankomen, en Rosa en haar twee broertjes zijn er kapot van. Hun vader ook. Rosa is een geweldig leuk kind, een van die kinderen in de klas van wie je gaat houden. Nu was ze bleek en verlept. Een verlept mooi meisje. Hoor je hoe triest dat klinkt, David – verlept en meisje? Dat hoort niet bij elkaar. Meisjes moeten bloeien. En moeders mogen niet zomaar weggaan bij hun kinderen omdat ze hun geluk elders denken te kunnen vinden. Wat halen mensen zich toch in hun hoofd? Denken ze soms dat ze hun oude 'ik' samen met hun gezin achter zich kunnen laten? Rosa huilde toen ze het me vertelde, en ik bijna. Haar moeder had een aantal cursussen gevolgd en daar had ze haar ware zelf teruggevonden. Ze zei tegen haar kinderen dat ze nu eindelijk haar hart moest volgen, dat ze niet meer half wilde leven. Ik werd misselijk toen ik het verdriet in Rosa's stem hoorde.

Natuurlijk, ik hoor in gedachten alle argumenten die de vrouwenbladen en opiniemakers en de moderne psychologie me toe-

schreeuwen, ik hoor ze allemaal. Ik ken ze en ik vind ook dat ik genuanceerd moet zijn. Maar toch vind ik dat die moeder dit niet mag doen. En David, je begrijpt, ik wil niet een verlaten vrouw worden. Ik wil dat wij bij elkaar blijven. Ik moet denken aan het oude gezegde: de zoeker is het gezochte. Ik geloof daarin. Hoewel ik moet opbiechten dat ik vanavond gebeld heb met L. Ik ben niet zo aardig tegen haar geweest.
Nog even over Rosa: ik heb haar voorgesteld om bij ons te komen oppassen, we hebben toch nog steeds iemand nodig. Misschien kunnen we haar een beetje helpen. Ik heb de indruk dat ze me wel vertrouwt.
Ik hoor een auto. Nee. Hij rijdt voorbij. Zal ik nog een gedicht schrijven? Door deze toestand heb ik de rust niet meer om te kunnen schrijven. Ook daar ben ik boos om, dat je me dit ook nog afpakt.
Renate is de enige met wie ik over deze toestand praat. Ze heeft het soort praktische wijsheid dat ik bewonder. Dat komt natuurlijk door haar werk. Ze kan zo stil, zo onbewogen haast, naar je luisteren, zonder direct met een oordeel klaar te staan. Tegelijkertijd vraag ik me af wat er achter die onverstoorbaarheid huist.
De koplampen van je auto schijnen op de muur tegenover me. Daar ben je eindelijk, het is bijna twaalf uur. Mijn hart trilt in mijn borst.

Renate

Tussen de gewone post, reclamefolders en rekeningen glanst een lichtblauwe envelop. Ik scheur hem ongeduldig open. Het is mama's uitnodiging voor haar feestje. Ze is er laat mee en dat begrijp ik. Voor haar zal het ook niet makkelijk zijn. Ze schrijft dat ze het heel fijn zouden vinden als de kinderen en ik zouden komen. Dat ze hoopt dat ik me over het verleden heen kan zetten, dat Gerard het ook heel fijn zou vinden. Dat vijfenzestig worden een mijlpaal is die ze graag met haar hele familie wil vieren.

Het maakt me in de war en ik word er heel onrustig van. Er zitten zo veel kanten aan de zaak. De mijne, de hunne, die van mijn zussen en natuurlijk die van de kinderen. De laatste keer dat ik mama en Gerard echt gesproken heb, ontaardde het gesprek in een gemene ruzie. Dat was drie jaar geleden. Sinds die ruzie ben ik nooit meer bij ze thuis geweest. Soms zijn we elkaar per ongeluk tegengekomen op een verjaardag bij mijn zussen. Ik herinner me daarvan vooral de stroeve blikken en ongemakkelijke gevoelens. Gerard wilde me nog weleens joviaal op de schouders slaan, die man begrijpt werkelijk niet wat hij heeft veroorzaakt. Het is eigenlijk erg om te denken, maar ik vind het een heel domme man. Hij is iemand met bar weinig inlevingsvermogen en hij doet de meest botte uitspraken. Onbegrijpelijk hoe mama ooit met hem heeft kunnen trouwen.

Ik prop de uitnodiging geïrriteerd in het laatje waar we rommeltjes bewaren. Eerst maar even laten zakken. Dat heb ik mezelf in de loop der jaren aangeleerd. Wachten en afkoelen, tot je weer helder kunt denken. Morgen is het vroeg genoeg voor een reactie.

De regen stroomt langs de ramen en blijft in grote plassen op het uitgedroogde gazon liggen. Onze regio heeft deze zomer als laatste vakantie en door de extreem vroege hittegolf is iedereen totaal uitgeput. De kinderen liggen alleen nog maar lamlendig in het zwembad en zijn haast niet naar school te branden. Je zult zien: als de vakantie straks begint, regent het alleen nog maar. Op het nieuws spreken ze de laatste dagen bijna nergens anders over dan het veranderende klimaat. De aarde is op weg naar de ondergang, begrijp ik. Volgens Wim valt het wel mee. Die denkt in lange lijnen en statistieken. Dat verklaart waarschijnlijk zijn rustige manier van doen. Ik vind die rust prettig. Hij lijkt me iemand die zijn beslissingen weloverwogen neemt, die niet graag voor onverwachte verrassingen zorgt. Dat klinkt betrouwbaar. We zullen zien.

Ik moet me omkleden. Hopelijk is het straks droog, anders kom ik kletsnat aan. Het is alweer lang geleden dat ik heb moeten spreken over een jong iemand. Een verkeersongeluk, dat zijn de moeilijkste gesprekken en de meest emotionele toespraken. Ik zie ertegenop, merk ik; het ene na het andere kledingstuk glijdt door mijn handen. Een pantser, een harnas – ja, dat zou me helpen vandaag. De blauwe broek met het donkere katoenen truitje dan maar. Als ik erg transpireer na het fietsen, zie je daarin in ieder geval geen donkere plekken onder de oksels.

Als een man naar me kijkt, wat zou hem dan opvallen aan me? Mijn ogen glanzen en in de spiegel lijkt de huid van mijn hals nog mooi glad. Maar om mijn middel ben ik wat ronder geworden, een paar kilootjes. Het staat me eigenlijk wel. Een buikje is normaal, toch? Mijn haar is nog mooi dik en ik heb geen cellulitis op mijn dijen en billen. Een aardige vrouw, niet te opvallend. Maar aantrekkelijk? Zou ik mijn schaamhaar moeten scheren? Voor hem? Iemand van milieubeleid doet daar vast niet aan, die laat de natuur zo veel mogelijk haar gang gaan. Zou hij zo denken? Ik weet het niet, ik zal in ieder geval mijn bikinilijn scheren. Ach, wat haal ik me in mijn hoofd, we moeten eerst eens een goed gesprek met elkaar voeren. Voorlopig hebben we niet eens een tweede afspraak. Misschien bel ik vanavond zelf wel. Of is het verstandiger om eerst een goede vrijpartij te hebben en daarna het goede gesprek? Zou hij zoiets durven voorstellen? Ik niet, geloof ik. Waar zou dat trouwens moeten? Dan zouden we een weekend weg moeten gaan, een nachtje in een hotel slapen, de gelegenheid creëren.

Gelukkig is het opgehouden met regenen. Als ik het raam opendoe, hoor ik het druppen in de regenpijp. De goot moet nodig worden schoongemaakt, dat moet Thomas dit weekend maar eens doen. Het water zakt al op het gras. Het dampt. Laat ik maar vast gaan, dan kan ik rustig fietsen.

Nummer 77 is een vrijstaand huis. Het ziet er nieuw uit. De rode dakpannen glanzen en de kunststof kozijnen zijn witter dan wit. Voor de ramen staan twee identieke, door de woonmagazines en Ikea voorgeschreven vazen. Groot, hoog en vierkant. Twee van die afschuwelijke kindpoppen proberen tegen de vensterbank op te klimmen. De tuin is nog niet aangelegd, maar de verdeling van de perken is al wel aangegeven met rijtjes keien. Alles is in harmonie, symmetrisch. Dat is de buitenkant. Binnen is alles in één klap chaos geworden, kapotgeslagen. Ik weet hoe het zal zijn als ik zo meteen binnengelaten word.

Ik stap af en loop over de vers aangelegde oprit naar het huis. Mijn fiets valt haast van de standaard als ik iets te wild mijn spullen uit de fietstas pak. Zenuwen.

Ze hebben me kennelijk al gezien, want voordat ik kan bellen gaat de deur open. De lippen van de kleine vrouw trillen en ze heeft een zakdoek in haar hand. Haar ogen zijn spleetjes, opgezwollen en rood.

Achter haar verschijnt een man in de deur naar de kamer. 'Oh, u bent zeker de mevrouw van de toespraak?' Hij legt een hand op de schouder van zijn vrouw en opent de voordeur verder. 'Kom binnen. Mijn vrouw is er niet helemaal bij, dat begrijpt u.' Hij trekt haar even tegen zich aan. Ik veeg mijn voeten en we schudden handen.

'Renate Versteegh.'

'Paul Mulders.'

'Tineke.'

'Gecondoleerd.'

In de woonkamer is het schemerig, de gordijnen zijn half dicht. Het ruikt hier naar nieuwe vloerbedekking en natte verf. Het huis is gloednieuw en nog maar net bewoond. Een donkere figuur zet de muziek uit en draait zich om. Hij is van Thomas' leeftijd en veegt met zijn mouw langs zijn ogen als hij op me af loopt.

'Niels Mulders.'

Zijn handdruk is slap, hij ziet eruit alsof hij ieder moment om kan vallen. Ik condoleer hem met het verlies van zijn zus.

'Roep jij Sanne even?' Zijn vaders stem is heel zacht en de jongen sloft bij ons vandaan. Waar zijn spijkerbroek op blijft hangen is me een raadsel, heupen en billen lijkt hij niet te hebben. De pijpen van zijn broek slepen over de grond. De jongen trekt de capuchon van zijn zwarte trui verder over zijn hoofd. Het verdriet hangt als een klamme deken over ons heen. Ik heb het gevoel dat ik erdoor ineengedrukt word.

'Koffie?'

'Ja, alstublieft.'

Niels komt weer binnen met een meisje van een jaar of twaalf. Zij is de jongste, heb ik gisteren aan de telefoon begrepen. Ze gaat op de bank zitten.

'Geef mevrouw eens netjes een hand.'

Ze staat zuchtend op en legt haar kleine hand in de mijne. 'Hallo, ik ben Sanne.'

Moeders tranen blijven lopen, ze zit tegenover mij in een grote leren stoel. De kinderen zitten naast elkaar op de bank, allebei hun mobieltje in de hand. Ze staren naar een portret van hun verongelukte zus. Het staat midden op de eettafel, met drie brandende waxinelichtjes ervoor. Het meisje op de foto is prachtig. Ze heeft grote heldere ogen, ze lacht naar de camera. Naar ons. Ze is dood en ze kijkt ons stralend aan. Het snoert mijn keel dicht. Hoe moet dit voor haar ouders zijn?

Paul komt uit de keuken met de koffie. We schenken melk, scheppen suiker, we roeren, we drinken. Moeder snuit haar neus. We zetten onze kopjes behoedzaam neer. We laten de koekjes onaangeroerd. De kinderen drinken cola. De waxinelichtjes walmen. En Natasja lacht naar ons vanuit haar zilveren lijstje. Zo stil is de dood.

Anne

Het lijkt wel alsof ik steeds verder wegzak. De kolk van afspraken met dokters en therapeuten, piekeren en geen energie hebben trekt me dieper in het zwarte. Ik ga er niet beter van slapen. Het schrijven van moeilijke brieven over het verleden maakt me ook niet bepaald vrolijk.

In de *NRC* staat een artikel over een onderzoek van een Amerikaanse psycholoog naar het effect van nostalgie. Het stuk heet 'Bindende herinneringen'. 'Nostalgie dwingt je om jezelf en je verleden onder ogen te zien, om niet weg te rennen van je "demonen" maar er de strijd mee aan te gaan om jezelf te aarden en je te realiseren waar je vandaan komt. Wij zijn de enige diersoort die zich bewust is van de tijd en daardoor van de eigen dood. Maar we zijn ook de enige diersoort die zichzelf kan troosten door aan het verleden te denken. Niet omdat vroeger alles beter was, maar omdat het mogelijk is om de goede dingen uit het verleden koesterend dichtbij te houden en er nog een keer van te genieten.'

De goede dingen uit mijn verleden lijken te worden overschaduwd door de slechte. Zo slecht was het toch allemaal niet? Ik hoor mama zeggen dat flink aanpakken en hard werken de enige remedies zijn tegen verdriet en chagrijn. Volgens haar moet je je zinnen verzetten. Dat lijkt op het eerste gezicht een verstandige opvatting, maar zoals bij zoveel goedbedoelde adviezen is ook hier geen handleiding of recept meegeleverd. Hoe kun je in godsnaam je aandacht ergens anders op richten wanneer je denken volstrekt zijn eigen gang gaat? Dus: hoe verzet je je zinnen? Of, nog beter: hoe stuur je het denken? En dan natuurlijk niet het verstandige denken, het nadenken, maar de ongecontroleerde gedachtestroom die 24 uur per dag werkzaam is, die me voortdurend afleidt, die me duizend keer per etmaal dezelfde doelloze woordenstroom voorschotelt. Die stroom zou ik willen indammen. Dus ik wil best mijn zinnen verzetten, mama, en Thea. Maar vertel me hoe. Door een brief te schrijven aan mijn borsten, door nog meer aandacht op mijn lijf te richten? Dat lijkt me bij nader inzien de tegenovergestelde weg. Een brief schrijven aan de wereld misschien? Uitleggen aan mijn baas waarom ik al een tijd niet aanwezig ben? Aan mijn collega's vertellen waarom ik ze opzadel met mijn klussen? Aan de wereld waarom ik mijn bijdrage niet lever? Als ik mijn maatschappelijke verantwoordelijkheid zou nemen in plaats van deze kleinzielige pathetische ik-gerichtheid, deze egoïstische verwende aanstellerij, zou het dan beter met me gaan?

Of, mama, moet ik gewoon weer aan het werk gaan en daarnaast vrijwilligerswerk gaan doen? Zodat ik geen tijd meer heb om over mezelf na te denken. Ik hoor het je zeggen, dat ik aan anderen moet denken. Jij was zelf vroeger zo druk met denken aan anderen dat je ons niet meer zag. Je hebt nooit aan me gevraagd wat er ineens loos was met me. Je hebt nooit gemerkt dat ik opeens stiller werd en uit papa's buurt bleef, en dat ik hem nooit meer een nachtzoen gaf. Je dacht zeker dat dat kwam doordat ik puberde. Jij, altijd druk met je vrijwilligerswerk, ondertussen blind voor wat er thuis aan de hand was. En dat jullie nooit gezien hebben wat jullie Renate aandeden – ik kan er nu ter plekke weer woest om worden. Natuurlijk was ik de kleinste, maar ik was niet gek, doof of blind. Juist omdat ik zo klein was mocht ik immers altijd overal bij zijn. Alles heb ik gehoord, zoet duimend in een hoekje van de bank of onder de tafel, in mijn kinderstoel of achter het gordijn. Verdorie, nu ben ik alweer bezig met slechte herinneringen. Zo gaat dat dus, de gedachtestroom gaat eenvoudigweg met je op de loop. En je hebt het pas door als het kwaad is geschied, als je je realiseert dat je je plotseling erg slecht voelt. Het voltrekt zich volstrekt buiten je bewustzijn om.

Hier aan de keukentafel ben ik hemelsbreed nog geen vijf meter verwijderd van een hele serie plaatjes van goede gebeurtenissen. De ruggen van de fotoalbums staan strak in het gelid. Kon ik die maar tot 'bindende' herinneringen maken.

Als ik opsta kleeft een natte vlek van gemorst sap koud aan mijn buik. Ik moet iets anders aan. Ik zou niet alleen mezelf eens moeten aanpakken, maar ook de rommel in huis. Als ik nou eens begin met het oud papier. Heb ik nog een lege doos? Nee? Dan een vuilniszak – als ik nu ook nog het afval moet scheiden, kom ik helemaal nergens. De vuilniszakken zijn op. Ik raap alle folders en kranten op en stapel ze in een hoek van het halletje. Ik ben nu al doodmoe. Boven liggen her en der tijdschriften, ik gooi ze een voor een naar beneden. Ze klapperen met hun bladen als grote, tegenspartelende vogels. Ik verzamel zes lege mokken met ingedroogde randen koffie en thee, vier wijnglazen en een ontbijtbordje met verdroogde kruimels en zet ze boven aan de trap. Ik ga even zitten en zie de verspreid liggende kledingstukken, het stof, de donzige vlokken onder het bed, de vlekken op de wastafel, de spatten op de spiegel, de overvolle wasmand, het niet verschoonde bed waar ik nacht na nacht weer inkruip, de rode lingerie, weggesmeten in een hoek achter het bed.

In mijn toilettasje zit nog een stripje slaappillen en een oxazepam. Ik sleur mezelf omhoog en slik een hele pil door, drink er een paar handenvol water achteraan. Het komt lauw uit de kraan hierboven. Straks voel ik me stukken beter, dat weet ik nu al. Daarom zijn die pillen zo fijn. Alleen al het idee dat ze er voor je zijn, is op zich al rustgevend. Later, als het beter met me gaat, houd ik er wel mee op.

De doek hangt weer voor de grote spiegel, ik heb besloten dat het helemaal niet nodig is jezelf te willen zien. Mijn hoofd, mijn gezicht, dat is voldoende – en dat kan ik prima in de kleine badkamerspiegel bekijken.

Ik stop mijn kleverige shirt in de wasmachine. Ach, daar kunnen mooi de vieze lakens bij. Als ik ze van het bed trek, komt er een wolk stof mee. Grote roestbruine bloedvlekken zitten precies in het midden. Op het kussensloop is het zout opgedroogd in grote kringen. Dat zal er op negentig graden wel uit gaan. Ook op de beschermhoes van de matras zit bruin verkleurd bloed. De machine draait al, de hoes moet wachten op de volgende ronde. Met moeite trek ik het smerige ding eraf en gooi het boven op de rest van het wasgoed in de mand. Ook het matras is bevuild. Het kan me niet schelen. Ik laat me in mijn blootje op de smerige ondergrond vallen en trek het dekbed over me heen. Geen hoes, geen sloop, geen laken onder me en zelf ook onbedekt. Met mijn ogen dicht voelt het schoon. Gewoon.

Morgen ga ik het hele huis onder handen nemen. Het geruststellende geluid van de wasmachine doet me goed. Hier wordt gewerkt. Hier is alles onder controle. Als ik dadelijk nou eens begin met stofzuigen. Nee, beter eerst de afwas. Of de was ophangen, dan kan er daarna direct een nieuwe lading in. En dan het oud papier naar buiten. De lege flessen wegbrengen. Strijken. De handwas. Boodschappen doen. Morgenmiddag moet ik naar de bedrijfsarts. En een cadeau kopen voor mama's verjaardag. Kan het eindelijk eens stil worden in mijn hoofd? De planten water geven. De tuin bijhouden. Mijn zussen bellen. De losse naad in mijn groene broek naaien. De keukenvloer dweilen. Batterijen kopen. Alsjeblieft Anne, stop! Rustig maar, die oxazepam werkt binnen een halfuurtje. Afwasmiddel. Kalkaanslag.

Ik geloof dat ik wegglijd. Ik ben me er vaag van bewust dat ik in slaap val. Dan wordt het heel stil. Om me heen stuiteren lichtjes honderden zeepbellen op en neer. Sommige zijn zo klein als knikkers, die rollen voor me uit. Andere zijn gigantisch, groter dan ikzelf. Ik zie mezelf in regenboogkleuren weerspiegeld in de glanzende oppervlakken. Als in een lachspiegel word ik vervormd. Ik beweeg me behoedzaam. Er lopen meer mensen tastend rond. Boven me is de lucht onbewolkt. Nu zie ik dat de bellen als regendruppels uit witte wolken vallen. Alles glanst en glinstert. Als ik per ongeluk een bel aanraak, spat hij uiteen, met een zachte splatsj... En onmiddellijk wordt de lege plek gevuld met een nieuwe bol.

Plotseling bevind ik me binnen in zo'n doorzichtige grote bol. Zacht druk ik mijn hand tegen de wand, er gebeurt niets. Als ik begin te lopen rolt hij met me mee. Ik prik mijn wijsvinger wat harder tegen de binnenkant. Er ontstaat een kleine uitstulping naar buiten, dat is alles. Hoeveel lucht heb ik hier binnen? Ik begin voorzichtig een beetje harder te lopen. De andere bollen lijken voor me opzij te gaan. Een enkele rolt traag tegen mijn bol aan en glijdt over me heen. De andere mensen lijken me niet te zien. Ze blijven rustig doorlopen, ook als ik tegen hen opbots. Wat zien ze er afschuwelijk onverschillig uit. Het lukt me niet hun aandacht te trekken.

Langzamerhand krijg ik het benauwd. De zuurstof lijkt op te raken. Met twee vuisten bons ik op de flinterdunne wand. Hij geeft wat mee, maar gaat niet stuk. Er is niemand die op me reageert, de hele bollenwereld gaat zijn eigen gang terwijl ik hierbinnen stik. Wat hebben al die mooie kleuren nou voor zin als ik hier doodga? Hoe kom ik uit dit ding? Waarom luisteren ze niet? Kijken ze niet? Waarom heb ik geen contact?

Waren die er de hele tijd al, die donkere vlekken met een puntige uitstulping in het midden? Iedere bol heeft haar eigen tepel. Hoe heb ik dat niet kunnen zien? Omdat ik erin gevangen zit, natuurlijk. Het lijkt niemand op te vallen. De tepel van mijn bol zit aan de achterkant. Als ik er aarzelend mijn vinger tegenaan druk, precies in het midden, gaat die er dwars doorheen. Koele lucht stroomt door het gat naar binnen.

Als ik mijn ogen open, ben ik helemaal bezweet en moet ik me loswurmen uit mijn dekbed. Ik gooi het van me af. De centrifuge draait op volle toeren en ik voel de trilling ervan door de vloer en dwars door het matras. Op mijn rug liggend koel ik langzaam af. Mijn borsten hangen opzij. Ik leg mijn handen eronder en til ze omhoog. Groot en zwaar. Zacht. Zit ik gevangen in mijn vlees of gevangen in mijn denken?

Tessa

Het is anders geworden dan ik gedacht had, mooier. Dit is beter dan de melkpakken en pizzadozen. Een stuk steviger ook. Ik zag het oude houten kistje bij de kringloop. Ik heb het meteen gekocht en net zo lang geschuurd tot het hout glansde en zijdezacht aanvoelde. Het was nergens voor nodig, maar heerlijk om te doen. Toen heb ik een spiegel in een dikke doek gewikkeld en er voorzichtig met de grote hamer op geslagen. Op iedere zijkant van het kistje heb ik in het midden een dun stukje triplex gelijmd. Daarop heb ik van ieder van ons vieren een kleurrijk portretje geschilderd. Ze zijn perfect gelukt. De spiegelscherfjes heb ik eromheen gemozaïekt. Als mama het kistje oppakt en het voor zich houdt, ziet ze haar eigen gezicht en daar middenin het gezicht van een van haar dochters. Op het deksel heb ik de mooiste trouwfoto van haar en papa geplakt. De dikke laag lak die ik over de foto heb gesmeerd glanst prachtig. De binnenkant van het kistje heb ik gelaten zoals hij was. Een beetje ruw met stoffige hoekjes. Het is een mooi cadeau zo. Alleen Renate moet ik nog vragen of ze er iets persoonlijks in wil doen, Marit en Anne heb ik al gesproken. Ik zal haar nu even bellen.

Ze neemt direct op.

'Hé Renaat, met Tessa. Hoe gaat ie?'

'Wel goed.' Haar stem klinkt dof, alsof ze net wakker wordt.

'Je klinkt een beetje ver weg. Sliep je?'

'Ach nee, helemaal niet, ik zit te schrijven aan een moeilijke toespraak. Een meisje van vijftien, ze is met de fiets onder een afslaande vrachtwagen gekomen.'

'Oh, wat erg.' Meer kan ik niet uitbrengen. De gezichten van mijn zussen stralen tussen het spiegelglas voor me.

'Ja, het is vreselijk. Die mensen zijn helemaal kapot. Ze wonen hier net drie weken. Het meisje had hier nog geen vriendinnen, ze komen helemaal uit Vaals. Ze hebben hier niemand.'

Ik sta op en loop door de openstaande terrasdeuren naar buiten. Ik pluk verdroogde bloemetjes uit de potplanten. Boven de zee van daken is de lucht helder blauw.

'Hoe doe je dat toch, Renate? Moet je niet de hele tijd aan Chantal en Thomas denken?'

'Ja natuurlijk, ik doe niet anders. Het was zo'n mooi meisje. Er stond een prachtige foto van haar op tafel. De ouders vertelden alleen maar goeie dingen over haar, over hoe goed ze het hadden met elkaar, hoe gelukkig ze waren. Die man had eindelijk een nieuwe baan gevonden, daarom waren ze verhuisd. De kinderen wilden eigenlijk niet mee hiernaartoe – het meisje al helemaal niet, die zat daar in allerlei sportclubs, begon uit te gaan. Het kind had vriendinnen die ze achter moest laten. En nu is ze er niet meer. Ik ben blij dat je me er even uithaalt.'

'Hé, het is een beetje een rare overgang, maar ik bel je eigenlijk over het cadeau voor mama. Ik heb iets gemaakt.'

Met een weids gebaar strooi ik de dode bloempjes over de stenen. Er daalt een kleurig spoor neer op het donkere hout.

'Ach ja, het feestje. Heb je iets gedaan met de foto's die we laatst gemaakt hebben?'

'Niet helemaal. Ik heb wel iets gemaakt, met portretjes van ons, geschilderd tussen spiegelglas, op een houten kistje. Het is erg mooi geworden, en je kunt er iets in stoppen. Marit en Anne kopen iets wat ze erin doen. Ikzelf ook, hoewel eigenlijk het ding op zich al genoeg is. En jij? Voel jij ervoor om er iets in te doen?'

Ze zucht hoorbaar. 'Gisteren kreeg ik de uitnodiging, met een briefje erbij. Ze wil heel graag dat ik er ben. Ik begrijp dat ze de hele familie uitgenodigd hebben. Wat zou ik haar moeten geven? Hoe groot is dat ding eigenlijk, wat past erin?'

Het mos laat moeilijk los, er blijven restjes achter in de diepe spleten tussen de houten vlonder. De nagel van mijn wijsvinger scheurt ver in als ik iets te diep graaf, net niet in het levend vlees. Een huivering trekt omhoog langs mijn ruggengraat.

'Ik schat dat het kistje zo'n vijftien bij vijftien centimeter is, in het vierkant dus. Een stukje zeep past er wel in, een brief ook. Een cd.

Het moet wel klein zijn. Geld kan natuurlijk ook, ik kan me voorstellen dat het voor jou lastig is om iets persoonlijks voor haar te verzinnen. Of niet?'

Weer een diepe zucht. 'Ja, ik heb eerlijk gezegd geen idee. Ik zal erover nadenken. Weet je, door dat doosje moet ik ineens denken aan een crematie die ik laatst had, van een glazenwasser. Boven op zijn kist stond een klein glazen kistje, je kent ze wel, met van die metalen sponningen. Je kunt er sieraden in bewaren. Op de bodem hadden ze een laagje witte watten gelegd en daar lag een foto van hem op. Ernaast lag een briefje met daarop in zo'n hanenpotig handschrift geschreven: "Rust zacht lieve papa." Het is onder glazenwassers blijkbaar een soort gezegde dat ze in een glazen kistje willen als ze doodgaan. Dat had het dochtertje heel goed onthouden. Het is ontroerend om te zien hoe mensen hun best doen om iets persoonlijks te doen voor de dode.'

'Het is te hopen dat jij later geen spijt krijgt van je beslissingen. Mensen gaan zomaar dood, dat zie je maar weer. Stel je voor dat mama sterft voordat jullie het bijgelegd hebben? Als ik jou was zou ik maar gewoon op het feest komen en het allemaal een beetje gladstrijken. Maar goed, het is natuurlijk je eigen keuze. Eigenlijk wil ik me er helemaal niet mee bemoeien. Je ziet maar, we hebben nog bijna twee weken. Wordt dat meisje eigenlijk begraven of gecremeerd?'

'Jij stapt wel erg makkelijk over de dingen heen. Voor mij is het echt niet zo simpel. Drie jaar is lang, hoor. En dan een feest, met zo veel mensen erbij. Ik weet het nog niet. Waar ben jij mee bezig? Vast iets leuks.'

Ja, inderdaad. Alleen maar. Vergeleken met wat Renate doet, ben ik nog steeds kleuterschooltje aan het spelen. Geld verdienen met model staan, thuis een beetje de kunstenaar uithangen. Ik durf het haast niet tegen haar te zeggen. Altijd als ik met haar praat, lijkt de luchtigheid verdwenen. Van feesten en vieren heeft zij geen benul. Zij maakt alles zwaar. Maar dat kan ik toch niet tegen haar zeggen?

'Ach niet zoveel op het moment. Over anderhalve week is de tentoonstelling waarvoor ik model heb gestaan. Kom je kijken? Verder probeer ik hier en daar wat opdrachten te krijgen.' Ik lieg er maar wat op los. Ik ben helemaal niet op zoek naar werk, laat staan dat er al mogelijke opdrachtgevers zouden zijn. Ik ben als je het goed bekijkt nog steeds een kunstenaar zonder gezicht.

'Wat goed van je, Tessa. Ik hoop dat het je lukt. Zeg, is het niet iets voor jou om de uitvaartwereld in te gaan? Daar worden tegenwoordig hele leuke dingen gedaan door kunstenaars.'

'Oh ja, wat dan?'

'Wat je steeds meer ziet, zijn van die persoonlijke herinneringsmonumenten en sieraden waar de as in verwerkt zit. Er is een grote vraag naar bijzondere, op maat gemaakte urnen. Gedenksteentjes. Dingen voor kinderen. Is dat niks voor jou?' Ze klinkt plotseling enthousiast.

Ik stel me dodenakkers voor. 'Dat weet ik niet hoor. Je kent me, ik ben niet zo van dat zware, maar evengoed bedankt voor het idee. Ik zal eens op internet kijken.'

Haar suggestie voelt als bemoeizucht en vergroot mijn ongemakkelijke gevoel.

'Goed Renaat, sterkte en ik hoor het wel van je. Dag.' Voordat ik haar groet kan horen heb ik het gesprek al weggedrukt. Getverderrie, wat moet ik met de dood, met kerkhoven en begrafenisondernemers? Ik wil liever gewoon genieten. Het leven vieren, leuke mensen ontmoeten. Carpe diem.

Ik moet de nagel ver afknippen en de lucht voelt vreemd op het stukje vrijgekomen vlees. Naakt.

Boven zet ik het doosje in de vensterbank. Het herinnert me aan de discobol die vroeger op mijn kamer hing. Ik werd vijftien, net zo oud als het verongelukte meisje van Renate, toen ik mijn eerste feestje met jongens mocht vieren. Het huis was tot half twaalf ons domein. Papa en mama waren weg, op visite waarschijnlijk. Anne logeerde ergens, Marit en Renate waren thuis, om toezicht te houden. Na het uitpakken van de cadeautjes duurde het niet lang of ik zat boven met Peter, de leukste jongen uit de klas. We zaten op mijn bed, onder de discobol. Vanaf beneden klonk harde muziek. Wat draaiden we toen? Geen idee, het was in ieder geval erg hard. Eindelijk ging het gebeuren. Wat ik nooit vergeten ben, zijn z'n handen, hoe hij ze onder mijn truitje schoof, en even later onder mijn beha. Het was de eerste keer dat een jongen me daar aanraakte en ik vond het direct geweldig. Er dansten honderden lichtvlekjes over ons heen. Hij kuste me en drukte me achterover op het matras. Ik voelde me als in een film. Het gevoel van gewild zijn wond me op. De eerste keer zijn mond op mijn huid, zijn adem in mijn hals en op mijn lippen, zijn handen op mij, jongenshanden, de eerste keer een stijve tegen mijn onderbuik, de eerste keer het gewicht van iemand op me, de eerste keer een diepe tongzoen, de eerste keer een nat slipje, de eerste keer de vingers van iemand anders tussen mijn benen, de eerste keer een vinger naar binnen, de eerste keer mijn handen op jongensbillen, de eerste keer het gewicht van een stijf lid in mijn hand, de eerste keer de verwondering over de zijdezachte huid daar, de eerste schrik van zijn hardheid, zijn eerste onhandige stoten, mijn eerste verwarrende orgasme bij een man. En daarna de geur van vocht en zaad. Of kwam dat later pas? Op mijn vijftiende verjaardag was het het mooiste verjaardagscadeau. Mijn eerste keer.

Mijn zussen hebben het geloof ik nooit geweten, ze hebben het er tenminste nooit over gehad. De verkering met Peter duurde vier maanden.

Toen kwam er een nieuwe jongen in de klas.

Marit

Als ik de sleutel in het voordeurslot hoor, sluit ik nerveus de computer af. Mijn handen trillen en mijn ademhaling versnelt.

David komt binnen en schopt zijn schoenen uit. 'Het is nog steeds warm buiten, weet je dat?' Hij knoopt zijn overhemd los en pakt een koud biertje uit de koelkast 'Jij ook nog iets?' Het bier kolkt schuimend in het hoge glas. Hij kijkt me vragend aan en drinkt, zijn adamsappel wipt op en neer.

'Doe maar een wijntje.' Eigenlijk heb ik al te veel wijn op.

Hij pakt een wijnglas uit de kast, zet het op de lage tafel en schenkt in. Ik kijk naar zijn rug als hij terug naar de keuken loopt om zijn bier te halen.

'Zet je de fles terug in de koelkast?'

De deur maakt een zuigend geluid als hij hem opent en weer sluit. Hij draait zich om en kijkt me aan. 'Ik heb je brief gelezen.'

Weer een grote slok, hij veegt het schuim van zijn lippen.

'En, wat vond je ervan?' Mijn stem klinkt hoog, afgeknepen haast. Er gulpt wijn over de rand van het glas als ik het oppak.

Zijn vingers vegen onzichtbare dingen van het aanrecht in de gootsteen. Hij kijkt omhoog en dan naar mij. 'Ik begrijp dat je de dingen weer wilt hebben zoals ze vroeger waren. En dat je je verdiept hebt in biologie. Weet je Marit, we zijn het gewoon hartstikke eens met elkaar. Ik wil net als jij dat het tussen ons weer hetzelfde wordt. Dat roep ik toch al de hele tijd? Ik ben blij dat jij nu ook zover bent.' Hij giet de rest van het bier in zijn keel. 'Is er nog wat te knabbelen, lieverd?'

Ik laat me achterover vallen in de kussens van de bank en sluit mijn ogen. Iets te knabbelen. Ik heb me zo druk gemaakt vanavond, de hele dag – al dagen, eigenlijk. En hij praat over iets te knabbelen. 'Zo, dus jij denkt dat hiermee de zaak klaar is? Je hebt mijn brief gelezen, je bent het ermee eens en klaar is Kees. En straks wil je zeker gewoon terug bij mij in bed. Dat is wel erg gemakkelijk, hè?'

Hij trekt zijn wenkbrauwen hoog op. 'Makkelijk? Wat bedoel je? We zijn het toch eens nu? Of mis ik iets?'

Oh, wat is dit ingewikkeld. Ben ik nou gek of is hij hier de idioot?

'David, er is nogal wat gebeurd, vind je ook niet? Daar kun je toch niet zomaar overheen stappen? We moeten toch op een bepaalde manier opnieuw beginnen met elkaar, weer vertrouwen in elkaar opbouwen. Ik dacht dat mijn brief een goede aanzet was, maar misschien heb ik het helemaal mis, hoor. Dat kan best.'

Ik heb het afgrijselijke vermoeden dat ik aan het afglijden ben naar een gebied waar ik helemaal niet wil zijn. Het slagveld. Dat is precies wat ik zo graag wil vermijden. Hoe red ik me hieruit?

'David, luister, even overnieuw alsjeblieft. Ik wil geen ruzie meer maken, ik wil er juist een punt achter zetten.'

Hij loopt naar me toe. 'Lieverd, dat weet ik toch wel. Je bent echt heel erg duidelijk, maar doe dan ook wat je zegt en hou erover op. Kom, geen gedoe meer, laten we lekker naar boven gaan. Ik verlang naar je.'

De laatste zinnen fluistert hij in mijn oor. Het is lang geleden dat hij zo dicht bij me was. Dwars door de bierlucht heen meen ik iets zoets te ruiken. Ik duw hem verward van me af. 'Goed, ga jij maar vast. Ik kom er zo aan.'

Hij streelt mijn gezicht en kust me kort op mijn lippen. Weer dat zoetige. 'Wel snel komen, hè?' Hij lacht en loopt naar de hal om naar boven te gaan. Even lijkt het of hij wankelt.

Als zijn voetstappen op de trap klinken, moet ik mezelf hard toespreken om mijn opkomende tranen terug te dringen. De lichten uit en naar boven. Kom op Marit, je hebt precies wat je graag wilde. Het is weer goed en hij ligt zo meteen tegen je aan. Mijn handen zoeken in de zak van zijn colbert. Leeg. Helemaal niets. Ook niet het verwachte zoete parfum. Heb ik het me verbeeld? Angst verdooft de zinnen. Nog een keer ruiken. Niets. Of toch wel?

Ik giet het restje wijn uit mijn glas in de gootsteen. Ik sluit de deu ren en doe alle lichten uit. Buiten is het stil. Nachtrust. Maar niet in mij. Daar vreet argwaan zich opnieuw een kronkelende weg. Met zware benen sluip ik de trap op. In de wasmand ligt zijn overhemd. Langzaam vouw ik het uit elkaar, als de dood voor wat ik zou kunnen aantreffen. Er is niets te zien, geen enkel spoortje rood. Niet op de boord en niet op borsthoogte, waar vrouwen zo graag hun hoofd neervlijen. Ik begraaf mijn neus in het zachte linnen. Daar is weer dat vleugje zoet. Ik poets mijn tanden en besluit om te douchen. Dat doe ik haast nooit voor het naar bed gaan. Nu is het anders. David ligt op me te wachten. Ik droog me langzaam af met een schone handdoek. Het is zo warm dat ik mijn polsen nog een keer onder de koude kraan houd. Nog een keer ruiken. Ik buig me naar de wasmand. Ja hoor, het is er nog steeds.

Zachtjes ga ik de trap af. Het jasje hangt als een donkere vlek over de stoel. Eerst maar een snuif frisse lucht nemen. Als ik de terrasdeuren open, schiet een kat bij het zwembadje vandaan. Ik schrik en sluit de deuren snel. Ik til het jasje omhoog aan de schouders en ruik. Verbeeld ik het me nou of is het er echt. Ik weet het niet meer. Achter me staat zijn tas tegen de muur. Geknield, in mijn blootje, doorzoek ik de vakken. Ik heb geen idee wat ik zou kunnen vinden. Er zitten alleen maar stapels papieren in. Een palmtop. Pennen. Niets verontrustends. Tas dicht en nog een keer ruiken. Als het nu weg is, dan is het loos alarm. Nee, ik ruik van alles, maar niet dat zoete. Dan laat ik het nu los. En nu moet ik echt naar boven – morgen zijn de kinderen weer vroeg wakker en ik wil op tijd op school zijn.

Nog een laatste keer, voor de allerzekerste zekerheid. Leunend tegen de muur van de badkamer ruik ik het duidelijker dan ooit. Een paar meter verderop ligt hij in ons bed, voor het eerst sinds weken. Wat moet ik doen?

Pelle ligt in zijn blootje te slapen. Hij heeft alleen een nachtluier aan. Zijn wangen zijn rood en zijn voorhoofd is vochtig. Ik veeg voorzichtig de natte haartjes uit zijn gezicht. Hij houdt zijn beertje stevig in zijn rechterhand. Bij iedere uitademing verschijnt een klein belletje tussen zijn lippen. Ik leg het laken over hem heen. In de andere kamer schijnt het nachtlichtje roze op Tims gezicht. Ook hij heeft het dunne zomerdek weggeschopt en ligt in een klein jongensonderbroekje op zijn rug te slapen. Bij hem moet ik extra stil zijn, hij is zo wakker. Hij heeft zijn duim in zijn mond, zijn andere handje ligt open op het onderlaken. Ook zijn lakentje trek ik over hem heen. Het liefst ging ik naast hem liggen en begroef ik mijn hoofd tegen zijn rug. Als ik behoedzaam Tims deur op een kiertje zet, hoor ik zacht snurken uit onze slaapkamer. Op de overloop sta ik een ogenblik stil, rechtop en klaarwakker tussen mijn slapende zonen en mijn man.

Dan ga ik onze slaapkamer binnen en laat ik me traag naast David in bed glijden. Als hij zich omdraait, drijft een spoortje zoet mijn kant op. Mijn adem stokt en ik draai me abrupt om, dit kan gewoon niet waar zijn. Mijn verbeelding speelt een spelletje met me. Slapen nu. Vergeten! Niet huilen, er is niets aan de hand. Hij is gewoon moe na een lange warme werkdag en een laat zakendiner, daar zou ik zelf ook kapot van zijn. Dan wil je thuis toch geen gezeur? Nee, ik zou in zijn geval waarschijnlijk ook van pure vermoeidheid in slaap vallen. Hij legt zijn arm zwaar om mijn middel. Ik voel dat ik naar hem verlang. Doodstil blijf ik liggen tot het wegebt.

Renate

Op de voorste rij steken de bleke gezichten van de naaste familie scherp af tegen de zwarte kleding die ze dragen. Vader en moeder zitten in het midden, de zoon zit naast papa en de jongste dochter naast mama. Daarnaast broers en zussen van de ouders, enkele neefjes en nichtjes. De grootouders zitten direct daarachter. Het verdriet laat mondhoeken zakken en vult overal witte zakdoekjes. De drie vriendinnetjes uit Vaals die voor de crematie zijn overgekomen, houden elkaars handen vast. Hun ouders zitten dicht bij elkaar. Op de derde rij hebben nog wat vrienden van de ouders uit hun vorige woonplaats plaatsgenomen. Er is een vrouw van Natasja's nieuwe school. Van Pauls werk is niemand gekomen, ze kennen hem daar natuurlijk nauwelijks. Het is een compacte, kleine groep. Ze staren naar de handen in hun schoot, en naar de kist waarin het dode meisje ligt opgebaard. Enorme boeketten witte en rode rozen liggen rondom de kist. Het prachtige portret dat thuis op tafel stond, is uitvergroot en staat in een eenvoudige houten lijst tussen de bloemen. We luisteren naar muziek van Robbie Williams, *There's an angel...*

Hierna moet ik. Ik zit aan de zijkant van de aula, vooraan. Als het nummer is afgelopen knikt de uitvaartleider me toe. Het katheder staat links van de kist. Als ik op mijn plek sta en mijn papieren heb neergelegd, kijk ik op. Ik zoek de ogen van de ouders en de twee kinderen. Wat ik ga zeggen, zeg ik voor hen. Ik haal een keer diep adem en slik iets weg uit mijn keel. Spanning. Ik leg mijn handen rustig op de rand van het katheder en houd mijn knieën losjes gebogen.

'Lieve mensen, Paul en Tineke, Sanne en Niels, ooms en tantes, grootouders en verdere familie, vrienden en vriendinnen van Natasja... Paul en Tineke hebben mij gevraagd om vandaag, namens hen, te spreken bij deze verschrikkelijk moeilijke gebeurtenis.

Het overlijden van je kind, het afscheid moeten nemen van je kind, is een van de ergste dingen die een mens kunnen overkomen. En nu overkomt het jullie. Zo'n groot verdriet, te groot voor woorden, maakt een mens sprakeloos. Toch willen we Natasja gedenken met woorden, vertellen wie ze was.

In een uitgebreid gesprek bij jullie thuis, samen met Sanne en Niels, hebben jullie verteld over het leven van Natasja – jullie dochter en grote zus. We hebben gepraat over wat er vandaag gezegd zou moeten worden om een beeld te kunnen schetsen van dit prachtige, geliefde meisje, dat nog maar drie weken geleden is verhuisd naar deze stad. Dit meisje, dat onderweg naar haar nieuwe school dat verschrikkelijke ongeluk kreeg.

Natasja was een meisje dat altijd vrolijk was, en vooral een meisje dat een groot hart had voor anderen. Daar kunnen velen van jullie over meepraten. Laten we eens teruggaan naar een paar van deze momenten. Toen oma Lammie ziek was, bijvoorbeeld. Twee keer in de week pakte Natasja de bus om haar geliefde oma op te zoeken. Ze was pas elf toen, maar ze vond dat oma genoeg bezoek moest krijgen. Dat heeft ze meer dan drie maanden volgehouden. Toen kon oma weer lopen en hoefde het niet meer.

In Vaals hebben jullie altijd in hetzelfde huis gewoond, dus Natasja kende iedereen in de straat. Voor de ene buurvrouw deed ze wekelijks de boodschappen en voor de andere liet ze de hond uit. Ze repareerde niet alleen de lekke banden van jullie fietsen, ook de kinderen uit de buurt mochten langskomen met hun kapotte fiets. Ze was heel handig. Als er iemand jarig was, dan bakte ze haar speciale 'Natasjanotentaart'. Ze hield ervan om eindeloos spelletjes te spelen, met jullie, Sanne en Niels. Ze heeft jullie fietsen geleerd, rolschaatsen en natuurlijk het schaatsen op de ijsbaan.

Natasja was een kind met engelengeduld voor anderen, en met heel veel energie die ze kwijt moest. Vandaar dat ze lid was van verschillende sportclubs. Het was geen meisje van dan weer dit en dan weer dat. Nee, als Natasja ergens voor gekozen had, dan was ze trouw. Negen jaar was ze majorette bij een van de grote korpsen in Vaals. Ook heeft ze zeven jaar op volleybal gezeten. Twee keer in de week ging ze trainen en in het weekend had ze vaak een toernooi. Ze was altijd van de partij, en ze was een echte gangmaker. Waar

Natasja was, daar was het gezellig. Ze heeft zo veel mensen blij gemaakt in haar leven, in haar veel te korte leven.

Wij moeten afscheid nemen van een meisje dat plezier en vreugde heeft gebracht. Als klein kind had ze een heel bijzonder antwoord op de vraag wat ze later wilde worden. Haar antwoord was heel duidelijk: ik word later padvlinder of visite. Toen jullie vertelden wat een gezelligheidsdier Natasja was, gaven jullie het voorbeeld van de zondagse ontbijten. Ook al was het op zaterdagavond wat later geworden dan normaal, elke zondagochtend maakte Natasja haar beroemde 'roereieren à la Natas'. Ze hield ervan om samen dingen te doen. Of dat nou een zondags ontbijt was, een sportwedstrijd of een avondje thuis. Deze zomer zou ze voor het eerst met haar vriendinnen gaan kamperen. Ze had zich daar zo op verheugd.

Veel te vroeg moeten jullie afscheid nemen van haar. Dit meisje dat zo veel heeft gegeven, dat nog zo veel had willen meemaken en had willen doen. In jullie nieuwe huis blijft haar kamer leeg, dat zal verschrikkelijk moeilijk zijn. Het enige dat we kunnen doen is ons koesteren in de herinneringen aan haar. In haar lach, haar manier van zijn, in wat ze voor jullie betekend heeft in jullie leven. Je koesteren in de vreugde die ze heeft gebracht. Juist omdat ze zo'n fantastisch kind was, zal het extra zwaar zijn. En tegelijkertijd: juist omdat ze zo'n fantastisch kind was, zijn er zo veel prachtige herinneringen. Dat is de enige troost die er is: de leegte vullen die er is gevallen – met al het mooie van Natasja.

Als een vlinder is ze van haar pad opgevlogen. En ze komt alleen nog op visite in jullie dromen, maar vooral in de herinnering aan haar. Want daarmee blijft ze levend.'

Ik neem een slok water, knik naar de huilende ouders en pak mijn papier van het katheder. De weg terug naar mijn plaats lijkt eindeloos lang. Het laatste muziekstuk wordt nu gedraaid en dan is het voorbij. Het is een nummer dat ik niet ken. Een prachtige vrouwenstem zingt een lied over verdwijnen en toch nooit weg zijn. Tineke heeft haar hoofd op Pauls schouder gelegd. Haar ingehouden langgerekte snikken zijn hartverscheurend. Je hoort aan alles dat ze het uit zou willen schreeuwen. Dat ze in het zand zou willen graaien en in haar haren klauwen en er hele plukken uit zou willen rukken en hard met haar handen en armen en haar hele bovenlijf op de grond zou willen bonken om die onverdraaglijke pijn van binnen met iets anders te verdrijven.

Het dunne pantser dat ik draag, smelt bij het horen van de verstikte snikken, het zachte janken van de kleine Sanne, en de bijna onaardse stem van de zangeres. Wat zijn we toch verschrikkelijk ingehouden allemaal. Waarom niet naar voren gestormd en ons op de kist geworpen om iedereen en de hele wereld, de godvergeten kosmos, te laten weten wat er met ons gebeurt? Maar wie wil de smart van de rouwende ouders horen? Wie zit er te wachten op het lopende snot van het zusje? De angstige blik en de zweethanden van het broertje? Het loodzware zwijgende verdriet van de grootouders? De bleke lamgeslagen vriendinnen? Wie wil de naakte dagelijkse waarheid van rouwen onder ogen zien?

De laatste tonen klinken, het nummer is afgelopen. De kist blijft staan, de familie wil die niet weg zien glijden. Ons wordt verzocht te gaan staan voor een allerlaatste gedenkminuut in het aanzicht van Natasja. Tineke zakt door haar knieën. Ze glijdt door Pauls vingers op de grond en klapt met haar voorhoofd op de tegels. Het bonkt door de stilte. Een afschuwelijk geluid van bot op steen. Ik ben direct bij haar. Paul knielt en pakt haar hoofd op zijn hand. Er is gelukkig geen bloed. Ze houdt haar ogen in haar krijtwitte gezicht gesloten. Ik zie de opgezette oogleden, de kapot gewreven huid onder haar neus, de schilfertjes op haar uitgedroogde lippen, het slappe haar, het propje zakdoek naast haar op de grond, de hand van haar man zo voorzichtig op haar voorhoofd. Hij strijkt wat haren weg, ze is heel stil en haar ogen blijven dicht. Ik zeg zacht haar naam. En fluisterend, van heel ver weg, vanaf een plek zo zwart dat ik hoop er nooit te hoeven zijn, komt haar stem.

'Nee, niet mijn kind.'

Tessa

'Deze of deze?' Beide jurkjes zijn van een dunne glanzende stof, de een is bedrukt met een exotische print, de ander is effen rood. Ik houd ze om en om voor me.

Alex knijpt zijn ogen tot spleetjes, alsof ik ver weg sta, en houdt zijn hoofd schuin. 'De rode.'

Hij draagt het nieuwe linnen overhemd dat ik voor hem gekocht heb. Het is heel zacht bruin, we kleuren goed bij elkaar.

'En deze?' De dunne gevlochten bandjes van de zwarte pumps sluiten hoog op mijn wreef.

'Prachtig schat, die zijn precies goed bij je jurk. Je ziet er beeldschoon uit. Ben je nerveus?'

'Ja, voor mensen die me niet kennen zal ik wel onherkenbaar zijn, maar voor de rest... Ik heb geen flauw idee wat Ruben er nog aan gedaan heeft de afgelopen weken. Hij zal het wel niet allemaal hebben overgeschilderd. Zal ik mijn haar los houden? Of opsteken?'

Ik ben nog misselijk. Ik heb al twee keer moeten overgeven vandaag en er staat een dun laagje zweet op mijn bovenlip.

Alex komt achter me staan en laat zijn handen langs mijn flanken glijden. Hij kust me in mijn klamme nek. 'Gaat het, liefje? We zijn al te laat, we moeten echt gaan.'

'Ja, nog even mijn haar doen.' Mijn pas gewassen haren zijn glad en glijden voortdurend uit de haarklem. Ik krijg kramp in mijn bovenarmen. Dan maar los. De bleke huid in mijn gezicht staat me goed. Mijn rode lippen steken er fel tegen af. De zwarte lijntjes om mijn ogen maken mijn blik donker. Ik verheug me erop te zien wat Ruben ervan gemaakt heeft. Hij is goed, zijn vorige exposities zijn positief gerecenseerd. Meestal verkoopt hij een groot deel van zijn werk. Hij wel. Nou ja, zonder model had hij deze schilderijen niet eens kunnen maken. Goed, ik ben er klaar voor.

Na een week regen is het opnieuw warm geworden. Als ik beneden kom, zit hij in een reisgids te lezen.

'Ik ben klaar. Neem jij een jasje mee? Hoeft niet, hè?'

Het is wat ongebruikelijk om de opening 's avonds te houden, maar Ruben heeft er met opzet voor gekozen. Hij vond zijn werk qua sfeer beter bij de avond passen. Er zijn veel mensen uitgenodigd, ik heb mijn zussen ook gevraagd om te komen. Hopelijk zijn ze er.

Het is lekker op de fiets, de wind koelt mijn wangen en ik heb het gevoel dat ik makkelijker kan ademen. Alex legt zijn hand stevig in mijn onderrug, die onverwachte aanraking ontroert me.

'Hoe zat dat eigenlijk met Ruben en jou? Was je daar alleen aan het werk of was er meer?'

De directheid van de vraag overvalt me. Ik kijk naar zijn gezicht, de opwaaiende haren, de nieuwsgierigheid in zijn ogen.

'We zijn goeie vrienden geworden. Het is wel iets meer dan werk. Maar dat zal nu allemaal wel een stuk minder worden. Zeg, kijk eens hoe druk het is.'

Het pand is hel verlicht. Buiten staat een groepje mensen te roken en met veel gebaren te praten. De deur staat open en ik zie in een flits dat het binnen stampvol is. We zijn erg laat en het officiële gedeelte is zo te zien voorbij. Er staat een dikke rij fietsen tegen de muur, we zetten de onze een eindje verderop. Mijn misselijkheid is gezakt, ik voel me een stuk beter. We lopen hand in hand, dicht tegen elkaar aan.

'Het uur van de waarheid, lieverd.' Hij knijpt in mijn vingers en laat me los om me voor te laten gaan. Tegen de binnenkant van de ramen zit ondoorzichtig plasticfolie geplakt. Het laat alleen licht door en heel vage contouren van bewegende mensen. Op borsthoogte is over de gehele lengte van de ruit een smalle spleet gesneden, waardoor je naar binnen kunt kijken. Hoewel het meer weg heeft van gluren, want als volwassene zul je moeten bukken om erbij te kunnen.

De doordringende dreun van mellow house danst door mijn buik. Hier buiten staan bijna alleen maar bekenden van me, kennissen en vrienden van de Academie en uit de kroeg, vrienden van Ruben. Enkele gezichten zeggen me niets. Ze praten door, groeten me kort, lachen vrolijk en draaien zich weer om naar elkaar. 'Mooi werk, Tessa!' 'Hé, daar hebben we de ster van de avond. Dag schoonheid.' Ik strooi her en der een lachje, groeten en omhelzingen. Ik wil naar binnen en verontschuldig me.

Ik kan de grote doeken aan de muren nauwelijks zien, zo druk is het. De mensen moeten hier binnen hard praten om boven de muziek uit te komen. De zeven doeken hangen verdeeld over drie wanden. De kleuren lijken licht te geven zonder fel te zijn, of schreeuwerig. Er zit een power in die me bevalt.

Ik wurm me langs de mensen om Ruben te vinden. Bij drie doeken hangen al oranje stickertjes, die zijn verkocht. Nu al!

'Hi Tessa, mooi werk zeg. Je komt net binnen, hè? Achter is het nog drukker, maar dat snap je.' Linda houdt haar biertje omhoog om het te beschermen tegen elleboogstoten. Ze lacht breed.

Natuurlijk, bij de bar of in de keuken is het altijd het drukst, dat zal hier niet anders zijn. 'Ja, ik zie je straks.'

Alex is bij de voordeur blijven hangen en staat met een dame te praten. Achter in de galerie is nog een klein zaaltje. De catering is hier altijd erg goed, dus bij openingen is de opkomst meestal groot. Links van me is de keuken, volgepropt met mensen. Aan de rechterkant bevindt zich de tweede expositieruimte. Zou die leeg zijn, of exposeert er misschien nog iemand anders?

Ik loop over een drempel waarop met strakke letters het woord 'Binnenruimte' is geschilderd. Het is alsof ik een kapel betreed. Aan de wanden hangen zeven kleinere doeken, met aan weerszijden koperen kandelaars. De gelige waskaarsen die erin staan, branden allemaal.

De flakkerende kaarsen laten het licht over de schilderijen dansen. Hierdoor lijkt het alsof de vrouw op de doeken ademt. Dan dringt het tot me door. Die vrouw, dat ben ik. Het zachtgele kaarslicht danst over mijn lichaam. Mijn eigen verwrongen gezicht staart me aan. Enkele mensen in mijn buurt horen de zucht die me ontsnapt en kijken me aan. Ik ken ze niet.

De schilderijen hangen hier allemaal. Zeven maal is mijn gezicht vertrokken. Zeven maal heeft Ruben me gevangen in een orgasme. Nooit zou hij deze schilderijen laten zien, aan niemand. Dit was zijn privéproject. En nu hang ik hier. Ik laat mijn ogen langs de wanden gaan, verbaas me over de intensiteit van het werk, de verschillen. Ruben heeft het grotendeels verzonnen, dit ben ik niet echt. Op ieder doek ben ik in een andere pose te zien. Ik sta, hurk, lig achterover geleund, gebogen over de leuning van de bank, uitgestrekt op de grond. Ik kan mijn ogen er niet vanaf houden. Zeven keer mijn lichaam. En zeven keer mijn gezicht. Steeds anders, en pornografisch. Mijn geopende geslacht is op ieder doek duidelijk zichtbaar. Hij heeft mijn schaamlippen knallend rood gemaakt. De opening, of een vermoeden daarvan, is diep donkerrood, net als mijn mond.

Slechts op één doek zijn mijn ogen geopend. Daar kijk ik recht voor me uit, provocerend haast, een arm loom uitgestrekt naast mijn hoofd. Het is hoe dan ook opwindend om naar deze schilderijen te kijken. Ze zijn wellustig geschilderd, met grove streken en veel kleur. Ik heb de neiging mijn hand op de doeken te leggen en met mijn vinger de verflijnen te volgen, langs alle rondingen die hij heeft aangebracht.

Trots, schrik en opwinding, het giert en dondert in mijn lijf. Hoe durft hij? Een verrassing. 'Jij houdt toch zo van de eerste keer van iets?' Ik hoor het hem nog zeggen. Ja, het is overweldigend, deze eerste keer. Om me heen wordt gefluisterd. Ik probeer door het suizen in mijn oren heen te horen wat er gezegd wordt. Ik overstem mezelf met vragen. Ben ik herkenbaar? Waar is Alex? Waar zijn mijn zussen? Is dit werk goed? Mijn oog valt op de twee felgekleurde stickertjes. Deze serie is dus ook te koop. Ruben durft wel, zeg. Aan wie zijn deze verkocht? Waar hang ik binnenkort aan de muur?

Er valt me nu nog iets op. Dit werk evoceert stilte – zweven. Ik zou niet aan kunnen wijzen waar het 'm in zit, maar alle zeven doeken geven er iets van prijs.

Plotseling legt iemand een hand op mijn schouder. Alex' geur drijft mijn neus binnen.

'Tessa, hier ben je. Hoe is het lieverd? Het is een groot succes, hè?' Hij maakt zijn ogen los van de mijne, en laat ze zoekend langs de wanden glijden. 'Maar dat ben jij!' Hij haalt zijn hand van mijn schouder. 'Wist jij dit? Waar slaat dit op? Hier heb je me niets over verteld!'

Zonder me aan te kijken gaat hij dichter naar de schilderijen toe. Hij loopt langs alle zeven. Hij schudt zijn hoofd en wrijft in zijn ogen, kijkt me kort aan. Doet een stap terug om beter te kunnen zien en trapt daarbij op iemands tenen. Hij mompelt iets, onverstaanbaar. Dan draait hij zich om en komt tegenover me staan. 'En, wat betekent dit? Laat ook maar. Weet je Tessa, dit is mij even wat te veel van het goede. Ik ben weg, naar huis. Tot later.'

Met grote stappen loopt hij, nog net niet stampend, bij me vandaan. Ook ik draai me om, geschrokken van zijn felle reactie, en ga op zoek naar Ruben. Daar zijn mijn zussen. Ze zwaaien enthousiast met een bos bloemen. Renate omhelst me als eerste. 'Tessa, lieverd, wat een mooie schilderijen.'

'Ja, vind je? Dank je.' Ik prik me aan een doorn van de in doorzichtig folie gerolde roos die ze me geeft. Een bloeddruppel welt op. Ik stop de vinger in mijn mond en Renate zoekt naar een tissue in haar tas.

Marit overhandigt me haar bloemen. 'Je bent natuurlijk niet de maker, maar ik vind het ook jouw feestje. Alsjeblieft, gefeliciteerd schat.' Ze kust me driemaal op mijn wang. Ik voel me verhit. Ik weet dat mijn ogen glinsteren en mijn wangen rood zijn. Renate drukt een tissue stevig op het wondje.

Marit kijkt om zich heen, dan naar mij. 'Leid je ons rond?'

Ruben, waar is hij? 'Sorry, ik was op weg naar Ruben. Ik moet even met hem praten, ik heb hem nog helemaal niet gezien. Daarna kom ik bij jullie. Neem lekker een drankje. En zet alsjeblieft de bloemen in een emmer of in de gootsteen. In de keuken vind je van alles. Tot zo.'

Iemand drukt een glas rode wijn in mijn hand. Linda. Ze houdt haar eigen glas omhoog. 'Proost.' Haar blozende gezicht heeft ze lachend naar me toegewend. Ik maak eenzelfde gebaar en neem een grote slok.

'Nou Tessa, dat is een gewaagd stukje werk daarachter. Heb je daar ook model voor moeten staan of is het allemaal aan Rubens fantasie ontsproten?'

Achter haar zie ik hem binnenkomen. Hij ziet mij ook. 'Sorry Linda, ik zie je straks.'

Als Ruben vlak bij me is, steekt hij zijn armen naar me uit en pakt hij me stevig om mijn middel, zijn neus in mijn hals. Dan voel ik zijn mond bij mijn oor. 'Je bent fantastisch, Tessa. Ben je blij met m'n verrassing? Je vindt het toch niet erg, hè? Ze lopen allemaal weg met je. Oh muze mijn, je blijft toch voor de after party?'

Ik fluister terug. 'Weet je dat ik je hiervoor kan aanklagen?'

Zijn vingers tokkelen licht langs mijn ruggengraat omhoog, tot aan mijn haargrens. Ik heb onmiddellijk kippenvel. Hij trekt zachtjes aan de haren in mijn nek en drukt me kort tegen zich aan.

'Ja, vast. Maar dat doe je niet, want je gaat ervan genieten. Kijk eens goed, hoe vind je dat het werk hier hangt? De belichting, de volgorde, het hangt hier toch perfect?'

Het is waar, deze ruimte is bijzonder geschikt voor de grote doeken. 'Ja , je hebt helemaal gelijk. Het hangt hier geweldig mooi. Daarachter trouwens ook, misschien een beetje donker. Maar dat kaarslicht is goed gekozen. Heb je dat helemaal zelf bedacht?'

'Jij wordt alleen maar mooier van zacht bewegend licht, dat wilde ik laten zien. Het werk wordt er beter van. Ben je boos?'

Terwijl hij met mijn vingers speelt, praat hij met andere bezoekers. Ze complimenteren hem en slaan op zijn schouder. Ze lachen, drinken. Ik giet de rest van mijn wijn naar binnen en maak mijn hand los uit de zijne.

Hij pakt mijn hand terug. 'Kom, laten we er samen naar kijken, en luisteren naar wat er over je gezegd wordt.' Hij glimlacht verontschuldigend naar de anderen en trekt me mee richting Binnenruimte.

Anne

Brief aan mijn borsten.

Wat absurd om een brief te schrijven aan twee klompen vlees. Alsof er bewustzijn in zou zitten. Wat een idiote opdracht, wat zou Thea ermee beogen? Dat ik me geconfronteerd zie met mijn gedachten en gevoelens ten opzichte van jullie? Natuurlijk, wat anders. Alsof ik mezelf daarmee iets nieuws zou vertellen. Alsof ik dat niet allang weet. Jullie kunnen er natuurlijk ook niets aan doen. Het is nu eenmaal jullie lot door mij te worden verguisd. En nu het voor jullie slechte nieuws: binnenkort worden jullie gereduceerd, verkleind! Ik ben bijna zover. Dan zou een afscheidsbrief wellicht passender zijn. Maar dat is nog iets te vroeg.
Volgens de websites met informatie over borstverkleiningen die ik, voor de zoveelste keer, heb bekeken, vallen jullie in de categorie XXL. *Jullie trekken mijn rug krom en veroorzaken huidirritaties en zware psychische schade. Redenen te over om een operatie vergoed te krijgen.*
Er is een echter nog één kleinigheidje. Ik zal naar de huisarts moeten, en daarna naar een specialist. En dat vind ik verschrikkelijk. Dat weten jullie toch nog wel, hoe dat gaat? Denk maar aan de handen van de vrouw in de lingeriezaak. Ze zullen jullie betasten, op hun handen wegen. Koude vingers zullen jullie verleggen, ineendrukken, naar elkaar toe persen, laten vallen, met een stroeve inktstift op jullie aantekenen waar er gesneden zal worden. Jullie tepels zullen van schrik verstijven en zij zullen dat aanzien voor opwinding. En dan zal ik me weer zo verschrikkelijk schamen dat ik gek zal worden en mezelf zal terugtrekken.

Dat mag deze keer niet gebeuren, dus ik moet me wapenen. Ik moet mezelf oefenen in naar me laten kijken, in me laten aanraken, in het verdragen van vreemde handen op mijn vlees. Eén iemand is genoeg. Eén paar handen om me voor te bereiden.
Op de websites zien de artsen er allemaal zo geruststellend uit. Met hun witte jassen, hun sterke onderarmen – gespierd en gebruind, met mooi verzorgde nagels. Door zulke handen wil iedere vrouw toch aangeraakt worden? Jullie toch ook wel? Hoe zou het zijn als die prachtige doktershanden jullie voorzichtig betastten? Zouden jullie dat kunnen verdragen? Ik nauwelijks, er moet dus geoefend worden. Door wie, vragen jullie je natuurlijk af. Goeie vraag, geen idee. Ik kom erop terug.

Afsluiten nu. Als ik me haast kan ik nog naar de opening. Ik doe het voor Tessa, niet voor de schilderijen waarvoor ze model heeft gestaan. Als ik de trein van half negen haal, ben ik er om half tien. Langer dan een halfuur hoef ik niet te blijven, dus ik kan op tijd weer terug.

Wat heerlijk dat mijn huis weer schoon is. De rommel is weg uit de gang en de traptreden glanzen. Ook boven is het opgeruimd. Wat doe ik aan? Snel kiezen nu. De zachtgele jurk met mijn bruine blouse eroverheen. Schoenen? De zwarte pumps. Dat is lang geleden. Hoge hakken passen wel bij zo'n gelegenheid. Ogen en lippen. Tas, flesje water, sigaretten en geld. Een jas? Nee, de grote omslagdoek past in mijn tas en is ook warm als het nodig is. God, wat is het heerlijk om weer eens zo actief te zijn. Maar ook vermoeiend, het eist nu al zijn tol. Nu doorzetten.

Op de fiets voel je pas goed hoe zwoel de avondlucht is. Alles loopt gesmeerd. Er is een plek voor mijn fiets bij het station, niemand bij de kaartjesautomaat en de trein komt over twee minuten. Ik voel de ogen van het groepje mannen bij de kiosk iets te lang op me gericht als ik langsloop. Val dood. Binnenkort valt er niets meer te zien. Over een tijdje loop ik zelfs hard voor jullie langs en zullen jullie me niet eens opmerken – zelfs niet als ik een strakzittend sportshirt zou dragen.

De mannen sissen en fluiten. Ik zou ze voor de trein willen gooien. Rotzakken. Door hun actie gaan ook andere reizigers naar me kijken. Ik houd mijn bovenlichaam stijf, zodat er zo min mogelijk beweegt.

Gelukkig, daar is de trein. Er is zelfs nog een lege coupé. Nu rustig ademen, even mijn ogen dicht en de aandacht richten op mijn voeten. Zet ze stevig op de grond. Voel hoe je buik uitzet bij de inademing. Voel hoe de zuurstof je longen vult en al je cellen voedt met nieuwe energie. En weer uit. Dat is beter. We zijn er al. Ik blijf rustig doorademen, ook als ik de trein uitstap en het drukke perron betreed.

De galerie is gelukkig op loopafstand van het station. Doordat het hier zo veel drukker is, val ik minder op. Daar is het. Buiten staan groepjes mensen en er klinkt muziek. Altijd weer die nervositeit in mijn maag als ik aankom op een onbekende plek. Had ik iets mee moeten nemen, bloemen? Gewoon doorademen en rustig naar binnen. Hopelijk zijn Marit en Renate er ook. Ik had ze even moeten bellen.

De hitte slaat me tegemoet en ik kies een van de doeken uit om voor te gaan staan. Zweetdruppels kriebelen in mijn haar. Het kleine teentje van mijn rechtervoet knelt pijnlijk. Dat wordt een blaar.

De titel van dit grote schilderij is 'Verwachting'. Over een lage bank ligt een hemelsblauwe doek. Daarop zit mijn zus, een beetje voorovergebogen. Ze is naakt. Haar handen heeft ze onder haar dijen gestoken en ze helt wat voorover. Haar borsten zijn zo stevig en klein dat ze nauwelijks hangen. Haar voeten staan iets uit elkaar, als van een ballerina die klaar is om weg te dansen. Haar mooie gezicht kijkt schuin omhoog, de opgetrokken hoeken van haar mond vormen de aanzet tot een glimlach. De blauwe lap tilt haar op, ze lijkt te zweven. Op de achtergrond een blauwe lucht met wolken die snel uit elkaar lijken te waaien. Allemaal suggestie. Het hele doek ademt een sfeer uit van dingen die staan te gebeuren.

Iemand stoot van achteren hard tegen me aan.

'Sorry sorry, het is een beetje vol hier. Heb ik je pijn gedaan?'

Het gezicht van de man is dicht bij me en ik ruik de alcohol in zijn adem. Ik doe een stapje naar achteren. 'Nee hoor, ik schrok even.' Ik draai me om naar het volgende doek.

'Hoe vind je het?' De man gebaart naar de wanden rondom ons.

'Ik ben er net, dit is de eerste die ik goed heb kunnen bekijken.'

Hij is een jaar of vijfendertig schat ik, misschien iets ouder. Hij is een beetje kalend en heeft een grote neus. Zijn blik zakt al af naar beneden. Nu schieten zijn ogen heen en weer. Ik ken de reflexen, hij kan er niets aan doen. Het is gewoon een biologisch iets.

'Dat is mijn zus. Zij was het model.'

'Tessa? Is Tessa jouw zus?' Weer zijn ogen naar mijn borsten. Hij zou natuurlijk graag willen vragen hoe dat kan – haar stevige rondheid en mijn hangende voorgevel. Dat durft hij toch niet.

'Ja, we lijken niet erg op elkaar, hè?' Ik kijk hem kort aan, zoek dan zogenaamd iets in mijn tasje.

Hij drinkt zijn glas leeg. 'Nee, niet bepaald. Wil je trouwens iets drinken?'

'Ja, graag. Een biertje alsjeblieft.'

'Ik ben zo terug.'

Op het volgende doek overheerst het groen. Hier ligt een fluwelen lap over de bank, als een mostapijt. Tessa leunt half achterover tegen een groot kussen, ze heeft haar benen schuin onder zich getrokken. Haar handen zijn voor haar borsten gevouwen, tussen haar vingers houdt ze een gevlochten koord. Haar hoofd hangt licht naar beneden, onder haar lange haren glinsteren haar vochtige ogen. 'Heimwee'. Er zit een feloranje stickertje naast de titel geplakt.

'Die is al verkocht. Ik ken niemand die zo veel verkoopt als Ruben. Hoe vind je het?'

Ik neem het beslagen glas van de man aan. 'Dank je.' Het bier is goddelijk koud in mijn mond. Ik kan het niet laten om achter elkaar een paar slokken te nemen. 'Hoe vind jij het?'

Hij steekt zijn hand uit. 'Trouwens, ik ben Richard, aangenaam.'

Zijn hand drukt stevig tegen de mijne. 'Anne, ook aangenaam.'

We draaien ons weer naar het doek. Ogenschijnlijk rustig zit de vrouw in de hoek van haar bank. Haar aandacht is bij het koord in haar hand. Het lijkt alsof haar vingers het net gevlochten hebben. Maar ze is er niet, niet hier. Ze is ergens anders. Ze ziet er triest uit, verloren. Dat ken ik niet van Tessa.

Achter me, aan de tegenoverliggende wand, hangen nog drie doeken. Op een ervan zit Tessa op de leuning van dezelfde bank. Hier is de achtergrond grijs, met horizontale donkere vegen. Tessa houdt haar haren omhoog en heeft haar ogen opengesperd. Haar mond pruilt spottend de ruimte in. Het doek ernaast is totaal anders. Zachtgeel glanzend lijkt de achtergrond haar te omhelzen. Beschermend valt het licht om haar heen. In haar linkeroog hangt een traan aan de wimpers van haar onderste ooglid. Hij lijkt bijna te vallen, ik zie hem haast over haar wang rollen.

Richard tikt op mijn schouder. 'Je vroeg hoe ik het vind. Ik vind het prachtig. Het is vol. Het is adequaat. Het is lekker. Ja, gewoon goed.' Hij haalt een pakje sigaretten uit zijn broekzak en houdt het me voor. Ik neem er een uit.

'Mag je hier roken?'

'Nee, maar buiten wel en daar is het koel. Ga je even mee?'

Ik knik en volg hem naar de voordeur.

Renate

Ook al is het rumoerig en vol in de galerie, de schilderijen eisen al mijn aandacht op. 'Kijk deze, Marit. Herken jij haar hier?'

'Niet echt, het is lang geleden dat ik Tessa heb zien huilen. Ze is een goede actrice, dat weet je.' Marit doet een stapje terug terwijl ze het zegt en draait zich om, zodat ze het andere werk kan zien. 'Zo zien we haar toch het vaakst?'

Ze wijst naar het doek aan de achterste wand. Brutaal kijkt de vrouw op het felgekleurde doek ons aan. Ze heeft haar handen in haar zij gezet en steekt haar borsten vooruit. Ze staat op de bank, klaar om ervanaf te springen. Haar dijen zijn fors aangezet, net als haar voeten. Haar ogen stralen. Het is het enige schilderij waarop ze lacht. Ze lijkt zo iemand die de wereld denkt te kunnen veroveren. Wie zou dit aan de muur willen hebben?

'Zeg, zou jij zoiets in huis hangen?'

'Nee, nooit. En ik ben blij dat David niet is meegekomen. De gedachte alleen al dat we hier samen naar zouden staan kijken... Ik vind het ook wel erg brutaal van Tessa. Dat ze dat durft, hè?'

Dus Marit schaamt zich ook, net als ik. Het is allemaal zo open en bloot. 'Vind jij het ook gênant?'

'Wel een beetje. Het is wel erg naakt, voor mij hoeft dat niet zo.'

'Ik heb ook liever een landschap boven de bank.' In mijn huis is de muur boven de bank niet eens groot genoeg voor zo'n enorm ding. Ik snap deze kunst gewoon niet. We moeten maar niet te lang blijven. 'Zullen we wat te drinken halen?'

We moeten ons op weg naar de keuken langs de mensen wringen. Op het aanrecht en een hoge tafel staan dienbladen met drankjes. Het is hier klein en tjokvol. Er wordt hard gelachen. De vrouwen dragen allemaal hooggehakte sandaaltjes en een kort dun zomerjurkje met spaghettibandjes. De mannen dragen veelal T-shirts met opdruk, boven een spijkerbroek of een sportieve driekwartbroek. In dit gezelschap voel ik me plotseling oud en lomp in mijn linnen hemdjurk en platte sandalen.

De dreunende bassen van de afschuwelijke muziek maken me onrustig. Ik reik Marit een glas wijn aan. We trekken ons terug uit de keuken. Daar is nog een expositieruimte. Het is er nog heter en voller. De kaarsen die er branden lijken alle zuurstof op te gebruiken. Ik werp tussen de hoofden van de bezoekers door een snelle blik op het werk aan de muren. Zeven keer een vrouw die lijkt klaar te komen.

'Ik ga, Marit. Ik heb 't wel gezien.'

Ik draai me om, maar Marit pakt mijn pols beet. 'Dit is Tessa ook! Kijk dan!' Haar stem klinkt scherp en ze probeert zich naar voren te dringen, dichter naar de schilderijen toe. Ze houdt mijn pols nog steeds vast en trekt me mee. Ik kan niet anders dan kijken. Om me heen zie ik mijn zus als in een pornofilm. Kippenvel verschijnt op mijn armen, maar ik heb het niet koud. Het bloed schiet naar mijn wangen.

Marit laat me los en slaat haar hand voor haar mond. 'Nu ben ik helemaal blij dat David niet is meegekomen.' Ze fluistert het vanachter haar hand in mijn oor.

Iedereen om ons heen praat met gedempte stem. Naast ons slaat een jongen zijn armen om een meisje heen. Hij streelt even – per ongeluk, lijkt het – haar borst. Ik kijk weg van hen, recht in het geslacht van mijn zusje. 'Is ze dat wel?' Ik hoop dat Marit ontkennend antwoordt.

'Ja, hoezo? Herken je d'r niet?' Ze lacht iets te hard. 'Kom, ik ga.'

Zonder op mij te wachten loopt ze weg. Ik kan me moeilijk losmaken van wat ik zie. De beelden, de kleuren – ze dansen om me heen. Door het bewegende kaarslicht lijkt alles te deinen. Langzaam draai ik een rondje. Ik neem alle zeven schilderijen in me op, voor zover dat mogelijk is met al die mensen om me heen. Ik hijg een beetje, houd ongemerkt mijn adem even in.

'I have seen a whole lot of porn in my life, but never this artistic quality of beaver shots. What do you think?' Het gezicht van de man staat ernstig en hij kijkt vragend naar de jongen naast hem.

'Well, I guess it's the old divine combination of art and sex. But what about the red?' 'Fabulous colour, very much alive.'

'Daar is ze! Renate, kom je even?'

Ik kijk om, Marit staat naast Tessa in de deuropening. Ik maak me los van de bedwelmende omgeving en loop op ze af. Ze gaan me voor naar een deur in het smalle gangetje dat naast de keuken loopt. Er is een klein betegeld plaatsje tussen de muren van de omliggende panden. Er staan dozen met afval en oude kranten, een paar vuilniszakken en lege flessen. Marit sluit de deur achter zich. Ik haal de frisse lucht gulzig naar binnen en drink in één teug mijn glas leeg. Marit heeft haar lippen op elkaar geperst, ze lijkt spottend te lachen. Tessa drinkt haar bier. Mijn gedachten zijn nog bij de schilderijen.

'En, hoe vinden jullie het?' Tessa's stem klinkt net als anders, ze lijkt het niet erg bijzonder te vinden wat er hier van haar te zien is.

'Die grote schilderijen voorin vind ik prachtig. Mooie kleuren en heel knap geschilderd.' Ik formuleer voorzichtig. 'Je staat er zelf ook erg mooi op. Was het moeilijk, dat poseren?'

'Nee, helemaal niet. Nou ja, soms was het wel even zoeken naar de goeie houding natuurlijk. Maar Ruben maakte ook foto's, ik hoefde niet de hele tijd in die posities te blijven staan of zitten. En wat vind jij ervan, Marit?'

Marit kijkt haar aan. 'Ik vind die grote dingen ook mooi. Maar dat andere, dat is gewoon porno. Dat hang je toch niet in een galerie? Of is dit tegenwoordig ook al kunst?' Ze klinkt afgemeten.

'Goh, en heb jij daar tegenwoordig ook al verstand van?' Tessa spuugt de woorden bijna uit.

'Ik geloof niet dat er veel verstand voor nodig is om het verschil te zien tussen kunst en porno.' Marit glimlacht fijntjes. Ze gedraagt zich als de keurige oudere zus die het allemaal al gezien heeft en het beter weet.

'Dat jij toevallig gestudeerd hebt, wil niet zeggen dat je overal verstand van hebt. Iedereen vind het prachtig, maar jij hebt weer wat aan te merken. Volgens mij word je d'r hartstikke geil van en wil je dat gewoon niet toegeven.'

Marit haalt snuivend haar neus op en wrijft met haar vingers rondjes langs de rand van haar glas. Ik verwacht ieder moment het zingen. Ze neemt een slokje en veegt het haar uit haar ogen.

'Ik vind het ook best wel schokkend wat daar hangt, Tessa. Wij wisten natuurlijk helemaal van niets. En om jou dan zo op die schilderijen te zien... Je bent wel ons zusje. En wij zijn nu eenmaal niet zo vrij als jij bent.'

Ze kijkt me aan. 'Het is voor mij net zo goed een verrassing dat deze doeken hier hangen. Ik had ze zelf ook nog nooit gezien. Maar ik vind ze mooi. Jezus, op tv zie je iedere dag seks, daar kijken jullie toch wel eens naar? Daarbij vergeleken is dit toch gewoon echt goed? Hou in godsnaam op met de preutse zus uit te hangen. Daar zit ik echt niet op te wachten.'

'Preuts, ha ha.' Marit lacht cynisch. 'Als iemand op een andere manier over seks denkt dan jij, dan is dat niet direct preuts, hoor. Bij jou is het altijd of het een of het ander, nooit iets ertussenin. Bij jou is het altijd zo extreem.' Dat laatste mompelt ze er binnensmonds achteraan.

'Nou, dan vind je het toch gewoon niks. Ook goed. Dan ga je toch lekker terug naar je knusse nestje met je potplanten en je kindertekeningen aan de muur. Boeiend. Of kom je hier om je frustraties over het gedoe met David op mij af te reageren?'

Tessa's ogen geven bijna licht van woede en ze vertrekt haar mond in een lelijke grijns. Marit perst haar lippen op elkaar. Ze geeft mij haar lege glas en draait zich om. Ze trekt de deur met een zwaai open en kijkt naar ons, naar Tessa. Tranen spuiten uit haar ogen. 'Trut!' De deur slaat met een klap achter haar dicht.

'Zo, dat was nummer twee vanavond. Eerst Alex en nu zij.' Tessa zucht en kijkt omhoog.

'Was dat nou nodig? Waarom doe je zo tegen haar, David heeft hier toch helemaal niets mee te maken?'

'Dat zij haar huwelijk naar de verdommenis helpt omdat manlief een keertje vreemd is gegaan, dat vind ik pas erg. Ze is zelf een trut. Sorry Renaat, maar dat zogenaamde heilige gedrag van haar irriteert me zo verschrikkelijk. En dan tegen mij de schooljuf uithangen. Bah. Ik ga weer naar binnen. Er is namelijk een feestje gaande.' Ze opent de zware deur. 'Nog een drankje Renate? Of moet je ook al weg?' Ze kijkt me geamuseerd aan, een lachje krult haar mondhoeken.

Marit redt zich wel. De kinderen zijn naar een feestje. 'Doe maar wat fris. En je moet eventjes je lippenstift verversen.'

Ze omhelst me kort. 'Je bent raar maar lief, grote zus.'

'Ja ja, dank je wel. Zeg, je hebt Gerard en mama toch niet uitgenodigd, hè?'

'Nee hoor, wees maar niet bang. Ik had ze sowieso niet gevraagd, ze snappen er toch niets van.'

'En Alex? Waarom is hij weg?'

'Hij kon er geloof ik ook niet zo goed tegen. Een wijntje dus?' Haar blote rug verdwijnt tussen de mensen in de keuken. De rode jurk danst om haar heen.

Marit

David, ik kan je maar beter schrijvend vertellen wat ik kwijt wil, onze gesprekken ontaarden immers steeds in ruzie.
Het is maar goed dat je niet mee was naar de expositie. Ik zou me doodgegeneerd hebben naast je. Je weet dat praten over seks niet makkelijk voor me is. Maar samen kijken naar pornografie zou ik al helemaal niet aankunnen.
Tessa heeft geposeerd voor haar schilder terwijl ze klaarkwam. Echt waar, ik kan het niet geloven. Ik kon niet naar die schilderijen kijken. Ik werd er misselijk van en het voelde alsof er een zware klem om mijn borst zat. Voor mij is seks iets wat je samen doet. Iets intiems.
En daar hing ze voor Jan en alleman te grabbel.
Het lijkt wel of ik niet normaal ben als ik haar en de media moet geloven. De kinderen uit mijn klassen zouden volgens de cijfers niets anders doen dan op internet naar porno kijken. Dat kan toch niet waar zijn? Het is vast maar een kleine groep die het voortdurend doet en die daarmee de onderzoekscijfers beïnvloedt. Maar ik ben naïef, dat weet ik. En preuts, volgens Tessa. Vind jij dat eigenlijk ook?
Ik kan me mezelf gewoon niet voorstellen als iemand die dat soort dingen doet. Bij sommige vrouwenbladen krijg je seksspeeltjes als je abonnee wordt. In alle tijdschriften staan reportages over hoe je je seksleven op kunt leuken. Ik moet er niks van hebben, is dat zo gek? Tegenwoordig ben je bijna achterlijk als je je niet in het openbaar laat zien. Je moet je overal kaal scheren en je schaamlippen laten verkleinen. Je borsten moeten zo groot mogelijk zijn en je lippen eigenlijk ook. Straks lijken we allemaal op

elkaar en maakt het niet meer uit met wie je het doet omdat we toch allemaal hetzelfde zijn.
Jullie komen er goed vanaf, scheren voldoet. Een ringetje hier en daar volstaat. Misschien besnijden, maar dat is slechts een kleinigheid. Ik heb nooit overwogen om mezelf te laten verbouwen. Mijn borsten hangen, nou goed, jij zegt dat je dat lekker vindt. De media spreken je tegen, dus jij bent ook niet normaal. Wat walgelijk hè, dat dit een onderwerp is geworden. Maar goed, ook in ons huis worden we ermee geconfronteerd. Jij bent vreemdgegaan, dus denk ik dat er iets aan mij mankeert. Domme gevolgtrekking? Waarschijnlijk.
Ik heb vanavond ruzie gemaakt met Tessa. 'Natuurlijk!' zou jij zeggen. 'Je hebt nooit anders gedaan.' Ik vind haar dom en onverantwoordelijk. Dat ze nog steeds geen baan heeft, is in mijn ogen belachelijk. Haar gedrag is zo rolbevestigend en ouderwets. Terwijl ze de bloemetjes buitenzet, laat ze zich onderhouden door Alex. Ze poseert naakt en is eigenlijk zo verdomd vrouwonvriendelijk. Wat voegt zij toe aan de maatschappij? Laat haar les gaan geven, daar heeft ze voor gestudeerd. Dat teren op andermans kennis en kunde, én centen, dat maakt me razend. Maar ja, Tessaatjelief moest altijd al ontzien worden. Toen we klein waren was ze al een verwend kreng. Met haar grote ogen wond ze iedereen om haar vingertje. En met al die schattige werkstukjes van haar slijmde ze zich door het leven. Nog steeds trouwens. Alle verjaardagen, elke Vader- en Moederdag – zij was degene die in het middelpunt stond. Altijd iets leuks gemaakt, oh oh, wat is onze kleine Tessa toch een creatief kind. We haatten haar er om. Wat wij kochten of maakten, werd direct vergeten. We wisten van tevoren dat haar dingetje pontificaal midden op tafel zou komen te staan. En het waren altijd haar stukjes die trots aan alle familieleden werden getoond. Wat werd er gefotografeerd? Tessa met haar werkstuk. Terwijl onze cadeautjes achteloos in een hoekje werden gezet. De vanzelfsprekendheid waarmee ze de aandacht en complimenten in ontvangst nam, was om razend van te worden.
Ik ga je een geheim verklappen. Ooit ben ik, na een van papa's verjaardagen, 's nachts naar beneden geslopen. Het was aarde-

donker in huis en ik was doodsbang dat ik gesnapt zou worden. Ik had een zaklantaarn gevonden en daarmee scheen ik in de kamer. Overal bewogen schaduwen. Ik trilde van angst, maar ik was vastbesloten. Beneden in de kamer stond het nieuwste veelgeprezen werkstukje. Ik heb het weggehaald en mee naar boven genomen. Het brandde onder mijn pyjamajasje toen ik weer de trap op sloop. Het was een vogelhuisje in de vorm van ons eigen huis, gemaakt van stug karton. Tessa had er allemaal raampjes op getekend en achter die raampjes zaten wij. De voordeur was het gat voor de vogels. Ik heb het op de wc heel zachtjes in snippers geknipt. Het was nog een heel karwei, mijn vingers deden vreselijk zeer. Ik suste mezelf met de gedachte dat één regenbui het ding toch kapotgemaakt zou hebben.
Uiteindelijk heb ik alle snippers door de wc gespoeld. Zo voldaan heb ik me zelden gevoeld. Twee dagen later had ze een nieuwe gemaakt, nog mooier. Die heeft maandenlang in de vensterbank gestaan. Het raadsel van het verdwenen huisje is nooit opgelost. Er rust geen zegen op nagemaakte huisjes bij ons thuis. Je kent het verhaal met de poppenhuizen.
Eigenlijk doet Tessa nog steeds hetzelfde. Dat ding dat ze voor mama's verjaardag heeft gemaakt is gewoon een afgeleide van wat ze toen al deed. Ze zou eens iets nieuws moeten proberen. Maar ja, wie daagt je uit als je geen collega's hebt? Geen baas? Geen leerlingen?
Ze stond vanavond daar op dat binnenplaatsje zo arrogant te kletsen over kunst en seks. Ze klonk als een overspannen puber. En toch, David, ze leeft samen met Alex. En ze krijgen het voor elkaar een relatie te hebben. Ik denk dat ze met die Ruben is vreemdgegaan, dat moet wel als je die schilderijen bekijkt. En Alex moet dat weten. Toch lukt het ze bij elkaar te blijven. Zou zij ook aan hem ruiken als hij thuiskomt? Ik weet het niet en ze is niet iemand aan wie ik dat vraag.
Had ik al verteld dat ik boos ben weggelopen? Ik heb Renate in haar eentje naar de trein laten gaan. Dat zit me niet lekker, ik zal haar morgen bellen. Maar ik kon Tessa's gezicht niet meer verdragen. Ik had haar willen slaan. Buiten, voor de galerie, stond Anne te roken. Ik schrok toen ik haar zag. Ik was bang voor haar

reactie op de expositie. Ze had alleen nog maar de grote doeken gezien. Ze was heel opgewekt, ik vond het nogal gespeeld, een beetje koortsig. Volgens mij had ze een wijntje te veel op. Ze was met een man, ene Richard. Ik zei voorzichtig dat er achter in de galerie nog meer doeken met Tessa hingen. Ik zei ook dat ze er niet van moest schrikken, dat het nogal provocerend werk was. Die Richard stelde me gerust en zei dat hij wel met haar mee zou gaan. Ik heb niets verteld over onze ruzie. Je kent dat wel, dat onhandige onaangename zwijgen dat je soms kunt hebben in een klein gezelschap. Ik ben na een paar minuten weggegaan. Ze zag er slecht uit. Gelukkig was Renate er nog om iedereen te redden.
Lieve David, ik heb geen idee hoe het verder moet met ons. Ik wist niet dat ik je zo boos kon maken. Ik had geen idee dat ik zo veel te ver zou gaan door opnieuw te beginnen over Lonneke. Ik vind het zo moeilijk om niet te insinueren dat je opnieuw... Zo meteen kruip ik weer in een leeg bed. Jij slaapt al, ik heb zoeven bij jou op zolder gekeken, en bij de jongens. We moeten iets doen aan de treden van de zoldertrap. Het liefst zou ik bij je gaan liggen, maar ik was nog zo vol woede over vanavond. Nu ben ik rustig van binnen.
Ik print dit uit en leg het naast je bed. Je komt vanzelf weer naar beneden, toch?

Anne

'Dus in het licht van je geformuleerde doelstelling zou je je re-integratie kunnen beginnen met twee uurtjes per dag.' Thea bladert in mijn dossier. 'Ik zoek onze exacte afspraken er even bij.'

Met haar opmerking jaagt ze mijn hartslag flink omhoog. Ik heb het gevoel dat ik net uit het dal omhoog klauter. Het lijkt me allemaal iets te snel gaan. Een verandering moet wel de tijd krijgen om te bestendigen.

'Hier, we hebben afgesproken dat je zo snel mogelijk weer aan het werk gaat en dat we dat stap voor stap gaan realiseren. We hebben een voorlopige afspraak gemaakt voor tien sessies. Dit is de zesde. Met nog vier te gaan lijkt dit me een goed moment om een volgende stap te zetten. Je zou natuurlijk met alternatieve werkzaamheden kunnen beginnen. Klantencontacten lijken me nog niet reëel in dit stadium. Maar los van de praktische invulling: hoe lijkt het je, Anne?'

Ze legt de map op tafel en doet de leesbril met tijgerprint keurig terug in het hoesje. Ook dat legt ze op tafel. Haar handen vouwt ze netjes in haar schoot. Zo, ze kijkt me aan. Ze is helemaal klaar voor mijn antwoord. Laat ik ophouden nu en meewerken. Ze is een schat, dus kom op Anne, doe een beetje aardig.

'Ik weet niet, het gaat wel erg snel ineens. Omdat ik mijn huis heb opgeruimd, moet ik weer aan het werk?'

Ze schiet in de lach. 'Vat je mijn suggestie zo op? Dat spijt me, zo heb ik het niet bedoeld.'

Ik bits terug. 'Hoe dan wel?'

'Ik bedoel, Anne, dat we hadden afgesproken dat je stapje voor stapje terug zou keren naar de werkvloer. En ik denk dat je, als we nu niet een volgende stap zetten, óf doorsukkelt, *exusez le mot*, óf een terugval krijgt.'

Aha, een '*away-from* motief' moet mij ertoe brengen twee uur per dag naar kantoor te gaan om daar eenvoudige werkzaamheden te verrichten. Als je niet... dan... Dus daarom: koffie zetten, kopietjes maken en misschien het koffieapparaat ontkalken, allemaal met het oog op de sociale contacten. Twee uur per dag lijkt me ruim voldoende voor dit soort tijdsbesteding.

'En wat denk je dat het me oplevert, die twee uur nuttige dingen doen?'

'Nou Anne, wat denk je zelf? Begrijp ik uit deze vraag dat je er niets voor voelt?'

'Weet je Thea, ik zou het heel graag over wat andere dingen hebben, voordat onze tijd om is. Ik wil hier straks best op terugkomen. Hoewel, eerlijk gezegd doe ik dat liever volgende week. Geef me alsjeblieft iets meer tijd om op te krabbelen, het voelt allemaal nog erg wankel.'

Het is waar, ik glibber nog steeds alle kanten op. In een schone, opgeruimde omgeving, dat wel.

'Dat kan ik me voorstellen. We zitten, behalve aan het contract tussen ons, nergens aan vast. Dus wat mij betreft is dat prima. Vergeet alleen niet dat de reden voor uitstel meestal gelegen is in angst, dat lijkt me iets om de komende tijd alert op te zijn. Maar vertel, wat wil je liever met me bespreken?'

Richard? Operatie? Prijs?

'Ik denk er serieus over om mijn borsten te laten verkleinen. Dat zou betekenen dat ik nog langer uit de running ben. Heb jij een advies voor me, ik bedoel, kan ik daar beter mee wachten tot ik weer helemaal, eh, in balans ben? Of is het juist slim om het nu te doen? Wat denk je?'

'Mag ik vragen, Anne, waar dit voornemen vandaan komt?'

'Ten eerste is het al een heel oud idee. Ten tweede heb ik een soort brief geschreven aan mijn borsten, jouw opdracht dus. Ten derde wil ik dat er iets gebeurt, dat het een fysieke kwestie wordt in plaats van dit psychologische gedoe.'

Het verrast me van mezelf te horen dat ik er kennelijk zo over denk.

'Heb je die brief toevallig bij je?'

'Ja. Wil je hem lezen?'

'Mág ik hem lezen?'

'Ik vind het prima.' De envelop komt gekreukt uit mijn tas. 'Alsjeblieft.'

Ze pakt hem van me aan en haalt het papier eruit. Het kekke leesbrilletje gaat weer op. Haar ogen glijden rustig langs de regels. Een voor een. Haar gezicht verraadt niets. Ik schenk een glas water in, verwacht ieder moment de doffe klap van een vogellijfje tegen het raam. Ze kijkt op, legt de brief in haar schoot.

'Staat je besluit om je te laten opereren vast? Of is het goed om samen te onderzoeken welke aspecten mogelijk veranderlijk, misschien moet ik zeggen: veranderbaar, zijn?'

Ik steek mijn hand uit naar de brief en ze geeft hem aan me. Mijn ogen flitsen langs de regels. *Huisarts... specialist... klompen vlees... betasten... schamen... voorbereiden... oefenen... wie?*

'Het lijkt nog steeds allemaal waar. Als ik dit overlees, dan denk ik: ja, dat wil ik.'

'En dat oefenen? Je schrijft dat je je moet voorbereiden, wat staat je daarbij voor ogen?'

Wat formuleert ze het weer prachtig in het visuele, ik zie ogenblikkelijk beelden.

'Wat ik voor me zie, is dat ik er eerst aan wen dat ik betast word. Door een vertrouwd iemand natuurlijk.'

Richard? Zijn handen zijn in orde, zijn handdruk was stevig. Hij rook prettig naar sigaretten en nog iets kruidigs. Hij heeft me nog niet aangeraakt. Ik durfde niet. Hij wilde wel. Ik heb zijn nummer.

'Heb je iemand op het oog?'

'Eh, nee, niet direct.' Misschien is het wel een compleet waanzinnig plan. Waarschijnlijk wel.

'Mag ik je eens een ander scenario schetsen, Anne?'

'Ja.'

Ze speelt met haar bril, buigt de poten lichtjes in en uit elkaar, test de rek die erin zit.

'Stel, je komt vandaag of morgen iemand tegen die jou helemaal fantastisch vindt, precies zoals je bent, inclusief je borsten. Die verliefd op je wordt, en jij op hem...'

Ze aarzelt, kijkt me even onzeker aan. Ja ja, ik ben hetero hoor. Ik knik dat ze door moet gaan.

'...en met wie het geweldig klikt, ook seksueel. Kun je je dat voorstellen? Zou je je dan nog laten opereren?'

Ik probeer me mezelf in een relatie voor te stellen. En in een gezonde seksuele relatie. Het lijkt mijlenver van mij verwijderd. Alleen al de oppervlakkige gedachte eraan maakt me nerveus. Stel je voor dat ik had toegelaten dat Richard me had aangeraakt? Hij wil me graag terugzien. Thea's voorstel verwart me. Hoezo? Ze stelt geen andere vragen dan die ik mezelf al duizend keer heb gesteld. Ik dacht dat ik een besluit had genomen, maar nu wankel ik alweer.

'Anne, heb je je ooit verdiept in de omvang van zo'n ingreep? Het is in allerlei opzichten een hele operatie, niet alleen fysiek.'

'Dat weet ik allemaal, natuurlijk heb ik dingen opgezocht. Toch denk ik dat het goed voor me is.'

'Laten we je argumenten eens op een rijtje zetten. Jij overweegt een borstverkleining omdat? Ze je in de weg zitten. Ze zwaar zijn. Mensen eerst jouw borsten zien en dan pas jou. Is dat het?'

'Nee, je vergeet het belangrijkste: dat ik ze haat.' Ik spuug de woorden naar de zorgzame uitdrukking op haar gezicht.

'Goed, dan rest er nog een vraag: denk je dat er een kans is, hoe klein ook, dat je ze toch zou kunnen accepteren? Ik ken een erg goede lichaamstherapeut die jou zou kunnen helpen. Zou je ervoor voelen het nog een kans te geven?'

Verzanden, afbrokkelen, smelten, vervagen, oplossen. Dit gebeurt er met mijn besluit over het fysiek maken van het psychische. Ik voel een miniem spoortje opluchting, misschien hoeft het toch niet. Ik loop leeg en zak onderuit op de stoel.

'Ik weet het niet. Ik zal erover nadenken. Wie is die therapeut?'

Ze staat op en haalt een kleurige folder uit een van de lades in haar bureau. Ze glimlacht.

Ik pak de folder van haar aan. Op de voorkant staat een glanzende kleurenfoto van een vijver met grote witte lelies. Onder water zwemmen onduidelijke figuren. Een gezicht doemt op uit de diepte. De ogen zijn gesloten. Verborgen Essenties, luidt de titel. De vrouw op de foto achter op de brochure straalt. Die heeft haar essenties zo te zien al op het droge.

'Dus jij denkt echt dat dit goed voor me zou zijn?'

'Deze vrouw is fantastisch. Ze kan je wellicht helpen zonder dat je in je hoeft te laten snijden. Vergis je niet in de impact van een operatie, Anne. Ik heb er alle vertrouwen in dat er voor jou andere mogelijkheden zijn. Probeer het eens, een eerste consult bij haar is gratis. Zij is de beste in ons land op dit gebied.'

'Goed. Ik denk erover na.'

We zitten stil schuin tegenover elkaar. Ik pak de brief en schuif hem terug in de envelop. Ik stop de envelop en de folder in mijn tas en vind het wel weer genoeg voor vandaag.

Tessa

Sinds de dag van de opening klopt de gedachte aanhoudend, ergens in mijn achterhoofd, op een gesloten deur. Ik houd me doof. Sinds gisteren bonkt zij met grof geweld, en zonet heb ik me overgegeven en de deur met een zwaai opengegooid. Goed dan, kom maar binnen. Zwanger! Zwanger? Ik?

Ik ben bekaf. Vanaf vanmorgen vroeg loop ik op en neer naar de badkamer om te spugen. Net als gisteren en de dag daarvoor. Godzijdank weet ik zeker dat, mocht er inderdaad een kind in mij groeien, het van Alex is.

Zo ziek ben ik nog nooit geweest. Pas in de loop van de ochtend trekt het weg en kom ik weer wat bij. Ik moet naar de dokter. Oh nee, dat hoeft natuurlijk niet, ik kan een test halen bij de drogist. Morgen is mama's feest, ik moet iets hebben tegen de misselijkheid.

Alex vertrekt 's ochtends vroeg, hij heeft me nog niet echt ziek gezien. Op internet wordt me geadviseerd liggend op bed een beschuitje te eten, met kleine hapjes. Ook moet ik met kleine slokjes een kopje thee drinken. Zeker om te oefenen met babyporties.

Ik durf het woord 'baby' haast niet eens te denken. Doe ik het toch, dan vliegt het bloed me naar de wangen. Angst overspoelt me en ik lijk geen lucht te kunnen krijgen. Het kan niet en ik wil niet en het mag ook niet. Niet van mij en ook niet van Alex. Wij zijn daar nog niet aan toe. Misschien wel nooit.

Ik ben ook acuut lelijk geworden, mijn huid is droog en roodgevlekt, mijn ogen bloeddoorlopen. Een nieuwe kramp dwingt me weer naar de wastafel, er komt nauwelijks nog iets uit me. Dan komen de tranen. Mijn vingers klemmen zich om de rand van de wasbak. Beelden van het invalidentoilet dringen zich op. De man achter me in de spiegel, zijn verwrongen gezicht. Nee, we waren absoluut op tijd met het condoom. Nee, het was ook niet gescheurd. Nee. Niet van hem. Zeker weten. Dan zie ik Ruben die zich boven me verheft op de vloer van zijn atelier, in Hotel New York en in de Binnenruimte, in het licht van dansende kaarsen. Nee, dat is te kort geleden. Of was ik toen al...? Nee, alsjeblieft, nee.

Nu eerst douchen en dan naar de apotheek. Het water is zacht en vriendelijk als altijd, het stroomt gewillig over mijn uitgedroogde huid. De kleuren van het douchegordijn werken hypnotiserend, ik heb de laatste nachten erg weinig geslapen. Ik laat me meevoeren, was mijn haren grondig. Beneden struikel ik over de drempel. Een voorzichtig kopje thee, een hapje van een koekje. Beschuiten hebben we nooit in huis. Hadden. Een baby. Wat moet ik met een baby? Erger nog: wat moeten wij met een baby? Wat moet een baby met mij?

Renate

'Maar mam, je hoeft toch niet de hele dag te blijven? Opa en oma zijn er toch al aan gewend dat je er niet bent.' Thomas ligt languit op de bank en blijft gewoon doorzappen. Chantal zit tegenover hem, onderuitgezakt met cola en een bakje chips. Ze kijkt me aan. 'Ik vind het wél leuk als je de hele dag blijft. Als je het niet doet, maak je jezelf echt belachelijk. Het is een familiefeest!'

De gevouwen lakens liggen netjes op een stapel voor me op tafel. De theedoeken, slopen en washandjes zitten nog in de mand. Hoe vaak heb ik hier gestaan om de was te vouwen? Ik hoor het kraken van de chips boven de muziek uit. Ik zie als een berg op tegen morgen.

'Ja lieverd, je hebt waarschijnlijk gelijk. Breng jij de was zo even naar boven? Thomas, doe dat ding wat zachter.'

Hij zet het geluid helemaal uit.

'We eten over een halfuur.'

Ik ben moe van me voorstellen hoe het morgen zal zijn. De stem van mama klinkt onafgebroken in mijn hoofd. Als ze al praat dan snerpt ze altijd zo. Moet ik Gerard een kus geven? Ik heb nog geen cadeautje gekocht. Ik hoop dat ik ziek word vannacht. Thomas komt de keuken binnen en pakt de zak met chips.

'Nee Thom, we gaan zo eten!' Nu snerp ik zelf net zo.

'Maar ik heb nog niks gehad. Chantal heeft ook.' Hij opent de zak, graait er een handvol uit en propt zijn mond vol.

'Wat zei ik nou, Thomas? Ben je doof? We gaan zo eten. Leg die zak weg, nu.'

Hij kijkt me kauwend aan. Het gekraak doet pijn in mijn oren. 'Ik heb honger, mam.'

Er vliegen kruimels uit zijn mond. Ik heb vanmiddag het hele huis gestofzuigd. Ik heb de keuken gedweild en boodschappen gedaan, de was gevouwen. En nu moet ik nog koken.

'Pak stoffer en blik en veeg die chipsrotzooi op, nu!' Ik gris de zak uit zijn hand en prop hem in de vuilnisemmer.

'Wat eten we vanavond?' Chantal gilt de vraag vanuit de kamer.

Ik pak de krop sla van het aanrecht en loop naar haar toe. 'Hier, vangen jongedame. We eten sla die jij klaar gaat maken. Je broer helpt je met aardappels schillen en er liggen hamburgers in de koelkast. Ga jullie gang, over een uur ben ik terug en dan verwacht ik een gedekte tafel.'

Met grote passen been ik naar boven. Ik laat mezelf achterover op bed vallen. Er rollen tranen uit mijn ogen, ze kriebelen bij mijn oren. Ik draai me op mijn buik. De stem van mijn stiefvader echoot voor de duizendste keer in mijn hoofd: 'Eigen bloed gaat voor.' En mama liet het gebeuren. Bang om opnieuw te verliezen hield ze haar mond.

Als ik een herhaling van de geschiedenis wil voorkomen, dan zal ik moeten praten. Maar al te vaak worden dramatische gebeurtenissen in families zich herhalende patronen. Mama sprak zich niet uit tegen mij, ik spreek haar nu al drie jaar niet meer. De angst dat mijn kinderen me in de toekomst niet meer zouden willen spreken beneemt me de adem. Dit moet stoppen, maar ik weet niet hoe.

Ons verhaal begint bij mijn geboorte. Mama is dan drieëntwintig jaar, winkeljuffrouw in een hoedenzaak, getrouwd en zwanger. Een halfjaar later zal ze moeder en weduwe zijn. Tijdens haar zwangerschap schrijft ze haar man Herman, mijn vader, dagelijks op dunne lichtblauwe velletjes papier. Die blaadjes verzamelt ze zeven dagen achtereen. Op zondag vouwt ze ze zorgvuldig en stopt ze ze in een envelop. Ik stel me voor hoe ze de postzegels keurig recht in de bovenhoek plakt. Hoe ze naar de brievenbus wandelt en haar lippen op zijn naam op de voorkant drukt, voordat ze de brief in de gleuf laat glijden. Hoe ze zich de lange reis voorstelt die de brief zal maken voordat hij de verre havenstad zal bereiken waar het schip aanmeert waarop mijn vader vaart. Hoe hij direct bij aankomst in de haven naar het postkantoor zal rennen met zijn eigen pakje dichtbeschreven vellen, zijn hart onrustig bonkend van hoop op post van zijn bruid. Hoe hij het pakje uit zijn jaszak haalt en met gesloten ogen zijn lippen op haar naam drukt, op de voorkant van de door hem beschreven envelop. Hoe hij zich een voorstelling maakt van een plek waar hun brieven elkaar kruisen. Hij ziet in gedachten hoe ze haar neus op de envelop zal drukken in de hoop een spoortje van zijn geur op te vangen. Hoe ze in hun kleine keuken met het granieten aanrechtje zit, de gebloemde gordijntjes dichtgetrokken en het tafelzeil nog vochtig van het poetsen. Misschien heeft ze de radio aan, terwijl ze zijn woorden leest en de betekenis ervan blozend tot zich door laat dringen. Hij stelt zich voor hoe ze de brieven meeneemt naar hun grote nieuwe tweepersoonsbed, hoe ze leest en leest totdat de letters vervagen en het kind in haar buik haar wakker schopt, het kind dat van hem is. Een enorme golf trots welt in zijn borst omhoog en drijft hem terug naar de kade. Hij leest haar brieven met het geluid van krijsende meeuwen in zijn oren en de geur van verse teer in zijn neus. Om hem heen wordt onverstaanbaar gevloekt. Het dringt nauwelijks tot hem door, hij is ver weg.

Zij drukt haar handen tegen de buik waarin ik me beweeg. Ze verheugt zich op de baby en mist haar man. Ze heeft nog geen weet van het onheil dat hen binnenkort zal bezoeken. Ze leeft in zalige onwetendheid.

Hij is op tijd thuis voor mijn geboorte. Het is een snelle, makkelijke bevalling. Ik zie voor me hoe ze dicht bij elkaar zitten, met mij tussen hen in. Ik kan de lieve gefluisterde woordjes haast horen, zie de verrukking in hun ogen. Ik voel de zwaarte van zijn grote hand op de hare. Vier volle weken gezinsgeluk, dan moet hij weer gaan. Hij vaart als matroos op een vrachtvaarder. Als wees moet hij welhaast gewend zijn aan de eenzaamheid op zee. Wie weet benauwde het intieme geluk in de krappe ruimte tussen vier muren hem wel. Wie weet vond hij het verschrikkelijk om ons achter te laten. Wie zal het zeggen? Hij ging, en keerde nooit meer terug.

Mama moest iets. Er was een kleine financiële regeling, niet genoeg om met een baby van drie maanden van te leven. Ze besloot met mij terug te gaan naar haar ouderlijk huis. Haar vader was een jaar eerder overleden aan een hartstilstand, pas zestig jaar oud. Haar twee broers en oudere zus waren allemaal getrouwd. Haar moeder, mijn oma Dien, was alleen overgebleven en runde de kleine winkel die aan het voorhuis was aangebouwd. Haar man was klokkenmaker geweest en had de zaak allengs uitgebreid met horloges, brillen, sieraden, goud en zilver. Hij deed de reparaties en zij stond in de winkel. Dat was ze blijven doen. Daar woonden we ineens met ons drieën, drie generaties vrouwen – twee weduwes en een baby. Mijn moeder ging de winkel doen en ik was achter bij oma. Ik stel me voor hoe stil het geweest moet zijn tussen ons. Wat viel er te zeggen? Op de achtergrond klonk het tikken van de tijd.

Ik stel me voor hoe mama langzaam verstomde, kwijnde. In haar familie waren ze geen van allen praters. Het weduweverdriet gestold tot een harde klont in haar hart. De deur tussen de keuken en de winkel was voor mij gesloten. Daarachter was mijn moeder. Ze was met klanten bezig, deed de boekhouding of poetste het zilver. Uren stond ik met mijn oor tegen het hout gedrukt. Ik moet toen al vier of vijf zijn geweest.

Soms hoorde ik lachen in de winkel, het geluid van mama's stem die tegen iemand anders praatte was onverdraaglijk voor me. Ik wilde degene zijn tegen wie ze sprak. Er waren vreemde wezens, mannen. Grote lijven die onze huiskamer vulden met hun vreemde geur en enorme donkere skailederen mappen, of met dozen en boeken vol gekleurde plaatjes. Ik moest buiten op het plaatsje spelen als zij kwamen. Oma zat er zwijgend op het krukje bonen te doppen of aardappels te schillen. Het liefst was ik in de moestuin. Ik zat uren op het tegelpaadje te zoeken naar lieveheersbeestjes, ik verkruimelde de zwarte zanderige aarde. Als op wasdag de lakens als grote witte zeilen boven me aan de waslijn hingen, voelde ik me veilig. Er moeten buurkinderen geweest zijn die met me speelden, maar ik herinner ze me niet.

Een van de mannen met plaatjesboeken had een harde stem, hij was er vaker dan de andere. Als hij kwam, klonk mama anders. Dan stuurde ze me met veel meer woorden naar buiten. De woonkamer was langer bezet en oma nam me soms mee om boodschappen te doen. Op een dag was hij er weer en vroeg mama me bij hen te komen zitten. De man legde zijn hand op mijn hoofd en stelde allerlei vragen. Hij zei dat hij Gerard heette. Ik mocht in een van zijn plaatjesboeken kijken. Er waren alleen maar afbeeldingen van horloges en klokken te zien. Ik kreeg een glas limonade. Mama moet nerveus geweest zijn, ze had rode vlekken in haar gezicht. Toen hij weg was, maakte ze ruzie met oma. Wat later kwam Gerard weer. Ik hoefde niet naar buiten en hij trok me op schoot. Hij rook niet lekker en er groeiden haren uit zijn wangen en op zijn handen. Ik wilde weg. Mama zei boos dat ik niet zo gek moest doen, dat Gerard mijn nieuwe vader werd. Ik had geen idee wat dat was, een vader. Ik dacht dat vaders dood waren en dood was als een vlieg die op zijn rug in de vensterbank lag, met zijn pootjes omhoog en een regenboog op zijn vleugeltjes. Deze vader zat op een stoel in onze kamer en lachte bulderend. Hij sloeg mama een keer op haar billen. Zij kreeg een kleur en ik schaamde me. Toen de nieuwe vader weg was, maakten mama en oma de hele tijd ruzie.

Op een dag kreeg ik een lichtgele nieuwe jurk met glimmende knoopjes en lakschoentjes. We gingen naar de kerk en mama kuste Gerard waar iedereen bij was. Er stond een nieuw huis voor ons klaar in een andere stad. We verhuisden kort na de trouwerij. Mijn hele leven had ik bij mama geslapen, samen op een kamer. Als ik 's nachts wakker werd, hoorde ik haar ademhalen; als het kleine lampje uit was, wist ik dat het nacht was en ze in haar bed lag. Toen kwam Gerard om mijn plaats in te nemen. Vanaf de eerste dag sliep hij samen met haar in een groot, donker houten bed. Midden in de nacht sloop ik mijn kamer uit om me stil dicht tegen haar aan te nestelen. Het duurde nooit lang voor ik zijn grote handen om mijn middel voelde en hij me terug naar mijn eigen kamer tilde. Ik gilde en huilde mezelf daarna in slaap. Mama zei dat ik het moest begrijpen. Dat ik lang genoeg klein geweest was. Ik haatte hem. Oma heb ik nog maar een paar keer gezien. Ik miste haar, de moestuin, de koekoeksklok, het getik en de stilte. De broers en zus van mama waren boos dat we niet bij oma waren blijven wonen. Ze vonden oma te oud om het werk in de winkel in haar eentje te kunnen doen. Maar mama wilde weg uit haar ouderlijk huis en uit de zaak.

Er kwamen niet veel mensen bij ons op bezoek in het nieuwe huis. Gerard vulde mijn hele blikveld als hij thuis was. Hij was overal met zijn harde stem en zijn geur. Als ik in bed lag hoorde ik hem door het plafond heen brommen. Mama werd anders, ze poetste haar huis tot de blaren op haar vingers stonden, haar handen werden dik en rood. Als ze praatte, was het mopperend, op de rommel die ik maakte en de kruimels die ik achterliet. Ze kreeg een dikke buik en toen werd Marit geboren. Zij en Gerard bogen zich beschermend over hun nieuwe dochter heen. Ik zag hun ruggen en tussen hen in het nieuwe kind. Voor haar was een plek in een wiegje op mama's slaapkamer. Ik huilde me nog steeds iedere avond in slaap. Ik verkruimelde gestolen restjes beschuit en korsten brood op de trap en op het tapijt in de kamer, maakte vlekken in mijn jurk. Ze lieten me nooit alleen met mijn zusje. Gerard nam haar met zijn grote handen uit haar wiegje en vroeg mama voortdurend of zijn kleine meid op hem leek. Ik was donker en zij was blond. Hij en mama ook. Op een dag heb ik haar haartjes geverfd met het zwart uit een doos waterverf.

Het gerinkel van de telefoon scheurt me abrupt los uit het verleden. Voordat ik kan opnemen, heeft iemand dat beneden al gedaan. Chantal gilt naar boven: 'Voor jou, mam. Ene Wim.'

Marit

Vanuit Pelles kamer klinkt Davids stem. Ik kan niet verstaan wat hij zegt, maar het geluid is geruststellend. Tims handje grijpt mijn kin. 'Lezen mam!'

Ik trek hem dichter naar me toe. Hij legt zijn hoofdje tegen mijn arm.

'Janne houdt zich stevig vast aan de dikke manen. De ezel loopt heel voorzichtig met Janne op zijn rug. Hij tilt zijn poot hoog op om over een grote steen te stappen. Ze zijn er bijna. Janne lacht en aait de ezel over zijn zachte hals. De deur van het huis gaat open en daar is Jannes moeder. Uit de schuur naast het huis komt nog iemand: vader! Ze zwaaien en lachen. Janne zwaait terug. De ezel balkt vrolijk mee. Ze zijn weer veilig thuis.'

Tim trekt het boek naar zich toe om de plaatjes beter te kunnen zien.

Zijn vingertje aait over de ezel en het meisje.

'Mam, mogen wij ook een ezel?'

Ik sta op en leg het dekbed over hem heen. 'Waar moet de ezel dan slapen, lieverd?'

'Ezels slapen nooit. Hij kan toch in de tuin?'

'Denk je niet dat ezels liever bij elkaar wonen? Op een boerderij met een groot weiland?'

'Gaan we naar de kinderboerderij?'

'Ja liefje, dat gaan we weer eens doen. Ga nu maar lekker slapen, morgen is het feest.'

'Mam, wil jij geen dier?'

Ik sluit de gordijnen en raap kleren van de vloer. 'Ik heb jou toch, monster van me.'

Hij gilt en kronkelt onder mijn kietelende handen. 'Grrr, ik ben een monsterdier!'

'Sst. Zachtjes doen, je broertje slaapt al bijna.'

Tim giechelt verlekkerd. Ik kus hem in zijn nekje, blaas de haartjes van zijn warme voorhoofd.

'Mam?' Hij praat langs zijn duim heen. 'Is Pelle ook jouw monsterdier? En papa?'

Ik sta op en leg voor de zoveelste keer zijn dekbed recht.

'Ja natuurlijk, lieverd. En nu niet meer praten. Slaap lekker.'

Ik blaas kusjes van mijn hand en doe het licht uit. Hij maakt zachte gromgeluidjes in het donker. Ik laat de deur op een kier staan.

Bij Pelle is alles stil. David is naast hem in slaap gevallen. Ik ga, tegen het bed geleund, op de grond zitten en luister naar hun ademhaling. David beweegt zich op het kleine kinderbed, zijn arm valt naast me naar beneden. Zijn hand hangt vlak voor me in de lucht. Ik leg mijn wang er heel voorzichtig tegenaan. Hij ruikt vertrouwd.

Ik ben benieuwd of hij zo nog naar beneden komt of dat hij direct naar zolder verdwijnt. Als hij naar de zolder gaat dan zoek ik hem vannacht op. In het donker zijn de dingen soms makkelijker.

Ik zou mama even moeten bellen, gewoon om te horen of ze zich verheugt op morgen. En of alles klaar is voor het feest. Maar zo'n dochter ben ik niet. Niemand van ons heeft dat ooit gedaan, dat dagelijkse bellen met elkaar. Mama zelf ook niet. Sommige meisjes op school zijn de beste vriendin van hun moeder en zijn daar vreselijk trots op. Ik vind het iets onnatuurlijks hebben, haast incestueus.

Pelle draait zich om en slaat een klein armpje om zijn vader. Ik hoop dat mijn zonen de kans krijgen hun vader als vriend te beschouwen.

Behoedzaam sta ik op. Ik sluit de deur zacht achter me. De mannen slapen. In mijn werkkamer staat mijn laptop uitnodigend open.

Anne

Nee, ook niet. Foute snit. Te wijd. Te warm. Te groot. Te klein. Te oud. Te grof. Te bloot. Te bleek. Te dik. Te kort. Te lang. Te hoog. Te laag. Te fel.

Dat was het. De lege hangertjes dansen naast elkaar aan de stang van mijn kledingkast. Op de planken liggen alleen nog maar wintertruien. De rest van mijn kleren ligt op het bed, de stoel en op de vloer.

Ik ga afbellen.

Ik ben nu al doodmoe en hij is er nog niet eens. Het duurt nog minstens een halfuur.

Even koffiedrinken, zei hij. Het was toch een leuk gesprek geweest bij de opening van je zus? Ik vond het goed, straks staat hij op de stoep. Ik kan hem bellen en zeggen dat ik me niet goed voel. Dat is niet eens gelogen. Maar ik vind hem best leuk. En we hadden inderdaad een prettig gesprek. Hij was ook erg aardig tegen Marit toen die even bij ons kwam staan. Ik ben die avond weggegaan zonder gedag te zeggen. Tessa gedroeg zich als een dronken del, ze lachte veel te hard en stond als een schoolmeisje aan Rubens hand te frunniken. Richard wilde me nog mee naar binnen nemen om naar iets achterin te gaan kijken. Ik had genoeg gezien en wilde naar huis. Hij heeft me naar de trein gebracht. Renate heb ik helemaal niet ontmoet.

In de wasmand ligt de gele jurk nog. Hij stinkt eigenlijk helemaal niet. Laat ik die nog een keer aan doen. Hij zit fijn en mannen schijnen toch niet te zien wat je aanhebt.

Ik kan Richard nu nog afbellen. Nee. Ik kan hem wegsturen zodra ik er genoeg van heb, al is het na een kwartier. En als hij me wil kussen? Slaan. Wegduwen en nee zeggen. Dat het te vroeg is. Te snel. Dat ik er nog niet aan toe ben. En als hij dan niet meer terug wil komen? Waar zou het hem om te doen zijn? Vast niet om een leuk gesprekje.

Hij was geïnteresseerd in mijn werk. Wat keek hij verrast toen ik vertelde dat ik psychologische tests afneem. Het klinkt ook te belachelijk voor iemand in mijn toestand. Nou ja, hoeveel psychiaters belanden er niet in hun eigen inrichting? Ik ben echt niet zo uitzonderlijk, en bij mij is het maar tijdelijk. Als ik hem nou eens meevraag naar het feest morgen, dan is er tenminste iets wat me afleidt van papa.

Ik moet het zonder oxazepam stellen. De dokter schrijft ze voorlopig ook niet meer voor, hij is veel te bang dat ik er verslaafd aan raak. Terecht. Ik zou er nu weer een genomen hebben. De jurk ruikt toch niet echt fris. Toch maar een broek met die blauwe blouse.

Ik laat de rommel liggen en neem een koud pilsje uit de koelkast. De bel gaat en ik pak razendsnel mijn tas en huissleutels, glip in de gang in een paar slippers. Ik open de deur en voordat Richard iets kan zeggen, doe ik een dwingend voorstel.

'Zullen we een eindje wandelen?' Ik ben er nog niet aan toe hem binnen te laten.

Hij schrikt en doet een stap naar achteren. Zonder zijn antwoord af te wachten, trek ik de deur achter me in het slot.

Tessa

De cadeautafel in de woonkeuken staat al behoorlijk vol. Sommige pakjes zijn nog ingepakt, daar zit een kaartje aan. Er zijn flessen wijn, een vaas, boeken, doucheproducten met een bon erbij, een doos badproducten zonder bon, kaarsen met kandelaars en een picknickkoffer. Naast de koffer staan kunststof bordjes, bekers, servetten en bestek. En glazen. Dit is vast een gezamenlijk cadeau van de buren. Of van een van de clubjes waar mijn ouders lid van zijn. Alsof ze ooit zouden gaan picknicken. Ons cadeau staat nog ingepakt in de hal, we geven het als iedereen er is. En Renate en Anne zijn er nog niet.

Aan het aanrecht staan twee van mama's vriendinnen af te wassen. Ze zien me niet en ik loop door naar de woonkamer. Daar is niemand. Uit de tuin klinken de geluiden van een groep mensen. Er wordt hard gelachen, mijn vaders stem galmt er, even, hard bovenuit.

De bank is nieuw, maar hij staat op dezelfde plek in de woonkamer als de vorige. In het linkerhoekje zat ik altijd. Op de salontafel ligt een krant open, ik herken de kleurenfoto. Het is een recensie van de expositie met een grote foto van een van de schilderijen. Alles is prominent in beeld, de fotograaf moet haast wel gekozen hebben voor sensatie. Nee, mijn naam wordt niet genoemd. De expositie krijgt vier sterren, niet gek. Hier hebben papa en mama dus naar zitten kijken. Ze hebben er nog niets over gezegd.

Ik loop door naar boven, die ene traptrede kraakt nog altijd. De deur van mijn oude kamer staat open. Er ligt nog steeds dezelfde vloerbedekking, maar de gordijnen zijn een aantal jaar geleden vernieuwd. Het bed is netjes opgemaakt en boven op de kast staan een paar werkstukjes die ik ooit heb gemaakt. Dierfiguren van gevonden spullen, vogels met koppen van drijfhout en vleugels van aaneengenaaide veren. Schilderijtjes en ingelijste tekeningen. Ik ga op het bed liggen en pak de punt van het gordijn. Ik rol de stof om mijn vinger en steek mijn duim in mijn mond. Er gebeurt niets. Het beddengoed, de geur, de stoffering – ze zijn allemaal anders. Ik ook, want ik ben zwanger.

Mijn buik is plat als altijd, het is nog maar een miniem klompje cellen wat daar zit. Als ik het zou verliezen, zou ik het waarschijnlijk niet eens merken. Zo worden miljoenen van die klompjes weggespoeld zonder dat de moeder iets doorheeft. Dat kan dus makkelijk. Alleen mijn borsten zijn wat voller, Alex kan er niet van afblijven. Hij heeft gelezen dat borsten groter kunnen worden van veel goede seks. Hij doet zijn best en denkt dat het zijn verdienste is. Schattig. Hij zal wel schrikken wanneer ik hem vertel dat er binnenkort iets uitkomt als hij eraan zuigt.

Weer stromen mijn tranen zonder dat ik ze kan tegenhouden. Ik leg een sierkussentje van het bed op mijn gezicht. Alex en ik hebben helemaal geen plek voor een kinderkamer.

Iemand komt naar boven. De achtste tree wordt overgeslagen, dat moet een van mijn zussen zijn. Snel mijn wangen drogen. Ik rol me op mijn zij en haal diep en langzaam adem.

'Tessa, ben je ziek?'

'Oh Marit, jij bent het. Nee hoor, beetje misselijk. Te veel taart gehad, denk ik.' Ik blijf stil liggen.

'En wat te veel gefeest deze week, misschien? Je was ook niet echt ontspannen bij de opening. Heb je gehuild?' Marit gaat op het achtereind van het bed zitten. De beweging van het matras golft misselijkmakend door me heen. Ze kijkt me aan.

'Ik word altijd een beetje sentimenteel op mijn oude kamer.'

'Ja, dat heb ik ook. Wat een hoop mensen, hè?' Ze staat op en loopt naar het raam. Weer een golf door het matras en door mij. Ze staat nu vlak bij me.

'Zijn Anne en Renate er al?' Ik ga een beetje rechtop zitten.

'Nee, nog niet. Je moet echt beter op jezelf passen, Tessa. Je ziet eruit als een vaatdoek. Zal ik een glas water voor je halen?'

Voordat ik kan antwoorden ren ik naar de badkamer, mijn hand stijf tegen mijn mond gedrukt. Ik kokhals en voel me verschrikkelijk. Marit komt me achterna. Ik voel haar koele hand zacht op mijn schouder en moet daar verschrikkelijk van huilen. Het doet pijn in mijn middenrif en mijn borst. In mijn keel brandt het zuur van het braken. Er staat koud zweet op mijn voorhoofd en ik heb het gevoel dat ik doodga. Als het schokken mindert, veegt ze mijn gezicht schoon met een nat washandje. Ik ga rechtop staan en houd mijn ogen gesloten. Mijn benen trillen en ik probeer mijn handen te ontspannen.

Marit leidt me terug naar het bed en legt me daar neer. Als ze terugkomt, wast ze mijn gezicht opnieuw, mijn hals, mijn armen. Het is verrukkelijk fris. Ze wast mijn vingers een voor een en veegt het haar van mijn voorhoofd. Ze droogt me met een zachte handdoek. Geeft me een glas water, een piepklein likje tandpasta.

'Wil je even slapen? Of praten?'

Ze haalt een schoon laken uit de grote linnenkast op de gang en legt het over me heen. Ik houd mijn ogen dicht.

'Slaap maar even, lieverd, ik kom zo nog even bij je kijken.'

'Zeg je tegen Alex dat ik zo weer beneden kom? Dank je wel.' Ik fluister het tussen mijn bijna gesloten lippen door.

Ze staat op, sluit de gordijnen en laat de deur op een kier staan.

Marit

Grappig dat het automatisme er nog zo in zit. Ik vermijd, zonder erover na te denken, precies de krakende tree. Wat was Tessa ziek. Volgens mij is ze zwanger.

'Mama mama!' Pelle schreeuwt overal dwars doorheen. Hij staat in de bijkeuken, aan de hand van tante Jannie.

'Hier, hij wil alleen maar zijn moeder.'

Tante Jannie laat hem los en hij stort zich in mijn armen. 'Pelle taat, Pelle taat.'

Hij pakt mijn gezicht met twee plakkerige handjes beet. 'Mama Pelle taat. Ja?'

Hij ruikt naar oude slagroom. Tessa heeft geen idee wat haar overkomt als ze een kind krijgt. 'Dank je, Jannie. Kom, we gaan oma opzoeken. En papa. Waar is Tim?'

Hij trekt me mee naar buiten. Er zijn nu al zo'n veertig mensen, denk ik. Iedereen zoekt de schaduw, onder de bomen of in de partytent. Er lopen enkele dames rond in frisgestreepte jurkjes. Ze dragen dienbladen vol serviesgoed. Mama staat een cadeau in ontvangst te nemen van twee vrouwen die ik niet ken. Wellicht zijn het leden van de leesclub waar ze sinds kort deel van uitmaakt, of dames van de vrijwilligersorganisatie waarvan ze haar hele leven lid is.

David zit aan een mannentafel, Tim zit naast hem met een stuk taart en een glas lichtgele frisdrank. Sinas? Hij lust geen prik. Alex praat tegen hem en Tim luistert met grote ogen. Papa komt naast mama staan en fluistert iets in haar oor. Ze kijkt hem geërgerd aan en wijst naar het pak in haar handen. Hij lacht naar de dames en haalt zijn schouders op. Ik kan niet verstaan wat ze zeggen. Een groepje dames ziet mij met Pelle. Het concert kan beginnen. Met hun hoge zangerige stemmen proberen ze Pelle te lokken en in te palmen. Wat is ie mooi en groot geworden. Geef tante eens een handje. Krijg ik geen kusje? Ach Marit, wat hebben we jullie lang niet gezien. Hoe is het nu? Zit Pelle op de crèche? Pelle, heb jij al een lekker stukje taart gehad? En heb je oma al een cadeautje gegeven? Kom eens hier jongen, wil je even bij tante op schoot?

Pelle lacht zijn tandjes bloot en houdt zijn hoofdje bevallig schuin. Hij weet dat er een beloning wacht als hij zo doet. Ik schud handen van de vrouwen uit de buurt. Zij kennen mij van toen ik zo oud was als Pelle, ik ben met hun kinderen opgegroeid. Achter in de tuin, naast het houtschuurtje, lonkt de oude schommel.

'Kom Pelle, we gaan even schommelen.' Ik til hem op en loop al groetend en lachend naar de donkere hoek onder de enorme kastanjeboom. Iemand is zo attent geweest de houten plankjes schoon te maken. Ik ga zitten en neem Pelle op schoot. Ik zet af en daar gaan we. Tim heeft ons gezien en komt naar ons toe gerend, met David achter zich aan. Tim gaat zelf op de schommel. David duwt hem rustig. Hij komt tussen ons in staan en ik voel zijn hand telkens stevig op mijn rug. Ik laat mijn hoofd achterover hangen. Het bladerdak van de kastanje heeft gouden randjes waar de zon haast doorheen komt. David verdwijnt en verschijnt, in het ritme van de schommel.

Om de hoek van het huis komt Anne aangelopen, met een man. Hé, dat is de man met wie ik haar bij de expositie zag. Verrassing. Volgens mij heeft ze een nieuwe jurk aan, maar wel weer met iets eroverheen. Een dun voile bloesje dit keer, gewaagd hoor. En ze draagt warempel hakjes.

David houdt de schommel vast en fluistert in mijn oor. 'Kijk, Anne met haar nieuwe vriendje. Wist jij dat?'

Hij laat ons weer los en Pelle gilt van plezier. Weer houdt David de schommel vast. Mij is niets verteld. Ik sis geïrriteerd dat hij ons moet laten schommelen. Hij wendt zich van ons af en concentreert zich op het duwen van Tim. Anne ziet ons en zwaait. David steekt zijn hand op en roept een groet. Ik durf het touw en Pelle niet los te laten.

Anne

'Weet je zeker dat je dit wilt? Mijn ouders zijn echt hele rare mensen, hoor.'

Richard kijkt me aan. 'Ik ben benieuwd, na wat je hebt verteld.'

Zijn toon is laconiek. Ik heb de indruk dat hij het als een leuk uitje beschouwt. Ik hoop dat het dat wordt. David zwaait naar ons vanaf de schommel.

'Kijk Richard, daar zijn David en Marit, op de schommel. Je hebt Marit gezien op de expositie, weet je nog?'

Ik schrik van de grote groep mensen in de tuin. Wat is het al druk. Onmiddellijk wordt er naar me geroepen door een aantal dames rondom een tafel. De gezichten van oude buren en tantes lichten op. 'Anne! Hoe gaat het? Is dat je vriend? Ja, druk hè.'

Richard is op het tuinpad blijven staan, gelijk heeft ie. Hij houdt de bloemen vast die hij voor mama heeft gekocht. Ik had hem nooit mee moeten vragen, hij gaat zich vast dood vervelen. Hij lacht naar me, dat valt weer mee. Ik lach verontschuldigend terug, mompel 'sorry' en ga hem voor naar mijn ouders.

'Ga je mee? Misschien zijn ze binnen. Laten we eerst even Marit dag zeggen.'

We buigen af richting schommels. Als Marit ons ziet, remt ze af met haar voeten. Pelle protesteert. 'Meer meer meer, nog keertje!' Marit zet hem op de grond en omhelst me kort. Pelle duwt het plankje heen en weer en dreigt het tegen zijn hoofd te krijgen. Ik pak hem op. 'Kijk Pelle, dit is Richard.'

David staat achter Tim, die nog steeds op zijn schommel zit. We schudden handen.

Marit herkent Richard gelukkig. 'We hebben elkaar al ontmoet, hè?' Ze zegt het vriendelijk.

Ik draai langzaam rondjes met Pelle in mijn armen. 'Waar zijn papa en mama? En zijn de anderen er al?'

Marit pakt het spartelende jochie van me over. 'Tessa voelt zich niet zo lekker, die ligt even op bed. Papa en mama moeten ergens rondlopen. Renate is er nog niet.'

'Ik vraag me af of ze komt. En is Tessa ziek? Wat sneu, zeker te heftig gefeest van de week.'

Marit fronst haar wenkbrauwen en gebaart met een kleine schuine beweging van haar hoofd naar Richard. Haar ogen zijn vragend opengesperd. Ik lach alleen maar.

David wijst. 'Kijk, daar zijn ze.'

Papa en mama komen uit de achterdeur gelopen en worden direct omringd door een groepje nieuwe gasten.

'Kom, ik zal je voorstellen.' Ik leg mijn hand op Richards onderarm, dat lijkt me neutraal terrein, zo tussen hand in hand en gearmd in.

Ik houd me voor dat papa een zielige figuur is die je niet te serieus moet nemen. En toch: als ik hem zie staan, kruipt er altijd dezelfde angst in mijn buik. Ook al weet ik me omringd door een grote groep mensen. Ook al loopt er een man naast me. Ook al is het zoveel jaar geleden. Ook al is hij oud geworden.

Mama draait zich om. We omhelzen elkaar met gekromde bovenlichamen. Ik steek mijn hand uit naar papa. Hij pakt hem vast en trekt me naar zich toe. Hij legt zijn andere hand op mijn bovenrug. Mijn hand zit vast, tussen mijn buik en de zijne. Tegen mijn borsten. Ik ruk me los, voel dat ik rood word. Verdomme.

Papa draait zich om. 'Zo, en wie hebben we hier?'

Richard steekt zijn hand uit en stelt zich voor. Papa houdt zijn hand vast.

'Zo, ik wist niet dat onze Anne een vriend had.' Hij kijkt van Richard naar mij.

Mama duwt hem zachtjes opzij en Richard feliciteert haar. Hij overhandigt de bloemen in hun velletje van roze folie. Ze doet overdreven verrast en bedankt hem omstandig.

'Is je oudste zus er al?' Ze fluistert het dicht bij mijn gezicht. Ik zie plekjes aangekoekte poeder in de rimpels rond haar ogen. Zij is ook bang, ik kan het ruiken. Is het de angst voor een ontmoeting met haar oudste dochter? Voor een nieuwe confrontatie tussen Renate en Gerard? Voor haar eigen onmacht?

'Nee, zonet nog niet tenminste.' Ik kijk rond naar Renate, zie haar nog steeds niet.

'Heeft ze laten weten dat ze zou komen?'

'Ze heeft het Marit laten weten. Ik hoop zo dat ze komt.'

Mama ziet er ineens heel moe uit. Wat een gedoe ook, ik zou willen dat we allemaal konden vergeven en vergeten. Ik pak haar hand en druk die even. Uit mijn ooghoek hoor ik papa. Hij denkt dat ik hem niet kan verstaan. Hij buigt zich naar Richard toe.

'Nou jongen, jij treft het maar. Zij heeft het beste van allemaal, dat heb jij heel goed gezien.' Hij slaat Richard op de schouder en knipoogt.

'Hé, kerel, daar zijn jullie, welkom in ons nederig stulpje, ha ha.' Hij roept alweer tegen de volgende gasten, draait zich van ons af om op nieuwe schouders te slaan.

Mama pakt me bij mijn bovenarm. 'Trek je er niks van aan, kind. Je kent je vader.' Ze laat me los en draait haar hoofd glimlachend opzij. Dan gaan ze achter papa aan.

Ik pers mijn oogleden op elkaar en haal diep adem. Richard kijkt me aan. 'Niet huilen Anne, de man is een zak. Hij doet precies wat je van hem verwacht. Daar had je me voor gewaarschuwd en dat heeft ie bewezen. Dat is toch geen nieuws? Kom op, laten we een drankje nemen.'

Hij loopt naar een juffrouw met een dienblad. Ik volg hem en we nemen ons drankje mee, verder de tuin in. Achter het houthok staat nog steeds het gammele bankje dat papa zelf gemaakt heeft. We gaan zitten, drinken en roken.

Richard kijkt me aan, glimlacht en strijkt door mijn haren. 'Je bent inderdaad een mooie vrouw, Anne.'

Ik neem vlug een slok en steek een nieuwe sigaret op. Het is hier heet en het jeukt onder mijn borsten. Ik durf niet te krabben.

'Allemaal komen voor de foto's!' Mama's stem snerpt met gemak tot achter het hok waar we zitten.

Ik sta op. 'Helaas Richard, er is hier thuis een aantal verplichte nummers en daarvan is met elkaar op de foto gaan er een. Nu gaat mijn vader heel dominant doen. Let maar op.'

Richard trekt me naar zich toe, zijn ogen zijn zo dichtbij dat ik de donkere vlekjes in de irissen goed kan zien. 'Luister eens, Anne, jij bent dan wel het kind van je ouders, maar je bent ook een volwassen vrouw. Laat die vandaag maar aan ze zien.' Hij klinkt serieus, kust mijn wang, neemt me bij mijn hand en trekt me mee.

Ze poseren onder de luifel, het licht valt warm oranje op hen neer.

Tessa staat bleekjes tegen Alex aangeleund. Ik ga naar hen toe, haar hand is klam. Richard begroet hen. Tessa kent hem uit het kunstenaarscircuit.

Hoeveel handen schud je op zo'n dag?

Er is een heuse fotograaf ingehuurd. Hij vraagt de jarige met haar echtgenoot tegen de kastanjeboom te gaan staan. Daarna moeten ze op het terras plaatsnemen. Dan met de broers en zussen erbij. Met aanhang en zonder. En dan met ons, de eigen kinderen. We protesteren.

'Renate is er toch nog niet?'

Papa haalt zijn schouders op en trekt ons naar zich toe. 'Als je daarop moet wachten... Kom meisjes, laat je van je mooiste kant zien.'

Ik sta tussen mama en Tessa. Richard heft zijn glas naar me. Drie klikken en de fotograaf is klaar met ons.

'Zo, vereeuwigd met mijn bloedeigen dochters. Prachtig.' Papa wrijft zijn handen.

Daar staat Renate, met Chantal en Thomas. Haar mond is vertrokken in een woedende streep. Papa's woorden hangen zinderend in de warme lucht tussen ons.

Renate draait zich om. Mama ziet haar ook. Ze valt fel uit tegen papa en rent met uitgestoken handen op haar af. 'Renate, lieverd, hij bedoelt het niet zo. Alsjeblieft, blijf. Ik vind het juist zo fijn dat jullie er zijn.'

Ze staat voor haar oudste dochter en smeekt met haar stem, haar ogen en de rest van haar lichaam. 'Alsjeblieft, Renate.'

Gelukkig, Renate laat zich meevoeren naar binnen. Ze verdwijnen in de bijkeuken. Thomas en Chantal staan met neergeslagen ogen naast elkaar. Hun vingers verfrommelen de pakjes met kleurige strikken die ze voor hun oma hebben meegenomen. Mijn hand klemt zich om die van Richard. Ik zoek de ogen van mijn zussen, ze zien me niet. Marit heeft zich afgewend naar Pelle, Tessa praat zacht tegen Alex.

De gasten zijn een kort ogenblik stil, dan verspreiden ze zich en hervatten hun gesprek. Papa tapt een biertje. Zijn wangen zijn hoogrood. Hij vertelt een mop aan wie het maar wil horen.

De fotograaf loopt met grote snelle passen over het tuinpad naar zijn auto. Nu is het te laat voor een compleet groepsportret.

Ik probeer me voor te stellen wat een volwassen reactie zou zijn. Ik heb geen flauw idee.

In de buurt van mijn vader ben ik als een vogel die tegen glas vliegt, verdoofd naar beneden dondert en vleugellam naar een schuilplek onder de dichtstbijzijnde struik scharrelt.

Renate

Het beeld van mijn stiefvader en het minzame lachen in zijn woorden laten me niet los wanneer ik naar binnen ga. In mijn borst voel ik de zwaarte van de woede en het verdriet. Ik ben hier drie jaar niet geweest, maar er is weinig veranderd. De kamer is opgeruimd, er ligt alleen een krant op de lage tafel.

'Ga even zitten, Renate.' Mama wijst uitnodigend naar de bank.

Ik doe wat ze zegt en zie hoe ze zelf plaatsneemt op het puntje van de grote stoel. De krant ligt opengeslagen bij een recensie van de expositie. Een grote kleurenfoto van een van de schilderijen toont Tessa staande op een bank. Ze is eigenlijk redelijk onherkenbaar.

Mama kijkt afwisselend naar mij en naar de grond. Het voelt alsof ik op bezoek ben bij een nabestaande, waar de lucht haast te zwaar is om in te ademen en de stemmen verstommen in een verstikkende deken van herinneringen.

Ik leun achterover tegen het koele leer. 'Gefeliciteerd met je verjaardag.' Wat moet ik anders zeggen?

'Dank je, kind.' Er staan tranen in haar ogen. Ze fladdert met haar handen, een loze beweging in haar schoot. 'Dank je dat je gekomen bent. Het spijt me verschrikkelijk dat het weer zo gaat.'

Ik knik. 'Tja, zo gaat het dus.'

Ze knikt ook. 'Ja.'

'Ik kan maar beter gaan. Ik denk niet dat ik Gerard kan verdragen.' Een felle steek van haat vlamt op als ik zijn naam uitspreek.

'Oh Renate, ik vind het zo erg voor je. Hij meent het echt niet zo. Je kent hem, hij bedoelt het niet kwaad.'

'Oh nee? En hoe bedoelt hij het dan wel? Nee mam, je hoeft het niet goed te praten, dat heb je vaak genoeg geprobeerd. Laten we maar accepteren dat hij vreemd bloed niet kan velen. Dat is voor iedereen wel zo rustig.' Mijn stem klinkt kalmer dan ik me voel.

'Je bént geen vreemd bloed, je bent mijn dochter, net als je zusjes.'

'Dat heb je hem anders niet echt duidelijk weten te maken. Nee mam, het heeft geen zin meer. Ik ga.'

'Renate, hij heeft altijd goed voor mij, en jullie, gezorgd. Dat mag je niet vergeten. Toen ik zwaar in nood was, na de dood van je vader, heeft hij me letterlijk gered. Natuurlijk had hij z'n nukken, maar die heeft iedereen. Niemand is heilig. Je zult hem moeten nemen zoals hij is.'

'Ik hoef hem helemaal niet te nemen. Ik heb vandaag gezien dat het nog net zo'n hufter is als altijd. Er is niet veel veranderd sinds zijn actie met de poppenhuizen. Het spijt me voor jou, en het spijt me dat ik het zo moet zeggen.'

Nu springen ook mijn tranen tevoorschijn.

Ze geeft me een papieren zakdoekje. Het ruikt naar lavendel. Vanuit de keuken komen stemmen onze kant op. Gezichten lichten op als ze mama in de kamer zien zitten. 'Ah, daar is het feestvarken. We hebben cadeautjes voor je, kom je?'

Mijn moeder staat op, ze lacht naar haar gasten. Ik vlucht de kamer uit.

Het is stil boven, de geluiden uit de tuin komen van ver. Vanuit het raam van mijn vroegere slaapkamer zie ik de kinderen met z'n allen bij de schommel. Thomas staat te praten met David, Chantal schommelt met de kleine Pelle. Mijn zussen zijn druk met elkaar in gesprek. Niemand weet dat ik hier ben. Ze zien me niet. Ze staan niet stil bij wat er zonet is gebeurd, ook al stonden hun gezichten geschrokken. Ze begrijpen me niet, hebben het veel te druk met zichzelf. Zo stond ik hier als kind vaak voor het raam, terwijl de anderen buiten in de tuin waren – te druk bezig met elkaar om mij te kunnen zien. Het gaf mij de gelegenheid wrokkig op hen neer te kijken. Misschien heb ik me in mijn eenzaamheid verschanst. Het is een bittere gedachte, ik draai me schokkerig om en open de deur naar de zoldertrap. De zolder is heet en stoffig, het ruikt troostend naar warm hout.

Ik zie het direct. In de verste hoek staat het onder een stuk doorzichtig plastic. Ik heb het nooit willen hebben. Het was te laat. Stof wolkt op als ik het plastic wegtrek. Het poppenhuis is prachtig, met gevoel voor detail gemaakt. De verf is overal netjes aangebracht, er is een badkamer met een bad met echte kraantjes, er ligt zelfs een badmat. De meubeltjes en andere losse onderdelen zitten in een plastic zak bij elkaar.

Naast het huis staat een krukje. Ik laat me erop zakken. Mijn hart bonst, mijn oren suizen. Het bloed dat warm door mijn aderen stroomt, door mijn hart, is net zo goed als dat van ieder ander. Wat doet het ertoe wiens bloed door wiens aderen stroomt? Hoe kun je denken dat aan bloed valt af te meten wie bij wie hoort? Mijn bloed is net zo rood als het zijne en dat van mijn zussen. Het stolt met dezelfde snelheid. Mijn tranen zijn net zo warm en helder. Het zout erin bijt even hard. Mijn vlees is wit en zacht, mijn bloed is van mezelf. De verschillen zijn onzichtbaar, daar mag je een kind niet op afrekenen. Geen enkel kind, niet dat van jezelf en niet dat van een ander. Het wordt tijd dat hij dat inziet. Maar daar ga ik niet op wachten, niet meer. Ik heb het geprobeerd door hier te komen. Ik hield mezelf voor dat ik het nog een keer moest proberen. Dat Wim me gisteravond belde voor een nieuwe afspraak sterkte me in mijn besluit. Ik had het gevoel dat hij achter me stond. Met hem sta ik steviger. Maar ik heb de opwinding over zijn telefoontje verward met besluitvaardigheid. Ik had even het gevoel dat ik dit feest en een ontmoeting met mama en Gerard wel aan zou kunnen. Die hoop blijkt ijdel. Gerard is geen spat veranderd, ik zal zelf voor een verandering moeten zorgen.

De herinnering aan Wims rustige stem geeft me een onverwachte stoot energie. Ik wil een doortastende vrouw zijn die de dingen in haar leven op orde heeft. Een voorbeeld zijn voor de kinderen. Ik wil dat ze iemand in me zien die liefdevol de juiste beslissingen neemt. Het moet vreselijk voor ze zijn geweest, om te moeten zien hoe ik net op de vlucht sloeg. Schaamrood vliegt naar mijn wangen. Mijn benen trillen als ik te snel opsta. Ik heb haast, ik moet terug.

Ik til het speelgoedhuis op en blaas het stof eraf. Ik loop voorzichtig de zoldertrap af, bijna op de tast. Ik kan maar net over het huis heenkijken, mijn kin rust op het rode pannendak. De tas met onderdelen slingert aan mijn hand bij iedere tree die ik neem.

De zolderdeur laat ik open staan. Op de trap klinkt het vertrouwde gekraak van de derde tree. De huiskamer is weer leeg. De echo van onze stemmen hangt er nog. Ik zou ongezien door de voordeur kunnen verdwijnen. Voorgoed. Maar dat doe ik niet. Ik laat Chantal en Thomas niet in de steek. Ik vlucht niet meer.

Er wordt nog steeds afgewassen in de keuken en de cadeautafel puilt inmiddels uit.

'Oh Renate, wat een mooi poppenhuis!' De dames in de keuken kijken bewonderend om. 'Dat is leuk speelgoed voor de kinderen.'

Ik glimlach, zeg niets en loop naar buiten. Gerard staat nog steeds in de buurt van de tap te oreren tegen een stel kalende mannen. De serveersters lopen rond met hapjes. Ik weet plotseling niet goed wat ik moet doen. Ik wilde het poppenhuis voor Gerards voeten gooien en iets roepen wat voorgoed afdoende zou zijn. Maar er zijn hier te veel mensen.

Ik loop daarom door naar de achtertuin, waar de kinderen met elkaar aan het spelen zijn. Ik laveer tussen de gasten door met het zware ding en zet het in het gras bij de schommels.

'Oh mam, wat mooi. Van wie is dat?' Chantals ogen flitsen heen en weer tussen mij en het poppenhuis. 'Je blijft toch wel, hè?' Haar fluisterende stem smeekt me. Ze verwacht geen antwoord en bukt zich om het huis van binnen te kunnen bekijken. Ik keer de plastic tas om. De andere kinderen zijn er nu ook. Ze graaien tussen de spulletjes en beginnen het huis in te richten. Tessa en Marit komen naast me staan.

'Waar was je nou, Renate? We hebben je gezocht. Wat is pa toch een eikel. Gaat het weer?'

'Ik was even boven. Haal alsjeblieft een drankje voor me.'

Marit haast zich naar de bar en komt terug met drie glazen bronwater. Ik neem het glas van haar aan. 'Lekker, dank je. Ik lust er eigenlijk ook wel een wijntje bij.'

Ze gaat nog een keer. Tessa roept haar achterna: 'Voor mij geen wijn, hoor!' Ze ziet bleekjes en neemt een klein slokje van haar water. Dan kijkt ze naar de kinderen. Die praten druk met elkaar en proberen alle spulletjes uit. Thomas bewondert de constructie van het geheel. Pelle sabbelt op een miniatuur linnenkast.

'Heb je dat poppenhuis van boven gehaald? Het is echt weer heel anders dan dat van mij. Dus, dit is de grote splijtzwam?' Tessa kijkt me vragend aan over de rand van haar glas.

'Ja, het stond al die tijd op zolder. Waar is Anne?'
'Geen idee. Ergens met Richard, denk ik.'
'Richard? Heeft ze een man bij zich?' Ik had Wim mee kunnen nemen. Als beschermheer. Maar dat vind ik te vroeg, we leren elkaar nog maar net kennen.
Marit komt met nieuwe volle glazen terug. Ze roept: 'Tim, let jij even op Pelle? Als er iets is dan roep je papa maar even. Die is daar. Goed?'
Tim kijkt naar zijn vader, steekt zijn handje naar hem op en knikt naar Marit. 'Goed mam.'
'David, let jij even op de jongens.' David heft zijn glas als antwoord.
We lopen met ons drieën naar het bankje achter de houtopslag.

Tessa

Anne steekt haar hoofd om de hoek. 'Zitten jullie hier?'

'Ja. Zeg, wil jij even het cadeau voor mama halen? Het staat op het kastje in de hal.'

Ik houd mijn misselijkheid er met moeite onder. Normaal zou een glas wijn helpen. Maar alleen al de gedachte aan alcohol doet me kokhalzen.

'Ik heb echt iets verkeerds gegeten, of misschien is het wel een buikgriep. Ik ben nog steeds hondsberoerd.'

Marit kijkt me aan, ze fronst haar wenkbrauwen. Sinds Davids uitstapje is ze niet te genieten. Nu gaat ze het eindelijk vragen. Toen we boven waren durfde ze nog niet, daar was ze lief en zorgzaam. Maar voor die zusterlijke zorg zal ik haar moeten betalen met persoonlijke informatie, met antwoorden. Zoals alle jaloerse echtgenotes van overspelige partners projecteert ze haar angst op iedereen die haar vertrouwd is. Ze is domweg op zoek naar andermans leed om zich aan op te trekken. En ja hoor, daar komt de vraag.

'Je bent toch niet zwanger?'

Ik zit tussen hen in op het bankje, we kijken uit op de boomgaard van de buren.

Het is hier nog steeds hetzelfde. De fruitbomen zijn gegroeid en de heggen zijn hoger, maar het gras is nog net zo groen als altijd en de houtstapel ruikt nog precies zoals vroeger.

Volgens het staafje dat ik in mijn plas moest houden, ben ik het wel, zwanger. Zo'n staafje kan zich natuurlijk ook best vergissen, een fabricagefout, ze kunnen nooit al die dingen controleren.

'Nee. Onmogelijk. Waarom zou ik niet gewoon een buikgriepje kunnen hebben?' Wat idioot eigenlijk dat ik zo tegen mijn zus zit te liegen. Marit roept altijd weerstand in me op, iets waardoor ik overal tegenin moet gaan.

'Nou ja, een griepje, dat kan natuurlijk wel maar, misschien, ik dacht, met jouw manier van leven...'

'Hoezo, met mijn manier van leven? Bemoei jij je maar met je eigen geweldige manier van leven!' Zo, Marit de betweter, alsjeblieft.

'Meisjes toch, alsjeblieft, zullen we het hier met elkaar gezellig houden?' Renates stem klinkt vermoeid. 'Als Tessa dat voor zichzelf wil houden, is dat haar goed recht. Wat hebben jullie trouwens nog voor mama gekocht?'

Het is verbazingwekkend hoe gemakkelijk Renate kan omschakelen. Een paar minuten geleden was ze nog diep beledigd en nu is ze al weer zo rustig en rationeel. Ze lijkt alles onder controle te hebben.

'Dank je, Renate. Als het zover is, zijn jullie de eersten die het horen. Goed? En ik vond het maken van het doosje op zich al genoeg, ik heb niets meer gekocht. En jij?' Goddank zakt mijn misselijkheid. Ik denk dat het voor vandaag voorbij is. Er zit een wonderlijk ritme in deze ziekte.

Renate veegt met haar hand over haar vochtige voorhoofd, er blijft een stoffige streep achter. 'Ik heb niks gekocht. Ik heb het steeds uitgesteld, ik had geen flauw idee wat ik zou moeten geven. Ik vind het eigenlijk al genoeg dat ik hier ben. Dat ik hier nog ben... En jij, Marit?'

'Nou, dan ben ik zeker de enige die wat heeft. Ik heb een bundeltje met verzamelde gedichten over moederschap gekocht. Ik hoop dat het erin past.' Ze haalt een plat pakje uit haar tas. 'Wat denk je, Tessa, past dit erin?'

'Laat eens zien?'

Ze houdt het omhoog, geeft het dan aan me. Ik schat het formaat in. 'Makkelijk.'

Het boekje is ingepakt in doorzichtig folie. Op de voorkant is een foto te zien van een heel oude, gerimpelde vrouw. In haar ogen zie je de weerspiegeling van een jongere vrouw met een baby op haar arm. Ik trek het folie glad en zie dat achter de oude vrouw een man staat, net zo oud en rimpelig als zijzelf. De man heeft een onwaarschijnlijk zachte glimlach om zijn mond. In zijn ogen zie je de oude vrouw en de moeder met de baby tegelijkertijd. Marit is af en toe onuitstaanbaar, maar ze heeft ontegenzeggelijk smaak.

Renate steekt haar hand uit om het boekje van me over te nemen. Ze bekijkt de foto uitvoerig. Achter ons in de tuin weerklinkt het harde mannengelach om een sterk verhaal, of een goeie mop. Iemand zet muziek aan, een wals.

Renate houdt de foto een eindje van zich af. Ze praat voor zich uit, haar stem klinkt onvast.

'Weet je, ik krijg ontzettend de neiging om hier een foto van mijn vader bij te doen. Niet eens om te provoceren, maar als een teken van erkenning. We moeten de waarheid onder ogen durven zien. Als het bloed zonodig eigen moet zijn, dan moet het 'vreemde' daarnaast ook een plek hebben. Of niet?'

Ze aarzelt, in haar ogen glanzen opkomende tranen. Ze kijkt ons even aan en begint in haar tas te rommelen. Ze opent haar portemonnee en haalt een foto uit een achtervakje.

'Ik heb deze vorige week gekopieerd, voor het geval dat. Wat vinden jullie?'

Ze houdt de foto tussen duim en wijsvinger. Een ernstige jongeman kijkt ons aan. De foto is zwart-wit.

'Hé, wie is dat?' Anne heeft een krukje meegenomen, en het cadeau. Ze gaat recht tegenover ons zitten, nog net in de schaduw van de grote kastanje. Ze reikt nieuwsgierig naar de foto.

Renate geeft hem aan haar. 'Die foto ken je toch wel? Mijn vader.'

'Oh ja, natuurlijk. Maar het is eeuwen geleden dat ik die foto gezien heb.'

Anne geeft me het kistje. Ik wikkel het losjes gevouwen pakpapier voorzichtig open.

'Of wil je die foto hierin doen?'

De vraag blijft tussen ons in hangen. Ze kijken nu allemaal naar het cadeau dat ik gemaakt heb. Ik houd het voor hen omhoog, draai het langzaam rond.

'Wacht even Tessa, niet zo snel. Oh, wat prachtig. Wat heb je me mooi geschilderd.' Marit is werkelijk verrast, dat doet me goed. Ik geef het kistje aan Renate. Ze draait het om en om in haar handen. Het zonlicht weerkaatst in de honderden spiegelende scherfjes. Renate bestudeert de trouwfoto op het deksel. Een stralend bruidspaar. Ze legt de foto van haar vader over Gerards gezicht. 'Kijk, zo was het voor mij.'

'Waarom plak je jouw vader niet aan de binnenkant van het deksel?' Anne spreekt mijn gedachten uit.

'Wat denk jij, Tessa?' Renate klinkt hoopvol.

Ik zet het kistje op mijn schoot en open het. Marit geeft me haar boekje, ik leg het erin. Het past perfect.

'Geef de foto eens?' Ik neem hem aan en leg hem op het houten deksel. 'Kijk, het zou wel passen. Wat wil je, Renate? Binnen is wel een tube lijm. Ik plak hem er zo in.'

Ik heb sterk de indruk dat we allemaal ons best doen Renate tegemoet te komen. Ikzelf wil alles het liefst zo snel mogelijk achter de rug hebben. Ik hoop dat dit feest niet te lang duurt. Als we nu even snel spijkers met koppen slaan en die foto gewoon in mijn kistje plakken, dan is Renate tevreden en kunnen we verder. Het maakt mij niet uit dat ze haar vader erbij wil hebben.

'Ik ga wel even.' Marit staat op en loopt weg. 'Ik wil toch even naar de kinderen kijken.'

'Hoe is het, Tessa? Je ziet minder bleek dan zonet.' Anne ziet er zelf blozend uit.

'Ja, ik voel me stukken beter, dank je. Zullen we het maar gewoon doen, Renate? Het is wel een statement, maar dat is wel eens goed. Toch? Bovendien is het een cadeau voor mama en niet voor papa. Als hij er moeite mee heeft, jammer dan.'

'Nog een drankje?' Marit draagt een blad met glazen en een tube lijm. 'Mama vroeg waar we waren. Ik heb gezegd dat ze hier maar heen moet komen. Het leek me wel gepast dat we dit onder elkaar doen. Ze komt eraan.'

'Nou Renate, ja of nee?'

Ik draai de dop van de tube en leg de foto ondersteboven neer. Ze ademt hoorbaar in.

'Ja, doe maar.'

Ik druk streepjes lijm langs de zijkanten van de foto en draai de dop terug. 'Wil je het zelf doen?'

'Ja, geef maar hier.' Ze pakt het kistje van me aan, ik wapper de foto heen en weer en geef die ook.

'Daar ga je.' Renate legt de foto zorgvuldig recht en plakt hem vast. 'Nu zijn we tenminste allemaal in beeld.' Ze wrijft met haar vingers over de foto, sluit het deksel en geeft het kistje weer aan mij. 'Pak het maar vlug weer in voordat mama er is. Je hebt het echt prachtig gemaakt, Tessa.'

Ze vallen Renate allemaal bij. Marit deelt de glazen uit. Ik zet het cadeau op het lege dienblad. 'Zo, nu is het van ons allemaal. Iemand van jullie mag het geven.'

Ik drink een klein slokje bronwater. Het lijkt goed te vallen. Ik laat me achterover zakken tegen de houten wand van het houthok. Wat als ik echt zwanger ben? Achter ons rennen de kinderen gillend rond.

'Daar zitten ze alle vier! Ach, wat gezellig: achter het houthok, net als vroeger. Nou meisjes, ik hoorde dat jullie een cadeautje voor me hebben...'

Renate staat op en duwt mama zachtjes op haar plaats. Zo kan ze zelf makkelijk weglopen. Slim. En ja hoor, natuurlijk is het Marit die het cadeau pakt en aan mama overhandigt. Zo leidt ze de aandacht van mij af. Alsof mama niet onmiddellijk ziet dat ik de maker ben. Ik ben eraan gewend, als kind was ze al jaloers op mijn talent om mooie dingen te maken. Het maakt me niet meer uit.

'Lieve mama, van harte met je vijfenzestigste verjaardag. We wilden je iets persoonlijks geven, een herinnering aan ons. Tessa heeft het natuurlijk gemaakt. Maar het is het van ons allemaal, voor jou. Alsjeblieft.'

'Oh meiden, wat spannend.'

Mama's vingers betasten het pakje en zoeken een opening in het papier. Ze vouwt het open en neemt het kistje in twee handen.

'Onze trouwfoto, wat mooi.' Haar vingers glijden over de glanzende lak. Dan ziet ze onze portretjes. 'Tessa, wat knap. Kijk toch, wat goed getroffen...'

Ze draait het kistje om en om, ze schudt ermee. 'Oh, en er zit ook nog wat in.' Ze opent het deksel en haalt het boekje eruit.

Er trilt iets in Renates mondhoek.

'Oh.'

Mama kijkt me aan en slaat haar hand voor haar mond. Ze kijkt op naar Renate. Ze bekijkt de foto van dichtbij, slaat het deksel dicht. Haar handen rusten op het kistje. Het cellofaan waarin het boekje zit verpakt, knispert tussen haar vingers. Ze kijkt rond. Haar ogen lopen vol.

'Wil jij het voor me bewaren, Tessa? Ik kom het later wel een keertje halen. Dit is geen goed moment. Gerard moet dit niet...'

Hoofdschuddend veegt ze haar ogen droog. 'Het is prachtig meisjes, heel mooi. Maar waarom moet die foto er nou bij?'

'Omdat die erbij hoort, mama. Als mijn eigen vader er niet bij mag, dan hoef ik er ook niet bij.' Een snik breekt Renates stem. Ze kucht hem weg en slaat haar armen demonstratief over elkaar.

Mama kijkt hulpeloos rond. Haar handen trillen en ze likt haar droge lippen.

'Goed, ik bedenk wel iets. Het is prachtig. Kan het ook op slot?'

Ze inspecteert het deksel, kust me dan snel op mijn wang. Dan staat ze op en kust Marit en Anne. Renate wendt haar hoofd af als mama's mond haar wang nadert. De kus belandt ergens in de lucht tussen hen in.

Mama haalt een hand over haar ogen. Haar stem klinkt schor. 'Nou ja, we zien wel. Kom, ik moet weer naar mijn gasten. Komen jullie mee?'

Als ik niet al misselijk was, dan was ik het hier wel van geworden. Ik moet er niet aan denken verantwoordelijk te zijn voor een gezin. Wat kan je allemaal wel niet overkomen? Renate stapt onhandig opzij om mama er langs te laten. Met opgeheven hoofd loopt ze bij ons vandaan, het kistje schitterend onder haar arm.

Marit

'Wilde mama zoiets moois niet hebben?'

Chantal kijkt ongelovig naar haar opa. Hij test met zijn grote handen de dakconstructie van het poppenhuis, glijdt met een dikke wijsvinger langs de goten.

'Nee meisje, je moeder was beledigd. Ze liet het liever hier.'

'Maar waarom dan? Het is toch prachtig?' Chantal haalt bewonderend een miniatuurbedje uit een van de slaapkamers.

Ik vind dat ik me ermee moet bemoeien. 'Nou Chantal, het was wel iets meer dan een kwestie van beledigd zijn, hoor. Er zit een ingewikkeld verhaal aan vast. Misschien moet je moeder dat zelf maar eens vertellen.'

Ze kijkt me aan. Papa ook. Ik vraag me af wat Renate ertoe gebracht heeft dat ding hier neer te zetten. Dit is niet bepaald de aangewezen dag om de dingen onder het stof vandaan te halen, lijkt mij.

'Mama praat liever niet over dingen van vroeger. Dit zal ze ook wel niet willen vertellen.' Chantal zet het bedje terug in het huis en legt er voorzichtig een poppetje in. 'Ik vind het mooi, opa.'

'Je mag het meenemen hoor, het is van je moeder.'

'Goed, ik ga het haar vragen. Waar is ze?'

Ze springt op en haast zich naar binnen. Papa komt met moeite overeind en pakt zijn pilsje uit het gras. Hij drinkt het glas in één teug leeg en kijkt rond naar de gasten in zijn tuin.

'Ik hoop niet dat je moeder zich te druk maakt vandaag. Ze was al zo gespannen en dan ook nog dit gedoe.'

'Mama redt zich wel, dat doet ze altijd. Waarom moest je dat weer over Renate zeggen zonet, waar iedereen bij was?' Ik houd mijn adem in. Dat ik dit zomaar aansnijd.

David zit met Pelle, Tim en Thomas aan een tafeltje. Ze eten hapjes van een groot bord. Pelle is alweer helemaal smerig. Tim spuugt iets uit.

'Het hoofdstuk Renate moet maar eens afgesloten zijn. Het begint iedere keer weer opnieuw. Ik zeg liever: laat het verleden rusten en drink op de toekomst!' Hij houdt zijn lege glas omhoog en loopt weg naar de bar.

David praat en lacht met een van de jonge serveersters. Pelle ziet me en klimt van Davids schoot. Hij rent op me af. Alle energie lijkt uit me weg te vloeien en ik stuur hem terug naar David. Hij doet wat ik zeg en begint tegen Tims been te schoppen. Ik doe of ik het niet zie en loop naar binnen. Er staan mensen bij de cadeautafel en bij het aanrecht. Ik wil ze niet zien en ga naar het toilet. Ik ga op de pot staan. Door het openstaande tuimelraampje kan ik zien hoe David zich bezighoudt met het meisje. Ze lachen en ze gooit haar mooie hoofd naar achteren. Haar borsten steken naar voren. Ik stap van de wc en was mijn handen, plens water in mijn gezicht. Ik ga zitten. Het lukt me niet mijn gedachten te ordenen. Mama's verwarring over het cadeau zit me dwars. Arme Renate, maar waarom weer zo provoceren? Ik laat mijn hoofd hangen en probeer me te ontspannen.

Dwars door het geruis van de feestelijke stemming buiten klinkt plotseling het ademstokkende gieren van remmende banden over asfalt. En dan de ijzingwekkend harde klap van metaal tegen steen. In de suizende stilte slaat mijn hart een slag over.

De haren in mijn nek komen overeind. Op het tuinpad klinkt het ritmische geluid van voetstappen, een schreeuw. 'Nee!'

Het duurt een eeuwigheid voor ik buiten ben.

Anne

'Weet jij wat de Ziekte van Middleton is?' Ik weet dat ze het een idiote vraag zal vinden, maar ik moet hem stellen.

'Is dat niet een boek? Hoezo?'

'Iemand die ik heb leren kennen zei dat hij tijdens zijn eindexamenjaar dat boek van Gerrit Krol heeft stukgelezen. Het gaat over ene Margaret Middleton. De ziekte die ze heeft, is haar cupmaat. Sindsdien is hij gefascineerd door alles wat meer is dan cup D.'

'Zo.' Thea schenkt water in onze glazen. 'Nee, ik heb het niet gelezen. Jij wel?'

Toen Richard me dit verhaal vertelde, bood hij aan het boek voor me te kopen. Ik heb geweigerd, van een man wil ik zoiets niet hebben. Hij drong gelukkig niet aan.

'Nee. Maar ik had nog nooit gehoord van een literair werk over dit onderwerp. En dat mijn afwijking een ziekte wordt genoemd.'

Er is te veel gebeurd afgelopen week.

'Het ergste is dat een kind van mijn zus onder een auto is gekomen.'

Ik sla mijn ogen neer en wiebel met mijn tenen. Ik schaam me dat ik de sessie ben begonnen met zoiets triviaals als een cupmaat. Ik schaam me er ook voor hoe ik tegelijkertijd bezig kan zijn met heel verschillende dingen – een in coma liggend kind en mijn voorzichtig beginnende relatie met Richard, seksuele opwinding en doodsangst. Hoe klassiek. Ik snak naar rustgevende tabletten, maar ik wil per se zonder kunnen.

'Wil je er iets over kwijt?' Thea's lieve ogen zijn groot in haar bezorgde gezicht.

'Nee, eigenlijk niet. Ik vond dat je het moest weten. Het is afwachten, de artsen doen wat ze kunnen, het kan twee kanten op.'

‘Wat angstig moet dat zijn. Is er iets anders waar je wel over wilt spreken?’

Het liefst wil ik hier gewoon even stil zitten. Maar daar wordt ze niet voor betaald. Er moet natuurlijk wel enige vooruitgang geboekt worden. Ik sla mijn benen over elkaar en ga achterover zitten. Na een minuut stilte spiegelt ze mijn houding.

‘Wil je de sessie liever stoppen, Anne?’

Als antwoord haal ik mijn schouders op.

‘Weet je het niet, of is het je om het even?’

‘Ik weet het niet. Eerlijk niet, ik heb geen idee waarover ik het met je moet hebben. Ik zou weer aan het werk willen om te voelen of ik het alweer kan. Ook om afleiding te hebben van alles wat de hele dag door mijn kop maalt.’

Mijn handen zijn plotsklaps helemaal klam.

‘Als ik je eens help met ordenen?’

‘Goed, doe maar.’ Ik leun afwachtend achterover.

Ze haalt diep adem en laat haar ogen door de kamer dwalen, langs het plafond en het vloerkleed. Ze focust ten slotte op haar handen. Dan richt ze haar blik op mij.

‘Op de voorgrond staat natuurlijk dat ongeluk. Dan is er iemand die je hebt leren kennen. Ten derde sta je voor een keuze: wel of geen borstverkleining. En de kwestie: wanneer hervat ik mijn baan? Klopt dat?’

Ze heeft vier vingers opgestoken. Ik herhaal het rijtje in gedachten. OngelukRichardborstenwerk.

‘Ja, dat is het wel zo ongeveer.’ Het komt me voor dat ik in een enorme taaie zeepbel zit. Ik herinner me de droompaniek.

‘Wat gebeurt er met je als je dit hoort?’ Ze neemt een slokje water. Er blijft een rode afdruk op haar glas achter.

‘Dan verstijf ik. Ik raak in paniek.’

‘Kun je die paniek nu voelen?’

‘Ja.’ Er drukt iets zwaar op mijn borst.

Ze gaat verder. ‘Kun je voelen waar het in je lichaam zit?’

‘Ja, in mijn maag en in mijn keel.’

‘Sluit je ogen, Anne. En richt je aandacht dan naar binnen, op je keel en op je maag. Als je het gevoel daar zou beschrijven, zeg maar: als sensatie, hoe ziet het er dan uit?’

'Dan krioelt het van de kleine beestjes in mijn maag. En in mijn keel voelt alles opgezwollen, alsof het daar dichtgeknepen wordt.'

'Goed. Haal nu eens iets, of iemand, voor ogen voor wie je liefde voelt, van wie je houdt.'

Onmiddellijk voert mijn innerlijke criticus het hoogste woord: heb jij eigenlijk wel iemand van wie je houdt? Is er iemand die van jou houdt? Houd jij wel echt van mensen? Je zussen, je vader en moeder, Richard? Nu al? Kun jij überhaupt van iemand houden? Ik snoer mijn criticus in gedachten de mond en kies mijn neefje. Het beeld van het doodstille kind, vol met slangetjes, vervult me met angst. Ik probeer me zijn gezichtje van voor het ongeluk voor de geest te halen. Van hem houd ik echt. En natuurlijk van Marit, van al mijn zussen. Ik richt mijn aandacht op het gevoel voor hen. Het duurt lang, ik blijf uit alle macht Pelles lachende snoetje voor me zien.

'En Anne, verandert er hierdoor iets aan je gevoel van paniek?'

Verdomd, ik voel me lichter. 'Ja, dat is veel minder nu.'

'Oké. Denk nu eens terug aan het rijtje dat ik zonet noemde. Herinner je je het nog?'

'Ja hoor. Ongeluk, Richard, borsten en werk.'

'Goed, houd dit rijtje voor ogen en denk vervolgens aan het gevoel van liefde. Wat gebeurt er?'

Ik neem de tijd om te doen wat ze van me vraagt. Het paniekgevoel verdwijnt. Ik krijg weer lucht.

'Ik kan weer ademen en het is veel rustiger in mijn buik.'

'Mooi. Deze oefening kun je doen, telkens wanneer je gevangen bent in een gevoel van onmacht of angst. Het zal je helpen de controle over jezelf terug te krijgen. Wat denk je ervan?'

'Ja, ik denk dat ik hier wel iets mee kan.'

'Zullen we afspreken dat je hiermee oefent de komende week? Dan hoor ik graag hoe het voor je heeft gewerkt.' Ze glimlacht. 'Zullen we het dan hierbij laten voor vandaag?'

'Ja, laten we een nieuwe afspraak maken.'

En laat me dit gevoel alsjeblieft een tijdje vasthouden.

Renate

Het grind knarst onder onze schoenen. Voor ons strekt het zandpad zich zacht glooiend uit, als een wit lint. Het felle geel van de boterbloemen knalt tussen het groen. Drie paarden grazen dicht naast elkaar, vlak bij de afrastering. Ik houd mijn pas in, Wim stopt vlak naast me. De grasmalende kaken van de paarden zijn heel duidelijk te horen. Een warm windje aait langs mijn gezicht. Nooit eerder heb ik hier met een man gewandeld. Het voelt een beetje ongemakkelijk.

Een van de paarden kijkt op, zijn donkere wimpers steken ver uit. Hij strekt zijn hals en biedt me zijn neus aan. Ik pluk wat lang gras en houd het plat op mijn hand. Natte lippen happen het van mijn handpalm. Ik klop op zijn hals. Het paardenhaar is zacht en warm van de zon. Even verderop spreidt een merrie haar achterbenen. Ze plast in een krachtige straal. Het duurt lang, het moeten liters zijn. Het enorme geslacht van de hengst verderop komt tevoorschijn, wordt almaar langer en beweegt in korte stoten. Het zwiept heen en weer als het dier begint te lopen. Een vage gêne kleurt mijn wangen, ik ben me zeer bewust van Wims aanwezigheid naast me. Dat hij weet dat ik dit zie.

'Zullen we weer verder?' Ik loop door. Links van me loopt Wim mee, rechts lopen twee van de paarden achter ons aan. Ik herinner me duidelijk het gevoel van macht dat ik vroeger had, hoog op de paardenrug, de teugels en het zweepje in de juiste houding. Ik reed wekelijks.

'Ik heb vroeger paardgereden. Tot mijn vijftiende had ik iedere week les op de manege.' Mijn stem klinkt gejaagd, ik praat snel om de schaamte die ik voel te verhullen.

'Wat leuk. Dat is echt een meisjesding, hè? En nu, rijd je nog steeds?'

'Nee. Het is duur en ik heb de spullen niet meer. Gek genoeg geeft Chantal er niets om.' Het is financieel gezien maar goed ook dat ze dat niet wil.

'Je ziet er een beetje moe uit, Renate. Heb je hard gewerkt? En hoe was het feest van je moeder?'

De paarden keren om en lopen terug. Er vliegt een groep kraaien op uit de bomen midden in het veld. Met veel lawaai cirkelen ze in grote bogen om elkaar heen.

Het feest? Ik had gehoopt er even niet aan te hoeven denken. Pelle, liggend op straat met een in- en inwit gezichtje. Het dunne streepje rood dat uit zijn mondje langs zijn wang gleed. Het gillen, eerst van Marit en daarna van de sirene. Het ziekenhuis. Het schuldgevoel. De tollende vragen. Als ik niet... dan... Mijn lijf doet pijn, de spanning snoert mijn spieren strak aan.

'Moe? Ja, ik heb de laatste tijd hard gewerkt en veel aan mijn hoofd.' Ik schop een steen met een boog weg. Zand wolkt omhoog.

'Had je moeilijke uitvaarten?'

Stof kleeft grijs aan de punten van mijn wandelschoenen. Wim en ik zijn even groot, als ik hakken draag, ben ik langer. Nu kijken zijn ogen vanzelf recht in de mijne.

'Ja, vreselijk. Er was een meisje dat verongelukt is, van Chantals leeftijd. Dat hakt er wel in bij me, dat went niet. Waarschijnlijk went dat nooit.'

'Nee. Wat afschuwelijk. Waarom doe je dit werk eigenlijk?'

Ik haal mijn schouders op.

'Ik ben er goed in. Het verdient behoorlijk. Ik ben eigen baas. En het is mooi werk.'

'Hoe ben je er ooit in verzeild geraakt? Is daar een opleiding voor?'

Er heeft zich een roofvogel bij de kraaien gevoegd. Hij wordt door de hele groep aangevallen. Ze jagen om beurten achter hem aan. De vreemde vogel heeft het niet makkelijk, maar hij weet de aanvallers steeds te snel af te zijn. Uiteindelijk vliegt hij weg. Wim heeft een idiote roze pet op. Giro staat erop. Zeker van de Postbank. De klep staat omhoog, hij moet zijn ogen haast dichtknijpen tegen de zon. Ik draag een zonnebril.

'Nee, een echte opleiding is er volgens mij niet. Er zijn cursussen en er is iets op het gebied van rouwbegeleiding. Bijscholing. Ik heb het voornamelijk van een vroegere collega geleerd. Gewoon meelopen, goed kijken en verstandig nadenken.’ Ik hoor mezelf praten. Ondertussen moet ik steeds aan die hengst denken. Ik ga iets harder lopen.

‘Je conditie is goed, Renate. Zullen we daar even gaan zitten?’

In de bocht verderop staat een bankje. Erachter grazen Lakenvelders. Ze lijken met een verfroller beschilderd, de scheiding tussen zwart en wit is haarscherp getrokken. We gaan zitten. Wim haalt een flesje water uit zijn kleine rugzakje, en twee appels. We eten zwijgend, sap loopt langs mijn kin. Hij neemt enorme happen, zijn appel is zomaar tot op het klokhuis verdwenen. Als hij drinkt, beweegt zijn adamsappel. Hij veegt het mondstuk schoon met zijn hand en biedt me de fles aan.

‘Graag.’

Nu loopt het water langs mijn kin. Ik grinnik, hij ook.

‘En je moeders feest?’

‘Het was vreselijk.’ Ik laat het ongeluk nog even achterwege. Niet alles tegelijk. ‘Eerlijk gezegd had ik diep in mijn hart niet anders verwacht. Ik was er drie jaar niet geweest. Ik hoopte dat de dingen anders zouden zijn, dat mijn stiefvader anders zou zijn. Maar hij was nog precies hetzelfde. Gerard is zo’n typische vertegenwoordiger. Zijn gladde praatjes maken hem glibberig. Hij is zo iemand met altijd een weerwoord.’ Het stoort me dat ik opnieuw boos en ongelukkig word. Ik wil van het onderwerp vandaan. ‘En jij, leven jouw ouders nog?’

Met een wijde armbeweging gooit hij het klokhuis ver in het groene land voor ons. Hij likt zijn duim en wijsvinger af en veegt ze droog langs zijn lichte katoenen broek. Zijn arm legt hij achter me op de leuning van de bank.

‘Ben jij drie jaar niet bij je ouders geweest? Daar moet een hoop gebeurd zijn. Heeft dat te maken met je stiefvader?’

Hij weet enkele feiten over mij en ons gezin. Die heb ik hem verteld. Maar feiten zijn slechts de zichtbare topjes van de enorme ijsbergen onder het oppervlak. Daar weet hij nog niets van. Ik aarzel om hem te vertellen over mijn gevoel er niet bij te horen. Ik wil nu niet aankomen met mijn stiefdochterverleden. Ik wil niet klinken als een sprookjesboek.

‘Ja, het heeft alles met hem te maken. Mijn echte vader is overleden toen ik drie maanden was. Van hem weet ik bijna niets. En mijn stiefvader heeft mij nooit echt als zijn dochter gezien.’

Ik praat voor me uit, kijk hem niet aan.

'Doe je daarom dit werk? Eer je de overledene door het noemen van zijn of haar naam, door het benoemen van de familieleden? Wil je daarmee de doden de plek geven die hen toekomt?'

Ja, natuurlijk. Dat is wat ik doe! Ik heb het nooit gezien, dacht dat ik zomaar in dit werk gerold was. Ik doe postuum voor mijn vader wat ik als kind nooit heb kunnen doen. Wim verrast me zo met wat hij ziet, met wat hij kan benoemen. Ik leg mijn hand op zijn knie en knik. 'Ja, ik geloof het wel.'

Het geel van de boterbloemen en het groen van het gras lopen door elkaar heen door mijn tranen. Ik wrijf ze weg, hij biedt me water aan.

'Mijn ouders zijn allebei overleden.' Hij praat langzaam, weloverwogen. 'Bij een auto-ongeluk. Ik was vijfendertig. Ze zijn op een mistige avond, na een verjaardag bij familie, te water geraakt. We hebben ze tegelijk moeten begraven. Heb jij dat wel eens gehad?'

Een duobegrafenis. Twee kisten naast elkaar. Ik heb er wel eens over gehoord van een collega. 'Nee, nog nooit.'

De troep kraaien komt boven ons vliegen. De roofvogel is verdwenen.

Ik kijk hem aan. 'Mis je je ouders nog wel eens?' Ik probeer me voor te stellen hoe het zou zijn.

'Nee, niet meer. Je raakt eraan gewend dat je niet meer op ze terug kunt vallen. Het leert je echt op eigen benen te staan.'

Zijn vingers tokkelen achter me op het hout van de rugleuning. Opnieuw het beeld van de hengst, de zwiepende beweging van dat enorme ding. Ik verdrijf de opkomende hitte met het in mezelf herhalen van zijn woorden. Ik wilde dat Gerard en mijn moeder ook een ongeluk kregen. Op slag dood. Op eigen benen. Rust.

Ik schud met mijn hoofd en knipper met mijn ogen de schaamte weg. Iets anders nu.

'En je vrouw? Ben je al lang gescheiden?' Voor het eerst durf ik er iets over te vragen. Van zijn werk weet ik dingen, van zijn sportactiviteiten, van zijn studerende kinderen en zijn vriendschap met zijn overleden vismaatje. Feiten. Maar van zijn ex weet ik niets.

De kraaien zijn opnieuw in het groepje bomen verderop neergestreken. Het schorre gekras draagt ver over de velden. Hij haalt zijn arm achter me vandaan.

'Zullen we ondertussen verder?' Hij staat al en biedt me nogmaals water aan. Hij bergt de fles terug in de rugzak en doet die om. Mijn knieën kraken als ik naast hem opsta. Ik strek mijn rug een paar keer voor ik hem volg. Opeens vind ik het fijn om hier met een man te lopen, met Wim. Zijn brede rug nodigt me uit. Met een paar snelle passen heb ik hem ingehaald.

'Mijn ex... Ik heb je toch verteld dat ik sinds zes jaar alleen ben? Zesenhalf, bijna. Mijn vrouw – mijn ex-vrouw moet ik eigenlijk zeggen, maar dat ligt nogal ingewikkeld – overleed drie dagen nadat we besloten hadden om te scheiden. Ze kreeg een hartaanval tijdens het hardlopen. Het klinkt ongelooflijk, dat weet ik, ik kon het heel lang ook niet geloven. Maar ik was dus plotseling weduwnaar in plaats van een gescheiden man.'

Hij kijkt me aan. Ik houd mijn pas in, kijk hem ook aan en blijf dan stil staan. Hij draait zich naar me om, haalt zijn schouders op. 'Het kan raar lopen in een leven. Daar weet jij alles van, Renate.'

Zout prikt opnieuw in mijn ogen, gelukkig onzichtbaar achter mijn bril. Zijn hand ligt ineens warm om mijn bovenarm.

'Ik voel me nu niet schuldig meer, maar dat heeft wel een paar jaar geduurd. Ook voor de kinderen. Ze zien nu wel dat hun moeder geen heilige was, dat ik haar niet de dood ingejaagd heb. We gaan weer normaal met elkaar om, voor zover mogelijk natuurlijk. We zien elkaar geregeld. Ze zoeken me uit zichzelf weer op.'

Hij haalt zijn hand weg van mij en draait zich om. Met zijn rug naar me toe veegt hij langs zijn ogen.

Om ons heen is het land onverstoorbaar stralend geel en groen, vermaken de kraaien elkaar met gekras en vliegbewegingen. Een dikke hommel schommelt als een dronkenman voorbij. Nu leg ik mijn hand op zijn schouder. Hij draait zich in een snelle beweging om en omarmt me. Zijn kin rust op mijn schouder, vingers bewegen heen en weer langs mijn rug. Voor ik het weet liggen mijn handen rond zijn schouders. We staan midden op het zandpad. Hij mompelt. 'Zo lang geleden...' Hij laat me los en doet een stap naar achteren. 'Sorry Renate, sorry.'

Ik voel me overvallen, maar ik vind het geloof ik niet zo erg. Het was warm, levend. God, wat voelde dat levend, een man tegen me aan. Ik doe een stap naar voren en sla opnieuw mijn armen om hem heen. Weer dat warme kloppende lijf. Ik sluit mijn ogen en blijf doodstil in deze omhelzing staan. Hij ook.

We verstenen in de warme zon. Ik geloof dat hij me kust, ja, langs mijn hals omhoog naar mijn wang. Ik houd mijn adem in.

Tessa

Het atelier ziet er leeg uit. Het licht valt egaal grijs door het dakraam op de opgeruimde werktafel. De tubes verf liggen keurig gerangschikt naast elkaar en de schone penselen zijn in bosjes bijeengezet. Er staan nog steeds doeken tegen de muur, met hun rug naar me toe. Ruben wrijft zijn handen tegen elkaar, het maakt een droog schurend geluid.

'Wat wil je horen?'

Hij knielt bij de muziekinstallatie, het geluid van de plastic doosjes lijkt te weerkaatsen tegen de stilte.

'Doe maar wat. Maakt niet uit.'

Hij legt een cd in de speler. Pianomuziek klatert de ruimte in, *The Köln Concert* van Keith Jarrett. Een rilling kruipt langs mijn ruggengraat omhoog. Ik wil geen kind.

'Hoe loopt de expositie? Heb je veel verkocht?'

'Zes doeken. Goed hè?'

Hij staat op. 'Wil je iets drinken? Ik heb thee, wijn.'

'Nee, dank je. Een glas water misschien.'

Hij laat de kraan lang lopen. Ik moet iets wegslikken als ik zijn gebogen gestalte zie.

Als hij zich omdraait, druppelt er water van het glas op de vloer. 'Alsjeblieft.'

'Dank je.'

Ik pak het glas aan, leg mijn andere hand in zijn nek en trek hem naar me toe.

De sensatie van de eerste aanraking met zijn tong siddert als een slang door mijn buik.

'Ik mis je, Ruben.'

Hij antwoordt niet, maar zuigt in plaats daarvan mijn onderlip naar binnen en wrijft zijn tong tegen de mijne.

De slang kronkelt.

Ruben neemt het glas uit mijn hand en zet het op tafel. Dan strijkt hij het haar uit mijn gezicht en glijdt hij langs mijn oorschelp naar mijn nek. Hij speelt zachtjes met mijn haren. Ik trek zijn shirt omhoog en overdonderd door zijn geur duw ik mijn neus diep in zijn oksel. Zout, aarde, mest en ijzer. Man.

De slang strekt zich in mij uit.

Ik schop mijn pumps de ruimte in en zuig me aan hem vast. 'Nooit meer alleen.' Ik fluister de drie woorden tegen zijn borst. Ze blijven echoën in mijn hoofd. Ik maak me los en zet de muziek harder. Hij pakt me beet en tilt me naar de bank, ik duw zijn hand tussen mijn dijen.

De slang cirkelt, op zoek naar zijn staart.

Er kan niets gebeuren, en als er toch iets gebeurt is dat waarschijnlijk beter. Het is nog niet groter dan een kleine pinda, of zoiets. Diep weggestopt. Mijn vingers glijden om zijn prachtige, strakke pik. Een druppel ligt glanzend op de top. Ik wrijf hem uit met mijn duim.

Wie zaait zal oogsten.

Hij tilt mijn heupen op en komt omhoog om naar me te kunnen kijken. Ik spreid mijn lippen, en leid hem binnen.

De slang schokt sidderend.

'Zachtjes, niet zo diep.'

Hij kust me stil. Beweegt vertraagd, behoedzaam. Een traan rolt uit mijn ooghoek, kriebelt bij mijn oor. Een kind betekent verantwoordelijkheid. Nu al. Verdomme!

Ik verbijt me in zijn schouder, graaf mijn nagels in zijn zachte vel. Keith bespeelt de toetsen naar het hoogtepunt. Of dieptepunt.

Mijn borsten zijn gevoelig, bijna pijnlijk gespannen. 'Niet m'n tepels.'

Zijn handen glijden over mijn buik naar beneden, vinden mijn gezwollen clitoris.

De slang verstijft in zijn bewegingen en houdt zich stil.

Ruben likt met het puntje van zijn tong mijn gesloten oogleden droog. Ik zie een nest vochtige katjes. Een pasgeboren kalf, een slordig hoopje vacht, nog aan de navelstreng. Hoe de koe het leven in haar jong likt. Stevige halen van een raspende, roze tong.

Ik draai mijn hoofd weg van zijn mond. Leg – nee: duw – mijn handen op zijn billen en dwing hem in een sneller ritme. Zijn vingers bewegen mee. Ik voel mijn orgasme al voordat het er is.

De slang windt zich beschermend om de kleine pinda.

'Kom maar, diep.'

Hij kijkt me aan, likt mijn lippen. 'Zeker weten?'

Ik laat mijn hoofd ver achterover vallen, sluit mijn ogen en leg mijn handen op mijn borsten.

'Ja. Nee. Niet in me spuiten.'

Hij stopt zijn vingers in mijn mond, ik zuig en bijt zachtjes. De spieren in mijn vagina omhelzen hem nog steviger. Hij trekt zich uit me terug, kromt zijn rug en schokt. Hij vangt het zaad op in zijn hand. Een paar druppels vallen op mijn dij. Langzaam trekken ze een glanzend spoor.

De slang beweegt zich traag en loom, diep in me. Hij richt zich nog eenmaal omhoog en rolt zich uiteindelijk stevig op.

Slang. Esculaap. Pelle. Uit mijn buik golft een snik omhoog en ik draai me op mijn zij.

'Heb ik je pijn gedaan, lieverd?' Zijn stem klinkt bezorgd. Hij buigt zich over me heen. Ik sla mijn armen om mezelf heen. Hij pakt een grote doek van de stapel, de mooie donkerblauwe. Waar was die ook alweer van? Verdomme, die hoort bij 'verwachting'. Hij legt de lap over me heen en trekt zelf zijn slip en spijkerbroek aan.

'Hier, drink een slokje water.'

Ik kan alleen maar nee schudden, er zit een dikke prop in mijn keel. Ik probeer hem weg te slikken, maar dat is onbegonnen werk. Ik moet adem zien te halen langs het snot dat uit mijn neus loopt.

'Zakdoekjes.' Het komt eruit als gefluister. Hij komt terug met twee schone theedoeken.

'Ik heb geen zakdoekjes. Is dit ook goed? Ze zijn schoon.'

Ik snuit mijn neus in een ervan en leg de andere over mijn gezicht. Hij komt naast me op de grond zitten, veegt het zweet van mijn voorhoofd en kust me zacht op mijn haren. Mijn bovenlichaam schokt en ik probeer de golven paniek die omhoogkomen weg te ademen. Ik heb me hier nog nooit zo naakt gevoeld.

De slang spuit zijn gif berekenend, fluistert diep van binnen: Ruben zou een goede vader zijn. Alex ook. Allebei zijn ze zorgzaam en zachtaardig. Maar kinderen krijgen de meest afschuwelijke ongelukken en gaan dood, soms al als baby, of als kleuter. Ze worden gepest, of zijn de dupe van scheidende ouders. Ze krijgen stiefvaders of -moeders. Ze lopen weg van huis of ze raken in coma.

Opnieuw stromen mijn tranen. Ruben staat op en brengt een rol wc-papier mee. Hij komt weer naast me zitten en vouwt zakdoekjes. 'Tessa. Vertel me alsjeblieft wat er aan de hand is.'

'Ach, niks. Laat me maar, ik moet ongesteld worden.'

Marit

Er is een ijskoude stilte in mijn hart komen wonen die mijn bloed bevriest. Mijn vingers bewegen moeizaam over de toetsen. Daar lig je, vlak naast me – en onbereikbaar.
Ik heb de laptop meegenomen om de tijd te overbruggen. Deze 'wacht' duurt eindeloos. Ik word gek van de stilte en de angst. Papa is thuis. Ik stel me voor hoe hij naast je broertje ligt te slapen. Je brengt ons dicht bij elkaar, mijn allerliefste zoon, maar wat hebben we daaraan?
Je blonde krullen liggen slap op je voorhoofd en je handje met het infuus erin lijkt opgezwollen. Er zit een slang in je neus, een pleister houdt hem op zijn plaats. Je borst beweegt ritmisch omhoog en weer omlaag. Een infuus en een katheter doen het werk. Het staat hier vol apparaten met wijzers, tikjes, piepjes en andere typische ziekenhuisgeluiden. Ieder halfuur komt een verpleegkundige naar je kijken. Ze checken, controleren, verwisselen en zeggen aardige dingen tegen me.
Wat ben je bleek, mijn kind. Waar zou je aan denken? Welke film zie je? Of is het donker waar je bent? Dat is misschien wel het ondraaglijkst van alles, dat ik niet weet welk leed ik kan verzachten, welke angsten ik voor je kan bestrijden en welke monsters ik voor je zou moeten verjagen. Niet meer te weten waar je bent, maakt me radeloos. Het is moeilijk om niet steeds aan het ergste te denken. Aan dat je helemaal niet meer... Nee, niet aan denken nu. Kom op, Marit, verman je. Nog even – dit kan nooit meer heel lang duren. Leid jezelf af, dwing jezelf de dag in chronologische volgorde af te lopen. Volg het strakke ziekenhuisschema waarin de dagen zich ontrollen. Aan het begin van de dag het geluid van

rammelende karren die onze deur voorbij gaan. Dan de verpleegkundige die je komt wassen. Het ritme hier geeft een schijn van houvast.
Vanmiddag waren opa en oma hier. Ze stonden huilend naast me aan je bed. Ik heb opa nooit eerder zien huilen, er stroomden stille tranen over zijn wangen. Oma kon het niet lang aanzien, ze heeft op de gang op hem staan wachten. Toen ze weg waren, vond ik een knuffeltje op je kussen, dat had opa er neergelegd.
Het is verschrikkelijk voor ze dat het ongeluk juist bij hen thuis gebeurde. Maar wie had kunnen bedenken dat jullie elkaar achterna zouden zitten met spullen uit dat stomme poppenhuis? Waarom heeft Renate dat poppenhuis naar beneden gehaald? Waarom heeft je opa die stomme dingen tegen haar gezegd? Waarom heeft oma niet ingegrepen? Waarom zeggen wíj, je tantes en ik, opa niet de waarheid? Waarom, Pelle? Waarom zat ik zo lang op het toilet? Waarom heeft papa je niet gezien? Of een van de anderen?
Waaromwaaromwaarom? Waarom niet? Waarom rende je de straat op en niet de boomgaard in? Waarom naar voren en niet naar achteren? Waarom alleen en niet samen?
Er zijn te veel mensen die de schuld bij zichzelf neerleggen. De schuldvraag is zo zinloos. We halen jou er niet mee terug. Oh Pelle, lieve Pelle.
Even dacht ik een beweging van je hand te zien. Ik tuur mijn ogen uit mijn kop. Het was niets, mijn verbeelding speelt me parten. Ik ben al dagen niet thuis geweest, ik woon nu hier, bij jou. Mijn ogen zijn rood en branden van de droge lucht. Soms val ik even in slaap. Ik wil nog wakker blijven. Ik moet wakker blijven, dit is mijn wake, voor als jij wakker wordt. Stel je voor dat je je oogjes opslaat en ik dat mis. Nee. Ik moet gewoon aan dingen denken, mijn hoofd erbij houden. Ik zal je het verhaal vertellen van het poppenhuis. Dat zal me helpen nog even alert te zijn.
Je weet dat opa heel goed mooie dingen kan maken. Hij heeft 'gouden handjes', zo noem je dat. Op een dag had hij een plan: hij zou voor zijn dochters de mooiste poppenhuizen bouwen. Het is pas een paar jaar geleden, wij waren natuurlijk al veel te groot om ermee te spelen. Opa werkte maanden aan het eerste poppenhuis,

bijna een heel jaar. Toen hij klaar was met bouwen ging mama het behangen en legde ze er kleine stukjes tapijt in. En toen zij daar weer mee klaar was, richtte hij het in – compleet met meubeltjes, poppetjes en dieren. Die van mij had twee poezen in de vensterbank en een minivissenkom. Na drie jaar had hij drie huizen gemaakt. Toen was hij het zat en is hij ermee gestopt. Ik weet niet of hij nog plannen had voor een vierde. Toen we dat jaar jarig waren, kregen we van opa de zelfgemaakte poppenhuizen. Behalve tante Renate. Die kreeg een boek, geloof ik. Toen is ze heel boos geworden op opa. Je moet weten dat opa niet haar echte vader is. Haar echte vader is dood en opa is dus haar stiefvader. Ze was verdrietig en voelde zich, voor de zoveelste keer, achtergesteld. Toen heeft opa iets heel doms gezegd tegen haar. Hij zei: 'Eigen bloed gaat voor.'

Het jaar daarop heeft hij toch nog een poppenhuis voor haar gebouwd. Maar toen hij het haar wilde geven, zei ze dat ze het niet zou aannemen. Het hoefde voor haar niet meer. Daarom is het al die tijd op zolder blijven staan. En daarom is tante Renate heel lang niet bij opa en oma thuis geweest. Oma's feest was weer de eerste keer. Maar helaas heeft opa ook toen weer iets doms gedaan. Hij zei dat hij met zijn drie 'bloedeigen' dochters op de foto wilde, en dat hoorde tante Renate hem zeggen. Daar werd ze heel verdrietig van.

Je opa is een driftkop en een moeilijke man. Jij zult dat nog niet kunnen begrijpen, maar het is heel erg als mensen onderscheid maken tussen hun kinderen. Tante Renate heeft toen uit woede het poppenhuis van zolder gehaald en in de tuin neergezet. Ik snap zelf ook niet zo goed waarom. Had ze dat maar nooit gedaan! Jullie hebben er eerst wel fijn mee gespeeld, maar toen ben jij met een van de kleine speelgoedhondjes de straat op gerend. Je kunt je voorstellen dat je tante zich schuldig voelt, en je opa. Waarschijnlijk oma ook, en papa. En ik.

Mijn God, weer dacht ik dat je je bewoog. Maar nee, het was een hersenschim, een vlaag, een waan... Mijn borst doet pijn van alle keren dat ik mijn adem heb ingehouden om je beter te kunnen zien.

Klei
Koude weerstand
Stompe vingertoppen
Dooiwit
Beukend vlees breekt bot op natte aarde

Braaistuk
Zwartgeworden bloed
Van mijn bloed
Nageboortig vlies
Wurgstreng
In en uit
Of uit en in
In elk begin
Geboortelijke schreeuw
Nu al slotakkoord

Wie nam het woord
Uit mijn mond
Wie gaf het woord
Weg
Van mij

In zijn enorme speeltuin
Kleit hij aarde en water
Beukt leven in materie
Blaast zuur- en stikstof
Léven zal het

Nu ga ik stoppen. Mijn hoofd tolt en ik kan niet meer. Mijn hoop is dat je dit op een dag zult lezen, later, als je groot bent. Dan zal het schrijven van dit dagboek, dat ik voor jou schrijf en waarmee ik je levend hoop te houden, niet voor niets zijn geweest.
Lééf, mijn Pellelief. Word wakker en sla je ogen naar me op.

Anne

Als ik voor zijn deur sta, durf ik niet aan te bellen. Hier op vijf hoog lijkt de lucht stroperiger dan beneden. Op het naambordje staat 'Richard Mertense'. Die naam heeft iets koud exotisch en doet me denken aan Zweedse en Deense detectives.

Ik ben net terug van mijn eerste uurtje werken. Iedereen deed aardig en was blij me weer te zien, maar ik vond het doodvermoeiend. Ik moet er niet aan denken dat ik binnenkort weer een *caseload* heb. Morgen ga ik weer een uur. Vanaf volgende week een dagdeel. Zo bouw ik het langzaam op.

Er gaat een deur open, verderop in de galerij. Twee metalen poten steken naar buiten. Er volgen er nog twee, het is een looprek met een oude heer. Hij sluit de deur achter zich en schuifelt voetje voor voetje dichterbij.

Ik trek mijn regenjas dichter om me heen, kijk voor me en druk op de bel. Richard doet open.

'Ah, daar ben je. Kom binnen.'

Tientallen foto's hangen aan de wanden in de smalle gang. Ze zijn allemaal ingelijst. Er zijn portretten bij, van oude en jonge mensen. Poserende gezinnen, moeders met een baby en spelende kinderen. De meeste zijn in zwart-wit. Ik loop door.

'Je kunt je jas hier hangen.' Richard wijst naar een diepe gangkast zonder deur. Er hangen een paar colberts aan hangertjes, een felrood regenjack en een grijze wollen sjaal. Ik geef mijn jas aan hem en trek mijn vestje recht. Mijn hart klopt in mijn keel.

'Hoe is het met je neefje?'

'Nog steeds in coma. Hij lijkt af en toe bij te komen, maar dat zijn schijnbewegingen. Mijn zus en haar man gaan eraan kapot.'

'Wat een drama. Zullen we naar de kamer?'

Hij volgt me. Ik ben me zeer bewust van mijn achterkant, voel zijn ogen langs mijn rug gaan. In de lichte, bijna vierkante woonkamer staan twee banken en een lage salontafel. Boven een van de banken hangt een enorme kleurenfoto van een treurwilg. De boom hangt half in het water. Hij is in een vreemde kleur rood afgedrukt, de lucht erachter dreigt met onweer en hevige regens.

'Ga zitten. Wil je iets drinken?

Ik ga onder de boom zitten. 'Graag, heb je een wijntje?' Alcohol is niet verstandig, ik weet het, maar ik houd me voor dat het zal helpen. Ik moet mijn zenuwen eronder zien te houden. Ik heb de afgelopen week nauwelijks geslapen.

Richard draait zich om naar de open keuken en komt terug met een fles en glazen. Hij gaat naast me zitten. Ik grijp automatisch naar mijn pakje sigaretten.

'Mag ik hier roken?'

'Ja, natuurlijk.'

Doordat de bank heel laag is, zit ik haast met mijn knieën tegen mijn borsten. Maar als ik achteroverleun, kom ik vast niet meer fatsoenlijk omhoog. Ik voel hoe hij naar me kijkt als hij me het glas aanreikt.

'Hoe was het op je werk?'

'Vermoeiend. Het is heel gek om terug te komen als je een tijd bent weggeweest, alsof ze je al vergeten waren. Het is net alsof je opnieuw je plek moet veroveren. Zoiets als vroeger: opgestaan plaats vergaan. Maar het zal wel snel weer gewoon zijn.'

Tegenover me hangen kleurenfoto's, met blanke en Indonesische figuren. Een koloniaal huis met een enorme tuin. Groen overheerst, en wit. Een oude vrouw met een jongetje, dezelfde vrouw met een baby, lachend met een jongere, blanke vrouw. Rook kringelt omhoog en ik drink. De vrouw die op bijna alle foto's staat, heeft een enorme boezem. Zou het mevrouw Middleton zijn?

'Dat is mijn familie. Mijn ouders, mijn jongere broertje en onze baboe. We hebben lang in Indonesië gewoond. Dat had ik je toch verteld?'

'Ja, dat zei je.' Er loopt een straaltje zweet over mijn rug. Hij schenkt mijn lege glas nog eens vol.

'Is er iets? Je bent zo bleek.'

'Ik ben zo verschrikkelijk moe van alles. Sorry, het is me allemaal wat te veel, geloof ik. Ik kan niet zo veel hebben de laatste tijd.' Ik laat me achterover vallen, hij denkt maar wat hij wil denken. 'Ik ga zo naar huis.'

'Heb je wel gegeten tussen de middag? Zal ik iets voor je maken?'

'Ja, ik lust wel iets kleins. Doe alsjeblieft niet te veel moeite, hoor.'

Hij is al op weg naar de keuken. Ik giet een half glas wijn naar binnen en laat me weer zakken. De baboe op de foto's lijkt zich niks aan te trekken van haar voorgevel. Ze draagt haar borsten pront naar voren. Zou hij daar zijn hele kindertijd tegenaan hebben gelegen? Vast, vandaar natuurlijk zijn fascinatie. Ze lijken niet zo groot als de mijne, maar in die tijd snoerde je ze misschien nog meer in. Wat zal dat heet zijn geweest! Arme vrouw. En toch: ze lacht op iedere foto.

Richard laat water stromen en rammelt met keukenspullen. Hier is iemand die iets te eten voor me maakt. Die voor mij de keuken ingaat. Die me vraagt of ik iets wil. Ik was op veel voorbereid, maar niet op deze liefdevolle aandacht. De sapcentrifuge draait op volle snelheid. Een deksel kleppert. Ik sluit mijn ogen.

'Anne, slaap je?'

Voor me staat een dienblad. Er is versgeperst sap, in reepjes gesneden wit- en bruinbrood, roomboter en honing. Een mandje met vier gekookte eitjes, zout. Mooi gebloemde bordjes.

We dopen de reepjes brood in het zout en in het zachte eigeel. Het vruchtensap is bijna rood.

'Van bloedsinaasappels. Lekker?'

Ik knik en drink. Hij smeert boter en honing.

'Als ik verdrietig was, kookte Baboe een eitje voor me. Een troosteitje.'

Hij pelt een tweede. Alles smaakt zacht. Het eten ontspant me en ik durf nu voorzichtig wat beter naar hem te kijken. Aan zijn linkerhand glanst een gouden ring met een opvallende steen.

'Wat is dat voor steen?'

'Tijgeroog, die beschermt tegen het kwaad.' Hij draait de steen zo dat er licht op valt. Er lijkt iets te verschuiven binnen in het bruin – een oog dat zijn bewegingen volgt. 'Ik ben nogal bijgelovig.'

'Hoe bedoel je?'

'Ik geloof bijvoorbeeld, dat degene die hier voor het eerst komt en de plek onder de treurwilg kiest om te gaan zitten, een belangrijke rol in mijn leven zal spelen.'

Hij kijkt me niet aan terwijl hij praat, veegt met een stukje brood een restje eigeel van zijn bord. Ik weet niet wat ik moet zeggen.

Hij begint op te ruimen. Nu kijkt hij me aan en vraagt: 'Daar schrik je toch niet van? Wil je koffie?'

Ik vind met moeite mijn stem terug en ga alleen in op de laatste vraag. 'Graag. Zwart.'

Terwijl hij afruimt en koffie zet, sta ik op om de foto's aan de muren van dichtbij te bekijken. Ze ontroeren me, de manier waarop deze mensen dicht bij elkaar zijn en elkaar aanraken lijkt zo gemakkelijk. Je ziet dat deze mensen, hoewel ze wat stijfjes op de foto staan, met grote vanzelfsprekendheid in hun lichaam wonen. Of verbeeld ik me dat, omdat ik daar zelf zo naar verlang? Richard heeft dat fysieke gemak ook. Ik mag dan psycholoog zijn, maar van lijfelijkheid weet ik weinig tot niets.

'Dat is waar ik vandaan kom. Mooi beeld, hè?'

Zijn stem roept me uit mijn gedachten. Nu ruik ik ook de verse koffie.

'Ja, prachtig. Nostalgisch. Was het echt zo? Zo... dicht bij elkaar?'

Op een van de foto's houdt een man de voeten vast van een jongetje dat op zijn handen staat. Dat moet zijn vader zijn.

'Ja. Ik ben opgegroeid tussen vrouwen. Mijn vader was altijd weg, hij werkte als waterbouwkundig ingenieur. Zijn projecten waren meestal ver van huis. Mijn moeder was lerares. Ik ben opgevoed door Baboe, de oudere vrouw die je ziet.'

'Leeft ze nog?'

Ik zou die vrouw willen kennen. Haar vragen hoe ze dat deed, hoe het voor haar was.

Richard geeft me een kop koffie en komt naast me staan. Hij is veel langer dan ik ben.

'Ja, ze leeft nog. We bellen soms, op verjaardagen. Ze is ergens in de tachtig, ik zou haar graag nog eens zien.'

Oh ja, ik heb nog een prijs liggen. Misschien geef ik die wel aan hem, met mij wil toch niemand op reis. Of ik geef hem aan Marit, als Pelle beter wordt. Als, als en als.

'Waarom zoek je haar niet op?'

‘Tja, waarom doe je sommige dingen niet? Het komt er niet van. Andere prioriteiten. Ben jij wel eens in Indonesië geweest?’

‘Nee. Ik ben zelfs nog nooit buiten Europa geweest.’

We gaan terug naar de bank. Moedeloosheid verlamt me. Wat moet ik doen om deze aardige man geïnteresseerd te houden? Wat ziet hij in godsnaam in mij? Wat zie ik in hem? Ik moet iets doen. De waarheid vertellen, liegen – het is alles of niets.

‘Richard, ik weet niet wat jij denkt, of wat je in mij ziet... Maar ik denk dat er dingen zijn die je moet weten, over mij.’

‘Zo, dat klinkt ernstig. Ik luister.’

‘Ik heb meer problemen dan je denkt.’

De gedachte dat ik moet vertellen over mijn complex bezorgt me een onmogelijke jeuk, overal onder mijn huid. Ik kan niet stil blijven zitten en loop naar het keukenblok. Ik spoel mijn handen onder de kraan.

‘Weet je, Richard, ik ben volkomen ongeschikt als vriendin, echt waar. Het is namelijk zo dat ik me echt doodschaam voor mijn lijf. Ik heb al wel iets aan je verteld, over mijn vader en zo, maar het is nog veel erger.’

Zo, dat is eruit. Hij ziet er een beetje geschrokken uit, logisch. Nu de rest nog, de rottende pit in de ontsteking.

‘Ik háát mijn lichaam. En ik wil een operatie, een borstverkleining. Ik schaam me verschrikkelijk, ik ben vreselijk gecompliceerd.’

‘Wat erg voor je. Maar ik vind je prachtig.’

‘Niet waar. Dat zeg je gewoon maar.’

‘Kan ik iets doen waardoor je me wel gelooft? Of is dat een kansloze onderneming?’

‘Het zou nooit wat worden met ons.’

‘Anne, waarom ben je hier eigenlijk?’

‘Ik hoopte... Ik dacht: ik vind je aardig. Ik dacht dat je mij ook aardig vond, niet alleen maar... vlees.’

Ik heb mijn handen afgedroogd, dit was het wel geloof ik. Dieper dan tot hier kan ik niet buigen. ‘Ik ga maar eens.’

‘Wacht nog even, er is ook iets over mij wat je moet weten.’

Ik ga op de andere bank zitten.

‘Om te beginnen vind ik je erg aardig, meer dan dat. En je bent de aantrekkelijkste vrouw die ik ken. Toen ik je zag tussen al die schilderijen en mensen in de galerie schoot je in één keer recht mijn hart in. Als ik jou zie, voel ik me onmiddellijk goed. Geloof jij in het concept *soulmates*?'

Hij zit op het puntje van de bank en houdt zijn hoofd een beetje schuin, alsof hij het antwoord ergens uit de ruimte op moet zien te vangen.

Ik haal mijn schouders op. 'Ik weet het niet.' Ik weet het echt niet.

'Ik wel. Ik voel me thuis bij jou. Ik word warm als ik aan je denk, ik wil bij je zijn. Jij bent de vrouw van mijn dromen. Anne, ga nog niet weg, geef het een kans. Geef ons een kans.'

Ik zit verbaasd voor hem. Ik probeer te horen wat hij zegt, de bedoeling erachter te vangen.

Hij legt zijn handen op zijn hart, en in het oog van zijn ring flitst een beweging. Donker, licht, donker en licht, op het ritme van zijn adem.

Renate

Met een schok word ik wakker van het geluid van de telefoon. De wekker wijst half zeven aan. De kinderen! Dat is altijd het eerste dat door me heen schiet als er op zo'n onmogelijk tijdstip gebeld wordt. Maar gelukkig, de kinderen zijn thuis, ze liggen te slapen. Ik neem op.

'Pelle is wakker! Hij is vannacht bijgekomen. Hij heeft al "mama" gezegd...' Marits stem breekt en ze huilt gierend. Mijn hart slaat op hol en ook mijn tranen rollen over mijn wangen.

'Godzijdank, wat een geluk. Wanneer? Waren jullie erbij? Wat zeggen de artsen? Oh Marit, echt waar?'

Mijn handen trillen zo erg dat ik de telefoon nauwelijks vast kan houden. Ik hap naar adem. Ik moet bewegen en sta op. Buiten is het al zonnig, witte schapenwolkjes drijven langzaam over.

'Ik ga ophangen, Renate, ik moet de hele familie bellen. Bel me later maar, dan weten we ook meer. Het belangrijkste is dat hij wakker is. Oh, ik ben zo blij...'

Thomas ligt op zijn rug. Zijn mond staat open en hij snurkt een beetje. Ik kniel naast hem neer en veeg wat haren van zijn voorhoofd. Er glijden nog steeds tranen langs mijn wangen, mijn mondhoeken krullen van geluk.

'Thomas. Ik schud zijn arm en hij opent zijn ogen.

'Wat is er, mam?'

'Pelle is wakker geworden! Tante Marit belde net, hij is bijgekomen en heeft al gepraat.'

'Wow, echt waar? Dat lijkt me niet echt iets waarom je moet huilen.'

'Nee, ik weet ook niet of ik huilen moet of lachen. Ach lieverd, ik ben zo onvoorstelbaar opgelucht. Stel je voor dat hij het niet gehaald had.'

Stel je voor... Dat scenario heb ik in honderd verschillende uitvoeringen voorbij zien komen de laatste dagen. Dag en nacht was Pelle in mijn hoofd.

'Nou, hij heeft het dus mooi wel gered. Cool, mam. Hoe laat is het eigenlijk?'

'Half zeven.' Hij gaat gewoon weer over tot de orde van de dag.

'Dan draai ik me nog even om, hoor.'

Ik sta op. 'Ja jongen, slaap nog maar even.' Dan fluister ik stil: en word alsjeblieft altijd weer wakker.

Chantal slaapt op haar zij, haar lange haren liggen warrig rond haar hoofd. De vloer is bezaaid met kleren.

'Chantal, lieverd, word eens wakker.'

Ze draait zich kreunend om en ik ga naast haar op het bed zitten.

'Chantal, luister eens.'

Ze opent haar ogen en kijkt me verwilderd aan. 'Wat is er, hoe laat is het?'

'Pelle is bijgekomen, Marit belde net. Hij heeft zelfs al gepraat.'

Ze schiet rechtop. 'Wanneer? Vannacht? En is hij helemaal beter?'

Dat is een goeie vraag, na een coma weet je natuurlijk nooit wat er onherstelbaar beschadigd is.

'Het enige 'dat ik weet, is dat hij wakker is en praat. Verder moeten we afwachten.'

Ze slaat haar armen om me heen. 'Nu hoef je niet meer te huilen, mam. Hij wordt vast weer helemaal gezond.'

'Ja.' We wiegen wat heen en weer. Ze geeft me een papieren zakdoekje en ik snotter nog wat na.

'Was jij ook zo bang dat hij dood zou gaan, mam?'

'Ik ben nooit in mijn leven zo bang geweest.'

Chantal houdt op met heen en weer bewegen en fluistert in mijn oor.

'Was je ook bang dat tante Marit jou de schuld zou geven, omdat jij het poppenhuis van zolder had gehaald?'

Ik kan alleen maar knikken. Nu is het voorbij. Hij heeft het gehaald.

We zitten stil bij elkaar. Ik bedenk me hoeveel leed dat poppenhuis heeft veroorzaakt. Dan maak ik me van Chantal los.

'Ik ga naar beneden, lieverd. Blijf jij nog liggen?'

Ik trek haar laken recht en kus haar voorhoofd. Ze is warm. Warm en levend.

'Ja, het is nog zo vroeg. Ik ben echt heel blij voor je, mam.'

Ze glimlacht en blaast een handkusje naar me. Mijn hart springt op. Kinderen – als alles goed gaat, bezorgen ze je de hoogst haalbare gelukservaring, maar als er iets mis is, storten ze je in onvoorstelbaar diepe krochten van verdriet en angst.

Ik voel me zo licht dat ik lijk te zweven. Ik was mijn haren en doe mijn mooiste jurk aan. Mijn mond kan niet anders dan lachen. Ik dek de tafel en pluk wat margrieten uit de tuin, stuur een sms met het goede nieuws naar Wim. Hij is vast al wakker, want hij gaat elke dag om acht uur aan het werk. Hij zendt vrijwel direct een bericht terug, met een felicitatie en liefs, en de toezegging me later op de dag te bellen.

En dan, als de tafel gedekt is, de bloemen in een glazen vaas staan en het theewater kookt, huil ik alles eruit, met mijn voorhoofd tegen een keukenkastje geleund. Ik wist niet dat ik zo moe was. Angst voor schuld vreet aan je. Ik ben kilo's afgevallen. Maar Pelle leeft, en dat is het belangrijkste.

Daarna eet ik in mijn eentje alvast een zachtgekookt eitje. Het wit van de margrieten lijkt op te lichten in de binnenvallende zon.

Tessa

'Smaakt het je niet?'

Alex heeft zijn wenkbrauwen hoog opgetrokken. Hij heeft vast weer heerlijk gekookt, maar de sterke geur staat me tegen vandaag. Ik ben misselijk en ik heb de hele middag al buikpijn.

'Ik voel me niet zo lekker, geloof ik.' Ik schuif het nog volle bord zalmpasta naar het midden van de tafel.

'Is het nog niet over? Moet je niet eens naar een dokter, misschien is het iets anders dan een zomergriepje.'

Het wordt tijd dat ik mijn mond eens opendoe over mijn toestand. Ik wil het zelf niet geloven, hoe zou hij dan...? Toch moet het. Jezus Tessa, hij is je man!

'Ik ga even liggen. Ik zou wel een kopje thee lusten, geloof ik.'

'Goed. Gewone of kruiden?'

'Maakt niet uit.'

De pijn onder in mijn buik wordt zoetjesaan gemener. Hij valt nu in golfjes aan. Als ik eenmaal lig, wordt het vast beter. Met moeite houd ik mezelf rechtop tot de slaapkamer. Ik laat me voorzichtig op het matras zakken. Even mijn ogen dichtdoen en mijn handen stevig op mijn buik drukken. Dat helpt altijd bij menstruatiepijn.

Alex zet de theepot op het tafeltje. Hij komt naast me zitten en voelt mijn voorhoofd.

'Volgens mij heb je verhoging. Je transpireert helemaal. Ik haal een koud washandje.'

Als hij terugkomt en het koele lapje op mijn voorhoofd legt, pak ik zijn hand.

'Luister eens lieverd, ik geloof dat ik nogal over tijd ben.'

Een scherpe kramp beneemt me de adem, ik trek mijn benen hoog op.

‘Over tijd? Wanneer was je laatste menstruatie dan?’

Ik haal mijn schouders op. Ik heb niet zo’n regelmatige cyclus. Er dient zich een nieuwe pijnvariant aan, een doffe dreunende ondertoon.

‘Twee maanden geleden ongeveer. Mag ik een glas water?’

Hij gaat weg en is terug voordat ik het weet.

‘Ben je dan een of twee keer niet ongesteld geweest?’

Uit het niets flitst een vlijmscherp schilmesje langs. Ik onderdruk een gil. Ik laat het mesje voorbij trekken en drink een slokje water.

‘Misschien moet je even een oude handdoek halen, voor het geval.’

Hij gaat weer en ik kijk snel in mijn slipje. Rood. Het is begonnen.

Twee versleten baddoeken neemt hij voor me mee. Hij staat bezorgd naar me te kijken.

‘Ik ga de dokter bellen. Zo veel pijn is niet normaal, Tessa. Straks gaat er iets fout.’

Ach, fout? Fout ging het bijna met Pelle, en dat is ook goed afgelopen. Wat is dit vergeleken met wat hij had? Bovendien ken ik de verhalen over dit soort vrouwendingen van mijn vriendinnen en uit de tijdschriften.

‘Geef maar een paar pijnstillers, in de badkamer ligt nog wel wat.’

Weer gaat hij. Het schilmesje is terug en draait een paar keer rond zijn as. Nu gil ik wel, heel kort. Ik duw mijn vuisten in mijn buik. Een gulp warme vloeistof golft naar buiten en ik prop snel een handdoek tussen mijn benen. De doffe dreun krijgt een ander, sneller ritme.

Alex legt de andere handdoek achter me.

‘Jezus, dit is niet normaal. Je bloedt vreselijk, Tessa. Wat moet ik doen?’

‘Dat lijkt altijd zo met bloed. Misschien kan ik beter even naar het toilet. Ik denk alleen niet dat ik nu kan lopen.’

‘Ik kan je wel dragen, en je vasthouden. Wil je dat?’

Ik probeer op mijn elleboog overeind te komen, maar ik heb totaal geen kracht.

‘Haal maar een vuilniszak, en nog wat theedoeken of zo.’

Het schilmesje schraapt scherp langs zachte weefsels in mijn binnenste. Ik kreun zonder het te willen en druk de handdoek strakker tussen mijn dijen. Het duurt voor mijn gevoel uren en ik onderga het gelaten. Het mesje lijkt klaar te zijn met zijn werk en verdwijnt naar de achtergrond.

Met voorzichtige bewegingen legt Alex een vuilniszak onder me. De penetrante geur van het plastic doet me kokhalzen.

Ik drink in water opgeloste pijnstillers. Alex verschoont me. Hij dept mijn voorhoofd, streelt mijn wangen en wikkelt een zachte deken om me heen. Het ergste bloeden is gestopt en ik kan de doffe dreunende pijn in mijn onderlijf wel aan.

'Alex, ik denk dat ik zwanger was. Misschien...'

Ik bedoel eigenlijk dat er misschien wel iets te zien is in de handdoek en dat hij niet moet kijken als hij hem in de wasmand gooit. En dat ik het niet wil weten maar ook weer wel.

'Lieverd, gooi alsjeblieft die handdoeken direct in de container, die krijg ik nooit meer schoon.' Ik ben volkomen uitgeput.

Hij pakt mijn hand en controleert of ik wel warm lig. Koude rillingen bezorgen me voortdurend kippenvel.

'Zwanger? Waarom heb je niks gezegd? Nee, stil maar, je moet nu slapen. Als je weer heviger gaat bloeden, ga ik echt de dokter bellen. Morgen praten we wel verder.'

'Sorry, ik houd van je.' Mijn gefluister is nauwelijks hoorbaar.

'Stil maar, liefje. Wil je nog een kruik?'

Ik ben te moe om te antwoorden. Hij blaast me een kushandje toe en verlaat de kamer. Het donker achter mijn oogleden kalmeert me.

Dag pinda.

Drie weken later

Renate

Als de muziek langzaam wegebt zet ik mijn voeten stevig naast elkaar en kom omhoog uit mijn stoel. Het lijkt een eeuwigheid te duren voordat ik de afstand tussen mijn plek in de rij en de katheder heb afgelegd.

Beelden flitsen aan me voorbij terwijl ik mijn blik strak op de mooie, eenvoudige kist gericht houd. Het telefoontje toen we zaten te gourmetten. Wim, zittend naast Chantal en Thomas aan mijn tafel. Mama's dode gezicht, de stijfheid van haar handen. Een huilende, smekende Gerard: 'Alsjeblieft, Renate, zij zou het gewild hebben.' De schrik in de ogen van mijn zussen. Gerards gezwollen gezicht. Zijn hakkelende stem toen hij me de brief overhandigde: 'Hier. Dit moest ik van je moeder aan jou geven als ze zou komen te overlijden. Ze heeft het zelf niet kunnen opbrengen, het verleden deed haar te veel pijn, zei ze. Nu is hij van jou. Alsjeblieft.'

We stonden in de keuken, door de openstaande achterdeur kon ik de bloeiende brem zien. In de bruine, nieuwe envelop die hij me gaf zat een versleten, lichtblauw blaadje. Het voelde fluwelig tussen mijn vingers. Ik hapte naar adem en wankelde een stap naar achteren. Ik draaide me om en liep langs het huis naar het bankje achter in de tuin. Daar las ik een bericht van mijn vader.

Ik heb de woorden zo vaak gelezen dat ik ze kan dromen. Ze namen bijna alle plek in, in mijn hoofd. Ze weerklonken voortdurend en raakten verweven met de verhalen die we elkaar over mama vertelden. Aanvankelijk voelde ik slechts een allesoverschreeuwende woede over het achterhouden van deze brief. De vragen tolden in mijn hoofd: 'Waarom, mama? Waarom heb je zolang gewacht? Waarom moest je dood gaan om dit te kunnen doen? Waarom nu pas?' Daarna sijpelde langzaam ook iets anders mijn bewustzijn binnen. Ik besefte dat ze zich gerealiseerd moet hebben hoe belangrijk dit voor mij zou zijn. Ik begon te begrijpen dat ze mijn vader heeft doodgezwegen, omdat ze kennelijk niet anders kon. Althans, zo kan ik haar gedrag interpreteren. Maar dat ze deze brief voor mij heeft bestemd, betekent erkenning. De brief zegt: Kijk dan! Kijk naar deze drie mensen; de zeeman, de dochter van een winkelier en het kind Renate. Zie hoe ze van elkaar houden. En ik zag het. Daardoor kon ik uiteindelijk ja zeggen tegen het verzoek om te spreken op de crematie. Toen begon het schrijven. De doorgestreepte zinnen, de weggegooide woorden. Het huilen, herschrijven, weigeren en schreeuwen. Het verlamd bij elkaar zitten in de huiskamer. Het besef dat dit mijn laatste kans was. Afwisselend was er een kloppende angst in mijn keel en een gevoel van ruimte in mijn borst. Mijn dochters woorden: 'Wat goed, mam. Dat je dat durft, voor zo veel mensen spreken. Zeg je ook iets over oma's tuin?' Ik antwoordde met meer zekerheid in mijn stem dan ik voelde: 'Ja natuurlijk lieverd, ik zal alles zeggen.'

En hier ben ik. Ik ben de drie treden opgegaan en heb mijn plek bereikt. Ik leg mijn papier neer en haal hoorbaar adem. Mijn blik glijdt over de kist, langs de bloemen en de bleke, opgeheven gezichten. Het is doodstil. Ik wil niet en ik durf niet, maar ik weet dat ik het toch ga doen. Ik buig mijn hoofd en begin.

> *'Lieve mama, we zijn hier bij elkaar om afscheid van je te nemen. Voor de allerlaatste keer ben je in ons midden, omringd door je man, je kinderen en kleinkinderen, familie, buren en vrienden. Afgelopen dinsdag kreeg je een hartaanval en ben je zomaar ineens overleden. Zonder vooraankondiging gaf je hart het plotseling op.'*

Waren er tekenen die ik niet heb gezien? Wat betekende het hulpeloze fladderen van haar kleine handen toen ze op haar feest tegenover me zat in de huiskamer? En het nerveuze trekken met haar mond toen ze mijn vaders foto ontdekte onder het deksel van haar cadeau? Het nauwelijks waarneembaar wankelen toen ze bij ons vandaan liep met het kistje onder haar arm? Daarna het ongeluk van Pelle, de uren in het ziekenhuis naast zijn bedje. Hadden we het moeten zien? Haar hart moet als een razende tekeer zijn gegaan in haar borstkas. Het mijne breekt als ik haar voor me zie.

Op de eerste rij zit Chantal met gebogen hoofd, tussen Thomas en Marit. Hun blik is op de kist gericht. Gerard draagt een donker pak, zijn handen liggen met gespreide vingers op zijn dijen. Hij zit recht voor me, naast Tessa en Anne. Ik zoek Wims ogen in de rij achter hen. Hij knikt me geruststellend toe.

'Vijfenzestig jaar heeft het geklopt, en nu was het op. Dat is wat de dokter zei. Je leed aan een versleten hart.
We hebben met zijn allen bij elkaar gezeten en over je gepraat. Gerard, Marit, Tessa, Anne en ik. We hebben verhalen over je verteld, gehuild en herinneringen opgehaald.'

Dat jouw dood mij zo snel opnieuw naar huis heeft gebracht is een wrange gedachte. Ik had me na het feest voorgenomen je niet meer op te zoeken. Moest het echt zo zijn dat jij moest gaan voor ik weer kon komen? Gerard heeft me gevraagd het woord voor ons te voeren. Ik had geen idee hoe ik dat zou kunnen. De brief van mijn vader en Gerards bewering dat jij het zou willen, hebben me overgehaald. Ik realiseerde me dat het de allerlaatste mogelijkheid was om bij je terug te komen. Nu sta ik hier en het trillen van mijn knieën lijkt niet te stoppen. Ik klem mijn handen om het blanke hout van de katheder en focus me op de uitgeschreven tekst. De letters dansen voor mijn ogen.

'Gerard vertelde hoe hij jou leerde kennen, in de klokkenwinkel van je ouders. Daar was je met mij gaan wonen na de dood van Herman, jouw eerste man en mijn vader.
Ik was pas drie maanden oud toen Herman stierf. Terwijl jij in de winkel werkte, paste oma op mij. Je werkte keihard en hield de zaak in je eentje draaiende. We zagen je eigenlijk alleen na sluitingstijd.
Een paar jaar gingen voorbij en toen verscheen Gerard in je leven. Als vertegenwoordiger kwam hij regelmatig langs met een nieuwe collectie horloges. Hij vond je aantrekkelijk. Het werd een

uitdaging voor hem om je aan het lachen te krijgen. Hij was een doorzetter, net als jij, en het duurde anderhalf jaar voordat jij interesse in hem toonde en het iets werd tussen jullie.'

Tussen ons is het nooit iets geworden. Ook al voel ik nu iets van medelijden als ik naar zijn bleke gezicht kijk. Maar wie heeft dat niet met een kersverse weduwnaar?

'Na jullie huwelijk verhuisden we hiernaartoe. In de Azaleastraat begon je aan een nieuw hoofdstuk van je leven.'

Ik werd uit je slaapkamer verdreven door een vreemde. Een indringer aan wie ik maar niet kon wennen. Het concept vader was mij onbekend, een woord zonder betekenis. Ik heb nooit, zelfs niet in deze toespraak, papa tegen hem kunnen zeggen.

'Er werden nog drie dochters geboren. Als eerste kwam Marit. Een beeldschone, makkelijke baby. Voor mij was het wennen om ineens niet meer enig kind te zijn. Marit is degene die jou iedere verjaardag verraste met zelfgeschreven versjes. En ze maakte natuurlijk iedere kerst een gedicht over vrede, dat vond jij altijd zo mooi. Je ontstak de lichtjes in de kerstboom. We dronken warme chocolademelk en aten de kransjes uit de boom. Marit zat bij Gerard op schoot en las ons haar zelfverzonnen kerstverhaal voor.'

Marit buigt zich voorover en knijpt kort in Gerards hand. Hij glimlacht terug. Ik zie de ouderlijke slaapkamer, zijn hoofd gebogen over haar wieg, zijn handen uitgestrekt om haar op te tillen. Ik hoor hoe Gerards stem haar begroet. Ik zie Gerards fiets met haar in het zitje voorop. Gerard met haar voor de spiegel: 'Kijk toch eens hoe het kind op mij lijkt.' Ze lijkt nog steeds op hem. De fijne neus, die spitse kin.

'Drie jaar later werd Tessa geboren. Jij zei altijd dat zij de "jongen van het stel" was. We herinneren ons allemaal de bijzondere vliegers die ze met Gerard in het schuurtje maakte. Tessa was het

meisje met de handige handen. Het laatste prachtige cadeau dat ze voor mama heeft gemaakt, staat hier voor ons.'

Alle ogen, ook de mijne, zijn gericht op het kistje. Tessa snuit haar neus. Alex streelt haar haren. Ook nu is ze mooi, met haar grote verdrietige ogen. Zelfs een rode neus misstaat haar niet.

'Weer twee jaar later kwam Anne. Met drie zussen boven zich had ze eigenlijk vier moeders. Onze Anne was een dromerig kind. Ze zat graag in een hoekje om alles te kunnen zien. Natuurlijk hadden jullie ook graag een jongetje gehad. Maar mama, het was zoals jij altijd zei: "Je hebt het in het leven niet voor het kiezen." En je was gelukkig met je vier meiden.'

Anne kijkt nors voor zich uit. Ik hoop dat ik hiermee genoeg over haar heb gezegd, en dat het de goede dingen zijn. Bij haar komt alles zo nauw. Gelukkig is Richard meegekomen, daar lijkt ze steun aan te ontlenen. Ze had een jongen moeten zijn. Dan had Gerard iemand gehad om zijn mannelijkheid mee te meten.

'Je hebt nooit meer buitenshuis gewerkt. Je hield ervan het huis steeds anders in te richten. Hoe vaak hebben wij niet nieuwe gordijnen gekregen? Een ander behangetje plakken was voor jou een peulenschil. Onze moestuin was een plaatje, je zat graag met je handen in de aarde en er waren altijd verse bloemen. Gerard at het liefst groentes en aardappels uit eigen tuin.

'Van vreemde grond eet ik niet.' Die uitspraak moet de voorganger zijn geweest van zijn bloeduitspraken. Als ik naar hem kijk en me voorstel hoe mama iedere avond een maaltijd van eigen grond voor hem klaarmaakte, begrijp ik dat ze daarmee, ongewild, iets in stand heeft gehouden. Ze heeft hem het vreemde nooit opgedrongen. En het vlees op zijn bord? Dat mocht alleen van die en die slager komen. Overdrijf ik nu? Sta ik hier naast haar kist echt te denken aan de groenten en het vlees op ons bord? Ze moesten eens weten. Wat is de dood soms banaal. Nee, wat zijn de dagelijkse dingen soms banaal in het licht van de dood.

De opgeheven gezichten voor me verwachten meer. De palmen van mijn handen zijn vochtig. Het glas trilt in mijn hand als ik het naar mijn mond breng. Dat is niet erg, iedereen zal het begrijpen.

''s Zomers plukte je mandenvol aardbeien voor bij het ontbijt. In de zomervakantie gingen we, ieder jaar, naar een eiland. Jij was dol op de zilte lucht, en je wilde kunnen uitzien over de zee.'

Misschien wilde je daar ongestoord dromen van je overleden zeeman. Daar heb ik je nooit naar gevraagd, maar ik vermoed zomers vol verborgen verlangen en weemoed. Wat deed je iedere ochtend vroeg, als je in je eentje het huisje verliet? Je ging heus niet alleen maar de warme broodjes voor het ontbijt halen, want wij mochten nooit mee. Je zei dat dat uurtje voor jou alleen was. Je zat vast op het topje van het hoogste duin. In de ochtendnevel boven het water moet het gemakkelijk geweest zijn om zijn gezicht te zien. Je moet zijn stem hebben gehoord in het ruisen van de branding, zijn liefde hebben gevoeld in het af en aan rollen van de golven. Misschien heb je wel eens overwogen om domweg het duin af te rennen en rechtdoor de zee in te lopen tot het geluid van zijn stem zou verdrinken in het binnenstromende water in je oren.

Iemand kucht hard en er klinkt geschuifel van voeten. Gerard veegt een traan weg. Wim knikt weer naar me. Ik moet verder.

'Tijdens de weken die we met elkaar in een vakantiehuisje doorbrachten, was je altijd heel ontspannen. De slaapkamertjes waren klein en het keukentje had alleen een tweepits gasstel, maar jij zei wel eens dat je je er weer kind voelde. Alsof je vadertje en moedertje speelde in een poppenhuis.'

Van poppenhuizen heb ik inmiddels een enorme afkeer, dat snap je wel. David houdt Tims hand vast. Pelle is niet meegekomen, hij is nog te zwak voor dit soort uitstapjes.

'De smaak van onze kindertijd komt uit de tassen vol broodjes die je smeerde en de liters limonade die we dronken op het strand. Op de vakantiefoto's staan we in onze zelfgemaakte badpakjes, de handdoeken naaide je van meters badstof. Zelfs het

zand in de bedden deerde je niet. Terwijl je thuis zo hield van "opgeruimd staat netjes". Ik hoor het je nog zeggen.'

Je wilde altijd een briefje met een geheime boodschap aan de staart binden van de vliegers die Gerard voor ons maakte. We hebben die boodschappen nooit kunnen ontcijferen en jij hield je mond stijf dicht. God, wat kon je goed over belangrijke dingen zwijgen.

'Je was een echte thuisvrouw, het huis was jouw wereld. Toen wij wat ouder werden en gingen puberen vonden we dat wel eens lastig. Wij konden nooit eens ongezien te laat thuiskomen van een feestje. Voor ons geen klimpartijen langs de regenpijp. Maar dankzij jou hebben we wel al onze proefwerken in een keer gehaald. Je overhoorde ons eindeloos.'

Anne knikt. Wat hebben we je om die eeuwige bemoeienis vervloekt. Her en der worden witte zakdoekjes verfrommeld. Gerard zit kaarsrecht, hij heeft zijn lippen stijf op elkaar geklemd.

'In die tijd begon Gerard aan een nieuwe hobby: hout bewerken. Vanaf dat moment zat hij 's avonds in zijn houthok. De resultaten van zijn werk vielen niet altijd bij je in de smaak.'

Toch zette je al die tafeltjes en krukjes en plantenbakken met een stalen gezicht ergens neer. 'Andere mensen hebben niets van doen met jouw ongemak.' Je was een harde.

'Wat had hij graag zelf een laatste rustplaats voor je getimmerd. Maar daar was geen tijd voor – je was ons veel te snel af.'

Gerard slaat zijn handen voor zijn ogen. Er komt een snorkend geluid uit hem. Tessa legt haar hand op de zijne. Te snel waarvoor? Zou ik anders wel vrede hebben gesloten? Waarom ben ik ineens zo boos? Ik heb nauwelijks ruimte om adem te halen.

'De kleinkinderen herinneren zich jou als een oma die met ze naar de dierentuin ging, en met wie ze de tuin in mochten om

verse bessen en aardbeien te plukken. Het verhaal van de kabouters in de holle boom in de boomgaard kennen ze allemaal. Wij vroegen ons wel eens af of het misschien toch echt was, of je werkelijk dingen zag die voor ons verborgen bleven.'

'Is de kabouter uit de tuin nu ook bij oma?' Tim klieft de stilte doormidden met zijn glasheldere jongensstemmetje.

Zoiets kan alleen een kind zeggen. Er gaat een golf van ontroerd gefluister door de zaal. Natuurlijk moeten we even ontspannen. Ik ben blij met dit moment van beweging, het geeft me de gelegenheid diep adem te halen. David trekt Tim tegen zich aan en Marit glimlacht. In die beroering vangt een glasscherf in het kistje het zonlicht, dat door een kier van de metershoge, zachtgroene gordijnen naar binnen valt. Een teken? Een boodschap van iets hogers dat ons beschermt? Van mama misschien, die laat weten dat ze er nog is en dat ze me ziet.

Dit beeld verlamt me en de uitdijende klont verdriet achter in mijn keel laat zich niet meer wegslikken. Ik breek, en warme tranen stromen ongehinderd uit mijn ogen en over mijn wangen. Ze druppen van mijn kin op het witte papier onder me. Iemand komt op me toegelopen en slaat een arm om me heen. Marit. Ze is warm en stevig, en geeft me zakdoekjes. Het snuiten van mijn neus klinkt afschuwelijk luid door de luidsprekers. De mensen in de zaal kijken allemaal vriendelijk naar me. Ik zou me in Wims armen willen verstoppen maar ik moet nog een klein stukje, dan is het voorbij. Marit vraagt: 'Lieverd, kun je weer verder?' Ik knik bevestigend. Ze gaat terug naar haar plaats. Als ze zit, slaat ze haar arm om Chantal heen en trekt ze haar tegen zich aan. Wim legt zijn hand op Thomas' schouder. De letters van mijn tekst zijn hier en daar uitgelopen, maar dat is geen probleem. Ik ken dit stukje uit mijn hoofd.

'Je hebt in je leven zowel vreugde als verdriet gekend. Wanneer een vrouw een kind krijgt, is ze voorgoed moeder. Het kind is voorgoed het kind van beide ouders. Wanneer een van de ouders sterft, sterft de helft van de bron waaraan het kind ontsproten is. Die bron is onvervangbaar. Geen enkel mens kan in feite de plek innemen van de ouder. Wanneer een kind sterft, gebeurt hetzelf-

de. Geen enkel kind is vervangbaar. Ouder en kind zijn voor eeuwig en onlosmakelijk met elkaar verbonden. Dat is de tragiek, en het geluk, van families. Want in die verbondenheid schuilt grote kracht. Uit die kracht putten we als het leven ons soms ondraaglijk voorkomt. Op die momenten kunnen we rusten in de wetenschap dat we niet alleen zijn, dat we nooit alleen zijn geweest en nooit alleen zullen zijn. Vanwege die verbondenheid. Alleen al daarom, mama, zul je voor altijd bij ons zijn.'

De woorden doen hun werk. Ze echoën in de stilte tussen de muren en landen in mijn hart.

'Je verjaardagsfeest is nog maar zo kort geleden. Nu heb je ons opnieuw bijeengebracht, dit keer om afscheid van je te nemen. Lieve mama, we moeten je laten gaan en gedenken je in liefde. Het ga je goed aan gene zijde. Moge je rusten in vrede.'

Ik draai me naar de kist en buig mijn hoofd voor haar. Ik neem mijn plek in, op de hoek van de eerste rij. Mijn hakken klinken pijnlijk luid op de plavuizen. Gerard zoekt mijn ogen. Als hij mijn blik gevangen heeft, fluistert hij schor. 'Dank je.'

Ik laat mijn hand in de tas op mijn schoot glijden en zoek het zachte velletje papier. Ik houd me vast aan de woorden tussen mijn vingertoppen. Dan klinkt het 'Erbarme dich', van Bach. Als de muziek aanzwelt en over me heen rolt, sluit ik mijn ogen en laat ik me meevoeren op de stroom.

Drie maanden later

Renate

'Waarom heeft niemand van jullie Gerard tegengehouden toen hij op het feest die foto liet maken terwijl ik er nog niet was?'

Kippenvel verspreidt zich razendsnel over mijn naakte huid. Ik pak een grote sjaal van Anne van de stoelleuning en sla hem om me heen.

'Jezus Renate, moeten we het daar nu over hebben?' Tessa prutst aan haar camera. 'Ik was zo ziek als een hond, ik had helemaal niks in de gaten.'

'Je was ervandoor voordat we iets konden zeggen. Die fotograaf ook trouwens. Ik weet het niet, je stond daar zo plotseling, we hadden je misschien niet echt verwacht.' Marit klinkt zacht, aarzelend.

'En later dan, heeft iemand van jullie Gerard aangesproken op zijn gedrag? Of mama?'

De aanblik van deze scène, de hele ambiance, voedt mijn woede. Het is allemaal te perfect, te mooi voor ons. Alsof we de vuiligheid bedekken met ijs en dure flessen wijn. Iets in me wil schade aanrichten, genoegdoening halen. Ik ga door.

'Niemand dus. Nou, zo was het dus altijd. Hebben jullie er ook maar een moment bij stilgestaan hoe dat voor mij was?'

Marit kijkt me strak aan. 'Ik heb hem ernaar gevraagd. Hij zei dat hij het moe was om op je te wachten. Dat hij het verleden achter zich wilde laten.'

'Wat is er ineens met je, Renate? Hebben we iets verkeerds gedaan of zo?' Anne kijkt me strak aan. 'Wat had je dan verwacht, dat we papa *en plein public* ter verantwoording zouden roepen? Je hebt je drie jaar niet thuis laten zien. Vind je het gek dat ze niet ineens rekening met je houden?'

'Bovendien was het mama's feest,' valt Marit Anne bij. 'Ik was niet van plan de dag voor haar te verpesten. Ze was al op van de zenuwen omdat ze je had uitgenodigd, en doordat jij tot op het laatste moment had gewacht met beslissen of je zou komen. Hoe denk jij eigenlijk dat dat voor haar was?'

Marit neemt een handvol ijs uit de koeler en wrijft die tussen haar handen. 'Heb jij enig idee wat jouw gedrag met ons doet? Je komt en gaat zoals het jou goeddunkt en wij moeten ons daar maar naar voegen. Want ach, laten we Renate maar weer ontzien. Zij is tenslotte het zielige halfzusje dat het zo zwaar heeft gehad in haar jeugd. Zoiets? En hoe denk je dat het voor ons was, dat jij zonodig mama op stang moest jagen met dat gedoe met die foto in Tessa's kistje? Nee hè, jij had je stempel er nog niet duidelijk genoeg op gedrukt. Mama moest nog even goed voelen dat er nog iemand miste, dat jij van een ander was. En voor mij? Hoe denk je dat het voor mij is geweest dat Pelle dat ongeluk kreeg omdat jij zonodig dat poppenhuis naar beneden moest halen? Zullen we het eens hebben over wat jíj allemaal veroorzaakt hebt?' Ze graait opnieuw een handvol ijs. Ze drukt het tegen haar nek, steekt snuivend een sigaret op.

Ik kan me niet bewegen. Ik durf nauwelijks adem te halen.

'Dus Renate, de vraag is niet waarom wij niets hebben gezegd of gedaan op mama's feest, maar waarom jij voortdurend zwijgt – waardoor wij die emmer gegiste stront over ons heen krijgen.' Tessa doet haar zonnebril af en kijkt me aan.

Tranen stromen uit mijn ogen, ik huil geluidloos.

'Hier.' Anne biedt me een felgeel servet aan.

Ik negeer het gebaar en loop naar binnen, naar de stilte van mijn kamer. Ik sla de deur achter me dicht en laat me voorover op het bed vallen. Mijn handen klauwen in het kussen. Het bloed suist in mijn oren. Het was Marit. Zij heeft hem ernaar durven vragen. Het zachte sloop onder mijn wang raakt doorweekt met zoute tranen van opgekropte woede en spijt. Het duurt lang voordat de stroom opdroogt. Niemand komt me halen, ik zal zelf moeten komen. Ze hebben gelijk, ik zal de schade die ik heb aangericht onder ogen moeten zien. En ditmaal in hun bijzijn, niet in ellenlange gesprekken met mezelf. Ik moet tegen hen praten. Ik heb ook voor mama kunnen spreken, daarbij vergeleken is de rest een peulenschil. Ik sta met moeite op, was het zout van mijn gezicht met handenvol water. In mijn tas zit mijn vaders brief. Ik haal hem eruit en lees met brandende ogen voor de duizendste keer wat hij ooit schreef.

Mijn lieve Liene, moeder van onze prachtige dochter,

Het fotootje van jullie is al haast versleten. Wil je me een nieuwe sturen? Over elf dagen meren we af in Kaapstad. Ik denk veel aan jou en Renate. Groeit ze goed? Ik zie haar zo voor me, ze was zo klein in je armen. Maar wat een kracht in die kleine handjes, ze trok zich zo aan mijn vinger op. Dat wordt later een hele sterke meid.
Soms moet ik gewoon even naar buiten om mijn hoofd in de wind te gooien. Even lucht happen. De maan is half. Het water is vannacht zo zwart als inkt. Herinner je je alle kleuren zwart nog die er 's nachts te zien zijn?
Ik denk vaak aan onze nachten samen.
Er wordt weer een jongen vermist. Hij is van de ene op de andere dag verdwenen. Niemand weet wat er met hem is gebeurd. Maar dat moet ik jou natuurlijk helemaal niet schrijven. Het is niet goed als jij je ongerust maakt. Ik heb wel eens horen zeggen dat kleine kinderen alles voelen.
Ik denk erover om te stoppen met varen. Zoals het klokje thuis tikt, tikt het nergens. Ik kan altijd in de bouw aan het werk. Ik wil bij jullie zijn. De kleine meid op zien groeien, op zondagmiddag een eindje fietsen. Ze moet de wind in haar haren voelen en de wolken kunnen zien. Kijk maar vast uit naar een kinderzitje.
De golven rollen eeuwig af en aan. Net als mijn liefde voor jullie.
Ik verlang ernaar om weer thuis te zijn.
Morgen verder,

Je Herman

Dit gaat over mij. Het is warme, pure troost. Het is waar wat ik zei bij de crematie, ouders en kinderen zijn voor eeuwig met elkaar verbonden. Maar kinderen onderling ook – zoals mijn zussen en ik.

Ik stop het blaadje zorgvuldig terug, doe een schone, linnen jurk aan en kam mijn haren. In de zitkamer is niemand. De eettafel op het terras is afgeruimd. Er staan alleen nog wat flessen en glazen. Ik heb geen honger en geen dorst. Marit, Tessa en Anne zitten bij elkaar onder de boom. Ik loop op hen toe. Mijn benen zijn zwaar, mijn hart slaat onrustig. Ik ga bij hen zitten. Achter hen rollen de golven af en aan.

Marit

Maandag, dag vier

Lieve David,

Wat me vooral zo opvalt, zijn de dingen die er níet zijn: er zijn geen dwingende kinderstemmen die de hele dag iets van me willen, geen agenda, geen school met moeilijke pubers die ik dingen bij moet brengen, geen ziekenhuisbezoeken, geen spanning in huis.
Ik voel me naakt en leeg zonder Pelles lijfje tegen me aan, de geruststelling van zijn aanwezigheid, de zekerheid die ik vind in fysieke nabijheid. Je begrijpt dat het vooral Pelle is aan wie ik denk. Ik vertrouw hem echt wel in jouw handen, maar ik ben nog steeds bang voor de gevolgen van het ongeluk. Het lijkt allemaal goed te gaan, maar hoe zal dat op langere termijn zijn?
Hier, op dit verre eiland in de oceaan, ben ik vooral zus. Een van vier.
Het is niet altijd makkelijk, we zijn in geen jaren zo lang samen geweest. Als het om grenzen gaat; die kennen wij heel goed van elkaar. Soms trappen we in de val van ze te willen oprekken, en verzeilen we in een soort kinderlijke grensgevechten. We willen elkaar zo graag veranderen. Nog steeds.
Ik zou tegen Anne willen schreeuwen dat wij als een blok achter haar staan. Een deel van mij is nog steeds geschokt over wat ze ons heeft verteld. Ik ben woedend dat ze dat jarenlang voor ons verzwegen heeft. Ik ben woedend op Gerard, hoewel hij mij nooit iets heeft aangedaan. Ik ben woedend omdat Anne ons met iets

opzadelt waarmee we geen kant op kunnen. Ik ben woedend op mama omdat ze er niet meer is. Ik ben woedend op mezelf omdat ik het niet langs me heen kan laten gaan.
Het enige goede dat Anne nu heeft bereikt, is dat ze een verklaring heeft gegeven voor haar idiote gedrag. Wat verwacht ze nu eigenlijk van ons? We vermijden het onderwerp, maar ik weet zeker dat we er allemaal mee bezig zijn. Ik wel in ieder geval.
Mijlenver van huis is het verleden dichterbij dan ooit.
Ik was vergeten hoe het was, met zijn vieren bij elkaar. Vooral de gezamenlijke maaltijden zijn soms druk en chaotisch. Ik praat niet zo veel. Het lijkt wel of ik nog vol zit met wat ons is overkomen het afgelopen halfjaar. Het is me wel duidelijk geworden dat we allemaal vastzitten in onze beelden van onszelf en van elkaar. Ik heb me nooit zoveel bemoeid met de dingen thuis. Je kent me, ik was altijd aan het schrijven. De dingen die om me heen gebeurden, vond ik minder boeiend dan de verhalen in mijn hoofd. Mijn woede bevreemdt me. Het is eenzelfde soort emotie als die ik had naast Pelle in het ziekenhuis. De enige uitweg lijkt gelegen in het achter me laten van de dingen die gebeurd zijn. Dat zou voor ons allemaal het beste zijn.
Ik lig op het strand, het is ochtend. Anne ligt naast me in haar ligstoel, in de schaduw van een enorme parasol. Haar borsten hangen onbedekt opzij. Ze durft hier topless te zonnen, met een grote zijden sjaal onder handbereik. Ik begrijp werkelijk niet waar zij zich zo druk over maakt. Ik zie dat haar borsten heel zwaar zijn, en groot. Begrijp me goed, ik wil het niet bagatelliseren, maar een goede beha doet toch wonderen? En moet ze nou per se die ene ervaring met papa koppelen aan haar cupmaat? Dat lijkt me overdreven. Ze zal in de loop der jaren die ene scène in haar 'film' wel enorm hebben uitvergroot.
God, wat waren wij jaloers als we zagen dat de jongens naar haar omkeken. We moesten haar van mama mee uit nemen. Dat deden we met tegenzin, totdat we merkten dat de jongens om ons heen cirkelden als zij erbij was. Ze was stroop, honing en magneet tegelijk. Wie weet heeft ze papa ook aangetrokken toen die keer. Ik weet dat ik zoiets niet mag denken, maar de gedachte is er toch. Nee! Het is absoluut fout en slecht. Maar wij waren

er niet bij. Hebben we Gerard dan al die jaren verkeerd gezien? Al die keren dat we ons uitgekleed hebben als we gingen zwemmen, douchen of onze pyjama aandeden. Het kan toch niet dat hij ook zo naar ons heeft gekeken? En als dat wel zo is? Het is zo schokkend dat Anne met haar verhaal ook ons verleden in een ander daglicht zet. Het is háár verhaal, na zestien jaar komt ze ermee naar buiten en scheept ze ons met allerlei gevolgtrekkingen en vragen op.
Het strand heeft het fijnste witte zand dat je je kunt voorstellen. De kleuren zijn hier zo veel feller dan bij ons. We zitten 's avonds lang buiten. We praten over mama, over vroeger, en er gaan heel wat flessen wijn doorheen. Behalve dit dagboek kom ik niet aan schrijven toe. Ik kan uren naar de zee zitten staren. Af en toe wandel ik een stukje, langs de branding.
Ik koester een kinderlijk verlangen naar geborgenheid. Hier zijn de oceaan en de lucht onmetelijk weids, haast te groot voor mij. Ik heb de begrenzing van ons gezin nodig om me veilig te voelen. Toen jij met Lonneke was, verbrak je onze eenheid. Je sloeg een gat in ons fundament. Toen Pelle het ongeluk kreeg gebeurde dat opnieuw, en met mama's dood nog een keer.
Ik realiseer me dat ik nog steeds rechtop sta, dat ik leef. Dat zelfs de enorme woede die ik nu voel me niet reddeloos verloren maakt. Zelfs als zou blijken dat Pelle een hersenbeschadiging heeft opgelopen, wat het ergst denkbare is, dan nog zou ik overeind komen.
Weet je dat ik een tijdlang aan je overhemden gesnuffeld heb? Ik wist zeker dat ik een onbekend parfum in je kleren rook. Zo ver kun je zinken als je veiligheid verdwijnt. Ik wil mijn gevoel van veiligheid niet meer ophangen aan iemand anders, zelfs niet aan jou en aan de kinderen.
Tessa is een raadsel voor me. Ze is heel open over haar uitstapjes met andere mannen. Renate zat haar gistermorgen uit te horen. Ze werd helemaal rood toen Tessa uitvoerig uit de doeken deed hoe ze het een keer aan een slootkant had gedaan met een vent die ze had opgepikt in een parkeergarage. Ik moet zeggen dat Tessa het smakelijk kan vertellen, maar dat ze daarna weer naast Alex ligt, is mij een brug te ver.

Kun je je herinneren dat ze op mama's feest zo ziek was? En dat ik dacht dat ze zwanger was? Dat was dus inderdaad zo. Ze heeft een miskraam gehad. Daarom zag ze er van de zomer zo slecht uit. Het heeft haar niet erg veranderd. Het was gênant om te zien hoe ze hier met mannen flirt. Op het vliegveld was het helemaal erg. Toen ik dat zag, wist ik weer hoe gemakkelijk het is om een man te verleiden.
Na Tessa's verhaal dacht ik natuurlijk aan Lonneke. Dat ze nu vrij spel heeft met mij ver uit de buurt. Ik vertrouw erop dat je dat niet doet. Ik denk niet dat ons fundament dat alweer zou kunnen dragen.
Gisteravond was Tessa wel weer ontzettend lief tegen Renate. Die is gisteren heftig tegen ons uitgevallen. Dat doet ze af en toe. Dit ging over die toestand op mama's feest. Weet je nog dat ik je vertelde dat ik Gerard daarop aangesproken heb? Ik was de enige. Tessa had het niet gezien en Anne – nou ja, dat is logisch, die confronteert hem niet eens met haar eigen dingen. Renate heeft zich zo verschrikkelijk achtergesteld gevoeld altijd. Dat kun je je nauwelijks voorstellen van zo'n stevige vrouw. We hebben haar eraan herinnerd dat wat ze op mama's crematie heeft gedaan een ongelooflijke prestatie was, dat we haar daarom bewonderen en achten. Ze zei dat het iets was wat ze moest doen, om zichzelf later recht in de ogen te kunnen kijken. Ik was heel gemeen, ik begon over het poppenhuis, dat zij dat naar beneden had gehaald en dat Pelle daardoor met dat hondje onder een auto gelopen is. Het floepte er zomaar uit. Ik heb mijn excuses aangeboden. Maar Renates uitbarsting kwam ook uit het niets. Ze heeft een hoop onderdrukt en veel te verwerken. Maar wij kunnen er wel tegen. Van een zus pik je toch meer.

Anne gaat rechtop zitten en strekt haar armen hoog boven haar hoofd. 'Ga je mee zwemmen?'

'Nee, ik wil dit even afmaken. Bevalt het, zonder bovenstukje?'

Onwillekeurig vouwt ze haar armen voor haar borsten. 'Ja, het is heerlijk, en eng tegelijk. Vind je dat raar?'

'Nee, ik vroeg het me gewoon af. En hoe is het voor je om je geheim verteld te hebben? Geen spijt?'

Er steekt een briesje op, de zijden doek naast haar waait op.

'Nee, ik ben juist opgelucht. Maar ik heb jullie er wel mee opgezadeld, hè?'

'Ja, behoorlijk. Mag ik er nog iets over... Niet dat ik je niet geloof, maar wat ik me wel afvraag: het is zo lang geleden, weet je zeker dat je je niet vergist? Ik bedoel, herinneringen veranderen soms zonder dat je er erg in hebt. Toch?'

Ik dwing mezelf de vraag te stellen. Ik weet van te veel incestbeschuldigingen die na onderzoek onwaar bleken te zijn. Het is pijnlijk voor haar en ik realiseer me dat ik hiermee een fikse ruzie riskeer.

Ze hapt naar adem en er springen tranen in haar ogen. 'Zie je wel, je gelooft me niet. Daar was ik altijd bang voor. Juist van jou had ik gedacht dat je me serieus zou nemen. Ik bedoel, jij hebt op school vast leerlingen met zulke ervaringen.'

Met een punt van de sjaal wrijft ze de tranen uit haar ogen. Ze bedekt haar borsten. Ik heb ogenblikkelijk spijt van mijn vraag.

'Anne, luister eens, dit is voor ons allemaal moeilijk. Je moet goed begrijpen dat papa nooit meer dezelfde is voor ons. Nu we dit weten, zullen we altijd iets smerigs zien als we naar hem kijken. Hij is voor ons allemaal een andere man geworden. Dat is nogal veelomvattend. Dus, als er ook maar enigszins de mogelijkheid is dat je je vergist, dan zou dat...'

Anne onderbreekt me woedend. 'Het is allemaal precies gebeurd zoals ik verteld heb. Echt waar!' Ze laat zich snikkend terugvallen op de ligstoel. 'Denk je dat ik niet weet van verdringing? En van meisjes die hun vader bewust beschuldigen? Waarom gaan we niet naar hem toe, waarom dwingen we hem niet om het te vertellen? Of jullie met zijn drieën. Laat hem maar moeilijke vragen beantwoorden. Hij moet boeten, niet ik. Ik heb lang genoeg geleden, nu is het zijn beurt.'

Ze heeft vermoedelijk gelijk. De waarheid gaat vooraf aan de verzoening. Hij zal zijn hoofd voor haar moeten buigen.

Ik sta op en reik haar een flesje water aan. In de plotselinge stilte lijkt de wind toe te nemen. Ze kijkt me aan en ik strijk de haren van haar voorhoofd. 'Het spijt me dat ik je overstuur heb gemaakt, sorry.' Ik ga naast haar zitten op de ligstoel, weet niet goed wat te zeggen. Ik geef haar een zachte kus op haar wang en sta op. 'Zullen we zwemmen?'

Anne

Voor het eerst sinds mijn vijftiende voel ik de zon op mijn bovenlijf. Natuurlijk, als kind liepen we vaker bloot buiten, maar dit is een overwinning op mezelf. En dat allemaal dankzij mijn prijs. Als ik niet ooit die reiswinkel was binnengegaan om me te verlekkeren aan plaatjes van warme verre landen, hadden we hier nu niet gezeten – volledig verzorgd, in een enorme villa aan zee.

Meer dan een halfjaar geleden kwam de postbode met de prijs. Ik herinner me nog goed de paniek waarin ik destijds verkeerde. Nu is alles anders. Het idee om mijn zussen mee te vragen gaf me de moed om open kaart te spelen. En hoewel het pijnlijk was alles te vertellen, heeft het voor mij verrassend goed uitgepakt. Het is goed om dicht bij elkaar te zijn en elkaar opnieuw te leren kennen.

De middaghitte wordt me plotseling te veel, ik kom overeind. De anderen zijn al naar de patio gegaan voor een eerste glaasje in de schaduw. Het blauwe water lokt. Ik ga nog een eindje zwemmen.

Het strand is privé en wordt bewaakt. Maar hier, waar de tuin overgaat in het strand, komen de bewakers niet. We zien ze zelden. Volgens Tessa liggen ze de hele dag met verrekijkers in de bosjes te rukken. Ik geloof er niets van en ik loop daarom ongekleed het water in. Sinds ik Richard heb leren kennen durf ik dat, met blote borsten lopen als ik uit de douche kom of als ik naar bed ga. Ze hangen nog steeds en zijn even zwaar als altijd, maar toch is het anders. Ik draag ze gemakkelijker dan voorheen. En ook al is de huid in de plooien rood en gevoelig, het deert me minder. Richard vindt me mooi en ik ben hem voorzichtig gaan geloven. Ik laat me vooralsnog niet opereren.

Onder me is de bodem van wit zand, hier en daar groeien plukjes wuivend wier. Ik ga zitten in de branding, met het zicht op de verblindend witte villa. Het is een droomhuis, met iemand die drie keer per dag het heerlijkste eten in de koelkast bij de voordeur zet. Gelukkig hebben we de fulltime bediende geweigerd, met ons vieren houden we de boel met gemak schoon. Als we iets nodig hebben, hoeven we maar te bellen en het wordt geregeld. Zo ben ik nog nooit verwend. De anderen ook niet.

Ik laat me achterover vallen, het lauwwarme water spoelt in golfjes over me heen.

Gisteravond vertelde Renate over haar plek in ons gezin. Er ontstond een woordenwisseling over waar je in het rijtje hoorde. Ik herinnerde me de verhelderende werking van een oefening die ik ooit geleerd heb in een cursus groepsdynamica. Toen ik voorstelde die oefening te doen, stemden de anderen er onmiddellijk mee in.

We stonden met zijn vieren dicht bij elkaar op het terras. Er brandden fakkels langs de tuinpaden en naast het zwembad.

'De bedoeling is dat we onze plek in het gezin, ten opzichte van elkaar, bepalen. We gaan om de beurt en de oudste mag beginnen. Renate dus.'

Tessa en Marit stonden vlak naast me. Renate liep met langzame stappen van ons weg. Haar rug lichtte op in het flakkerende schijnsel.

'Wat moet ik hier uit opmaken?' Tessa's stem klonk hard.

'Ja, hallo, zijn we nog in beeld?' Marit lachte.

'Als we dit niet serieus doen dan werkt het niet. Nog even niet reageren! Renate, als je zover bent, moet je even je hand opsteken.'

Renate liep voetje voor voetje door. Na een meter of vijf, misschien wel zes, bleef ze staan. Ze stak haar arm omhoog.

'Zou je je niet eens omdraaien?' Tessa klonk nog bozer.

Langzaam draaide Renate zich naar ons toe. 'Hier. Dit is mijn plek.'

'Nou, fijn om ons zo buiten te sluiten. Dank je wel.' Marit klonk cynisch, ze sloeg haar armen over elkaar.

Ik schrok zelf ook maar probeerde rustig te praten. 'Zo was het voor mij niet, Renate. Zo ver weg was je echt niet.'

'Wat zei jij daarnet, Marit?' Renates stem had de verdedigende toon die we zo goed van haar kennen.

'Ik zei dat je bedankt wordt dat je ons zo buitensluit. Ik zal je nog eens in vertrouwen nemen.'

'Ik sluit jullie niet buiten! Ik was degene die vanaf jouw geboorte buitengesloten werd.' Renate kwam een stapje dichterbij. 'Of willen jullie soms beweren dat dat niet zo is? Dat Gerard niet duidelijk was over wie er wel en niet bij hoorde?' Ze veegde met een driftig gebaar langs haar ogen.

'Renate, luister eens, probeer eens te zien wat er is zonder Gerard erin te mengen. Nu gaat het erom waar jij ten opzichte van ons staat' Tessa zuchtte en fluisterde tegen me dat ze toe was aan een glas wijn.

'Ja, ondertussen zijn we wel je zussen.' Marits witte blote voeten leken licht te geven. Ze plukte grassprietjes met haar tenen.

Ik deed een voorstel. 'Laten wij nu ook onze plek innemen. Allemaal tegelijk.'

Met ingehouden adem liep ik naar voren, naar Renate toe. Marit en Tessa liepen gelijk met me op. We hielden halt op minder dan een meter van onze oudste zus.

'Dat menen jullie niet. Dit kan niet.' Renates blik was naar beneden gericht, naar onze voeten. Ze keek ons geen moment in de ogen.

'Nou, wel dus. Voor mij is het niet zo ingewikkeld. Dit is het ongeveer. Soms wat verder weg, soms wat dichterbij.' Tessa haalde haar smalle schouders op. Haar oorbellen weerkaatsten het oranjegele licht van de fakkels.

'Hoe is dit voor je, Renate? Je hoeft het niet te geloven, maar stel je eens voor dat het waar was – hoe zou dat voelen?' Ik klonk als een therapeut, het kon me niet schelen.

Renate keek ons een voor een aan en deed een heel klein stapje terug. 'Waren jullie altijd zó dichtbij? Ik heb het niet gezien.'

'Nee, daarvoor was je te ver weg. En een beetje blind voor ons, hè? Kom eens hier.' Tessa stapte vooruit en sloeg haar armen om Renate heen. Marit en ik deden hetzelfde. We stonden op een kluitje tegen elkaar aan. Mijn rechterhand lag op Renates rug en ik meende haar hart te voelen kloppen.

Het duurde lang voor we haar zachte stem hoorden. 'Het spijt me, het spijt me werkelijk.'

De woorden vielen op hun plek tussen ons in, we zeiden geen van allen iets terug. Iemand, waarschijnlijk Tessa, begon te grinniken. We voelden de opluchting, de lach, door ons heen golven en mijn hart zwol. Ik wilde rennen, het strand op en de zee in. 'Wie gaat er mee zwemmen?' Ik wachtte het antwoord niet af en rende weg, gooide mijn jurk in de tuin en dook het verlichte zwembad in. Ze kwamen alle drie. We gilden omdat het water kouder was dan we in de hitte van het moment hadden gedacht.

Later haalde ik grote badlakens van de stapel in het prieeltje en werden de flessen geopend.

Er verandert iets wanneer je dingen uitspreekt.

Toen ik, al de tweede dag van deze vakantie, had verteld over papa en de cadeaus waarmee hij mijn zwijgen heeft gekocht, ontstond er een gedeeld begrip. Daardoor, door dit gezamenlijke weten, werd iets van het onbegrijpelijke van mijn gedrag helder.

Ik ken de waarde van op de juiste momenten zwijgen. Maar wat ik heb gedaan is verstikkend geweest. En natuurlijk, ik kon niet anders, ik was nog een kind. Maar het verzwegene is in me gaan gisten. Richard helpt me naar mezelf te kijken, mezelf te zien en te laten zien.

Dat Marit vragen stelt over de juistheid van mijn herinneringen vind ik beangstigend. Ze doet precies waar ik altijd bang voor ben geweest; twijfelen aan mijn verhaal. Maar twijfelde ik toen het pas gebeurd was niet ook aan mezelf? Wat eenmaal gezegd en gehoord is, gaat een eigen leven leiden. Ik wil erop vertrouwen dat ze me geloven.

Vannacht schrok ik buiten adem wakker. Mijn hart klopte wild. Ik herinnerde me niet dat ik had gedroomd. Ik kon niet meer slapen en heb lang buiten gezeten. Het geluid van de branding klonk geruststellend. Ik verbeeldde me dat mama een van de sterren boven me was. Dat ze bemoedigend glimlachend op mij neerkeek.

Een grote witte vogel vliegt laag voorbij. Ik draai me op mijn buik en zwem met grote slagen een eind het water in. Ik verlang ernaar weer thuis te zijn en naast Richard te liggen.

Tessa

Het is lastig om het juiste blauw te vinden, de kleuren laten zich niet makkelijk vangen. De wind beweegt de bladeren van de boom, waardoor het licht op het doek voortdurend verandert. Maar ik heb geen haast, er is alle tijd om te zoeken en te mengen.

Wat een geluk dat ik mijn schildersspullen heb meegenomen.

Marit zit naast me. Ze zegt niets, staart wat voor zich uit. Af en toe werpt ze een blik op mijn handen. Ze zegt dat ze rustig wordt van mijn bewegingen. Dat word ik zelf ook. Het herinnert me aan de lessen modeltekenen op de Academie. Aan de stilte en de concentratie in het lokaal. Het blauw waarmee ik werk, neemt me mee terug naar een van de doeken bij Ruben. 'Verwachting'. Voor mij drukt het meer de stilte uit, een geluidloze ruimte waarin je kunt verdwijnen.

Ik vraag me af of we hier met ons vieren hadden gezeten als mama niet was overleden. Als ik aan haar denk, doet het pijn. Ik hield meer van haar dan ik wist. Ik heb er nooit bij stilgestaan dat zij er op een dag niet meer zou zijn.

Toen Gerard belde, begreep ik niet wat hij zei: 'Mama is dood.' Ik zei tegen Alex dat hij de telefoon van me moest overnemen. Ik had helemaal niet op moeten nemen. Maar het stoorde me dat we werden gebeld tijdens onze eerste vrijpartij na mijn miskraam. Ik wilde het rinkelen stoppen. Het was belachelijk om naakt boven op Alex te zitten en een snikkende Gerard te horen vertellen dat mama dood was. Ik haalde Alex' hand uit mijn kruis en gaf hem de telefoon.

Toen ik haar de eerste keer zag, zakte ik door mijn knieën op de grond. Wat leek ze klein in haar kist. Ze was zo lief, zo bleek, maar vooral zo verschrikkelijk dood. Toch ben ik steeds weer gaan kijken. Op het laatst kon ik zonder te huilen naast haar staan. Marit zei dat ik op moest houden met telkens teruggaan. Maar ik kon niet anders. Het was de eerste keer dat ik de dood zag.

Alleen Renate weet dat ik werk aan een schilderij van haar. Ik voel me fijn als ik met mama's portret alleen ben in mijn atelier. Dan is ze zo dichtbij dat ik haar bijna kan horen ademen. Als ik aan haar gezicht werk, voelt het alsof ik zelf tevoorschijn kom.

Zo rouw ik. Renate begrijpt precies wat ik bedoel. Ze is zo slim waar het anderen betreft, maar als het over haarzelf gaat, heeft ze een enorme blinde vlek.

Haar toespraak bij mama's crematie was huiveringwekkend moedig. Enkele zinnen hebben zich in me vastgezet: "...wanneer een vrouw een kind krijgt, is ze voorgoed moeder. Het kind is voorgoed het kind van beide ouders. Geen enkel mens kan in feite de plek innemen van de ouder. Wanneer een kind sterft, gebeurt hetzelfde. Geen enkel kind is vervangbaar. Ouder en kind zijn voor eeuwig onlosmakelijk met elkaar verbonden. Dat is de tragiek, en het geluk, van families. Want in die verbondenheid schuilt grote kracht... Daarom zal mama altijd bij ons zijn..."

Deze zinnen hebben wekenlang in mijn hoofd gezoemd. Wanneer is een kind een kind? Deze gekmakende vragen heb ik me gesteld. En: moet je een levend kind baren om moeder te worden, of geldt een miskraam ook? En na hoeveel weken dan? Betekent zwangerschap moederschap? Toen ik Alex deze vragen voorlegde, drukte hij me op het hart te stoppen met deze zelfkwelling. Hij had gelijk.

Een andere vraag waarmee ik mezelf om de oren sloeg, betrof het vaderschap. Over die kwestie heb ik gezwegen, daar wilde ik niemand mee lastigvallen. Ik heb de schroeiende hitte van het vuur gevoeld waarmee ik gespeeld heb. Dat overkomt me niet weer. Na een paar weken werd het vanzelf rustig in m'n hoofd. Mama heeft nooit geweten van mijn miskraam. Ik had het tegen niemand verteld. Mijn zussen weten het nu wel, het lijkt alsof deze plek loslippig maakt. Of misschien hebben we er genoeg van mooi weer te spelen tegenover elkaar.

Ze begrijpen niks van mij, zeggen ze. Maar ze vergissen zich. Het punt is dat ze er iets van vinden. Ze hebben een probleem met hoe ik leef, met hoe Alex en ik leven. Als ze eens hadden kunnen zien hoe hij voor me zorgde na de miskraam, en na mama's dood. Hij heeft me dagenlang, weken zelfs, met toewijding vertroeteld. Hij heeft me in liefde gewikkeld en me nieuw leven ingeblazen.

Niemand begrijpt dat een nummertje hier en daar niets afdoet aan je vaste relatie. Zeker Marit niet. Maar ik moet toegeven dat ik me op een hellend vlak bevond. Ik maakte iets te vaak een wip buitenshuis.

Gerard bezwoer ons altijd onze maagdelijkheid te bewaren voor de heilige eerste keer. Dat vond ik zo intrigerend dat ik niet kon wachten. Mijn eerste keer kwam nogal vroeg, daarna raakte ik verslaafd. Het jagen op die ervaringen, de verovering van het onbekende, is een uitputtende bezigheid.

'Wat een prachtig blauw zeg.' Marit komt overeind. Ik schrik van haar stem.

'Ja? Ik weet het niet, ik geloof dat ik op de automatische piloot zit.'

Onder mijn handen is een doods vlak ontstaan. Maar dat ziet alleen mijn geoefend oog.

'Ik ga even het water in.'

Ik blijf naar haar kijken terwijl ze zwemt. Wat moest ik gisteren lachen toen ze vertelde dat ze ooit midden in de nacht is opgestaan om in de badkamer een of ander knutselwerkje van mij kapot te knippen. Ik was het voorval helemaal vergeten, kon me niet eens meer herinneren waarover het ging. Ik geloof dat ze dat nog het ergste vond, dat ik het niet eens meer wist. Zij wist het nog precies, ze heeft het altijd met zich meegedragen. Uiteindelijk moest ze wel met ons mee lachen. Het leek me op de een of andere manier goed voor de balans tussen ons dat ik ook het een en ander op zou biechten. Ik vertelde hoe ik Anne, toen ze klein was, altijd aanzette tot gemene spelletjes. Dat ik haar dwong op Renates stoel te gaan zitten omdat die niet tegen het bezetten van haar plekje kon. Puur om haar te pesten. Gaandeweg het gesprek dat hierover ontstond, realiseerde ik me hoezeer ik door het maken van mooie werkstukjes om papa's goedkeuring bedelde. Volgens Renate deed ik dat soort dingen zodat iedereen via mij zou zien dat Gerard een geweldige vader voor ons was. Dat daardoor de moeizame relatie die zij met hem had minder op zou vallen. Misschien heeft ze gelijk, en deed ik het eigenlijk om haar te helpen. Die dingen weet je toch nooit achteraf.

Het penseel glijdt uit mijn vingers en valt in het fijne witte zand. Als ik het oppak en er mee op het doek strijk, brengen de minieme korreltjes een verrassende beweging in het blauw.

Renate

Het verdriet is al die duizenden kilometers gewoon met me meegereisd. Nog steeds roepen de meest gewone dingen, onverhoeds, verborgen beelden op. Nu is het de schittering van de zon op het azuurblauwe water. De lichtvlekken doen pijn aan mijn ogen en voeren me terug naar de scherven op mama's kistje. Het stond boven op haar kist, naast een mooi ingelijste zwartwitfoto, en halverwege mijn toespraak viel er een verblindende straal zonlicht op. Nog nooit eerder had ik echt moeten huilen in het crematorium. Ik begrijp nu nog beter waarom mensen niet kunnen, of durven, spreken bij een uitvaart. Het verlies van een geliefde zet zich vast in je keel. Er is nauwelijks ruimte om woorden uit te kunnen spreken.

Nu sta ik, drie maanden na haar dood, in een fantastisch huis in Afrika en huil ik precies dezelfde tranen als thuis. Hoewel, langzamerhand lijkt een beginnend gevoel van berusting het schrijnen te verzachten. Als het te erg wordt, lees ik mijn vaders woorden. Soms komt het me voor dat ik voornamelijk rouw om wat er niet is geweest. Rouw om mijn vader die ik niet heb gekend. Om de liefde die er niet was tussen Gerard en mij. Rouw om het onbegrip hierover van mama.

Haar dood heeft mijn vader in zekere zin teruggebracht, in de vorm van zijn brief. Dat is troost. Het gaf me de moed om, met Gerard erbij, te praten over mama en daarna de toespraak te houden. Als ik eraan terugdenk, vervult dat me met een intens gevoel van tevredenheid. Alsof ik daarmee het evenwicht, ten minste een beetje, heb kunnen herstellen.

Na de crematie heeft Gerard het kistje en mama's foto weer mee naar huis genomen. Volgens Marit staan ze daar op de grote kast in de kamer. Toen ik haar vroeg of ze nog aan de binnenkant van het deksel had gekeken, zei ze dat die leeg was. Bij de crematie had de foto er nog ingezeten. Het was een bijzonder troostrijk beeld: mijn ouders samen, beiden in een kist.

Toen ik Gerard er na lang aarzelen over belde, mondde dat natuurlijk uit in wederzijdse verwijten.

'Luister eens Gerard, ik vind het erg vervelend, maar ik moet je iets vragen.' Mijn stem trilde, ik hoopte zo dat hij het niet zou horen.

'Heb ik weer iets gedaan wat je niet bevalt?' Hij klonk aanvallend, zoals gewoonlijk.

'Misschien. Waar is de foto van mijn vader die in mama's kistje zat?'

'Ik weet niet waar je het over hebt.'

Hoe kon hij het niet weten! Zijn afwerende ontkenning wekte mijn strijdlust op. 'Het kistje met onze portretjes dat mama op haar verjaardag heeft gekregen. Aan de binnenkant van het deksel zat een foto.'

'Ik zou het niet weten. Nu wil je zeker dat ik ga kijken?'

'Ja. Ik wil weten of die foto er nog in zit.'

'Nou nou, wat een drukte om een plaatje. Een moment, meisje.'

'Ik ben geen meisje. Ga nu maar kijken.'

Ik hoorde hoe hij door de kamer naar de trap liep. Ik verbeeldde me dat ik de krakende tree kon horen. Ik telde de stappen die hij deed en wist dat hij stopte op de overloop, bij de grote slaapkamer. Zou hij het in zijn slaapkamer hebben staan? Ik wilde het niet vragen. Hij hijgde een beetje en ik hoorde hoe hij dingen verschoof.

'Nou, hier heb ik het, ik zal eens kijken. Nee, daar zit niks in.'

'Onder het deksel. Kijk nog eens goed.'

'Nee, er is niks. Dat ding is leeg.'

Het kon gewoon niet dat de foto weg was. Hij zat stevig vastgelijmd, die kreeg je niet zomaar los. 'Weet je zeker dat jij hem er niet uitgehaald hebt?'

'Ja. Je moeder heeft het ding altijd voor zichzelf gehouden. Ze was er nogal wijs mee.'

Dat betekende dat mama het mooi had gevonden. Ik werd er warm van.

'Maar bij de crematie zat hij er nog in. Ik weet het zeker.'

'Tja Renate, je kunt nou wel weer stennis gaan schoppen, maar daar komt die foto niet mee terug.'

Nu ik wist dat het iets had betekend voor mama wilde ik alleen nog maar meer dat de foto terecht zou komen.

'Wie hebben er allemaal aangezeten?'

'Niemand. Ik heb het ding hier boven staan. Alleen jouw Chantal, die is hier nog eens op zolder geweest om dat poppenhuis goed in te pakken. Misschien heeft ze ook in de slaapkamers rond lopen neuzen.'

'Wat moest Chantal met dat poppenhuis?'

Ik begreep niet dat hij het ding weer naar boven had gesjouwd. Hij had het godbetert moeten verbranden of in elkaar moeten slaan.

'Jouw dochter is nogal verzot op alles wat oud is. Ze zegt dat je de geschiedenis moet koesteren of zoiets. Dat zal ze wel van jou hebben.'

Hij moest niet denken dat ik op zijn provocaties in zou gaan.

'Stond het kistje toen al boven?'

'Ja, dus vraag het haar maar eens. Het is trouwens een fijne meid.'

Ik geloofde mijn oren niet, deed mijn best om de opkomende tranen ongemerkt weg te slikken.

'Ik zal het haar vragen. Dag Gerard.'

De telefoon gleed uit mijn hand.

Ik was dagenlang in de war na het gesprek. 'Ze was er nogal wijs mee...' Die zin bleef zich in mijn hoofd herhalen, ik kon aan niets anders meer denken. Als een mantra bleef hij rondzingen en ik kreeg het gevoel dat er diep in mijn hart iets door werd geheeld. Ik wilde zo graag geloven dat ze mijn vader hiermee de plek gaf die hem toebehoorde; in haar slaapkamer.

Ik verzon een prachtig filmpje:

Mama zit onder een boom, de zon schijnt. Voorzichtig opent ze het kistje in haar handen. Ze houdt het tegen haar borst. Ze staart naar de foto en drukt er glimlachend een kus op. Dan doet ze het deksel eerbiedig dicht en zet ze het kistje op schoot, waarna ze haar hoofd achterover laat zakken en haar ogen even sluit. Ze geeft zich over aan de herinnering aan de ontmoeting met mijn vader, hun verliefdheid en haar zwangerschap van mij...

Het deed me goed dit filmpje keer op keer te herhalen. Het verzachtte het brok graniet in mijn borst en toverde een voorzichtige glimlach om mijn mond.

Toen ik Chantal ernaar vroeg, vertelde ze dat zij het was die de foto uit het kistje had gehaald. Ze had hem in een schrift verstopt.

'Hij is toch ook mijn opa?'

Toen heb ik ook een afdruk laten maken voor Thomas. Hij heeft hem in zijn fotoalbum geplakt. Chantal heeft hem ingelijst aan de muur gehangen. Ik heb hen ook een kopie van de brief gegeven. Later krijgt Chantal het origineel. Ze heeft me honderduit gevraagd, en ik heb haar zo goed mogelijk geantwoord. Tot mijn verbijstering kende ze veel antwoorden al. Ze bleek veel vaker bij mama en Gerard te komen dan ik wist, en ook nu zoekt ze Gerard regelmatig op. Ze was bang me te confronteren met haar bezoekjes aan haar grootouders, ze dacht dat ik erdoor van streek zou raken. Dus hield ze het geheim. Veel nieuws heb ik haar niet kunnen vertellen. Maar we hadden niet eerder zo met elkaar gesproken over het verleden.

Ik veeg mijn ogen droog, de zon schijnt onverminderd op het heldere water. Mijn zussen zijn allemaal naar het strand gegaan. Vanuit ons riante appartement kan ik ze zien liggen op de houten ligstoelen. Als ik mijn badpak aantrek, plakt het koud en stroef aan mijn huid.

Daar stonden we gisteravond, ik tegenover de rest. Nooit eerder werden de verhoudingen zo duidelijk zichtbaar. Ik ben me rotgeschrokken van de felle reacties op mijn standpunt. En tegelijkertijd was hun verontwaardiging hartverwarmend.

Ik heb na mama's dood veel nagedacht, en urenlange gesprekken gevoerd met Wim. Dat had ik eerder moeten doen. Met iedereen. Wat heb ik mezelf veel ontzegd door al die jaren niet echt te praten.

Na die heftige sessie zijn we het zwembad ingedoken en hebben we nog een fles opengetrokken. Tessa verraste me met haar vragen over hoe het voor me geweest is. Ik deed er lang over om uit te leggen dat ik m'n leven lang bij de verkeerde halte heb gestaan, wachtend op de lijn die drie maanden na mijn geboorte was opgeheven. Dat ik maar bleef staan, in de volle overtuiging dat ik in m'n recht stond. En dat ik hierdoor de bus die wel voorbijkwam niet heb kunnen zien. Dat alles wat Gerard zei en deed door mij werd ervaren als een bevestiging van mijn achterdocht. Ik heb altijd alles gezien in het licht van de minderbedeelde. Ik zwijmelde bij sprookjes over stiefkinderen en boze stiefmoeders. Ik verlangde naar boeken met sprookjes over stiefvaders. Uiteindelijk heeft Gerard het opgegeven en is hij gaan doen wat ik van hem verlangde. Hij heeft me de plek gegeven die ik opeiste, de plek buiten de groep. Ik zal er wel nooit achter komen waar het begin heeft gelegen van onze ingewikkelde verhouding. Mama's rol hierin moet wel groot geweest zijn. Zij is degene die begonnen is met zwijgen. Toen ik geen antwoord kreeg op mijn vragen ben ik gaan denken dat er wel iets geheims, iets slechts, te verbergen moest zijn. En van dat slechte maakte ik deel uit, dat begreep ik heel goed. Het slechte was de dood van mijn vader.

We huilden in het donker om onszelf en om elkaar. Marit was licht aangeschoten en heeft nauwelijks iets gezegd. De opeenvolging van dramatische gebeurtenissen in haar leven brengen haar behoorlijk uit balans. We laten haar maar.

Mama's dood heeft ons hier gebracht. Ik zal de keuzes die zij heeft gemaakt moeten respecteren. Niet alleen omdat ik anders bitter word, ook omdat ik er niets mee te maken had. Zij was de ouder en ik was het kind. Had ze mij, een kleuter, om toestemming moeten vragen? Had ze alleen moeten blijven? Het egoïsme in die vragen kleurt mijn wangen met schaamte. Een paar maanden geleden nog zou ik deze vragen met een vanzelfsprekende bevestiging beantwoord hebben. Maar de waarheid heeft duizend gezichten. Ik koesterde mijn eigen waarheid als een kostbaar bezit. Poetste haar eindeloos op, totdat ze oogverblindend glansde. In het licht van mijn verhaal verbleekte al het andere. Nu ik ook de herinneringen van mijn zussen ken, krijgt ons gezamenlijk verleden meer reliëf.

De tegelvloer is koel onder mijn blote voeten. Ik loop doelloos door de kamer, verplaats wat boeken en tijdschriften, veeg de tafel en het aanrecht schoon. Dan ga ik door de openslaande deuren met mijn telefoon naar het terras. De hitte valt als een warme deken over me heen.

Ik toets een sms-bericht in voor de kinderen. Daarna voor Wim. Misschien gaan ze vandaag wel vissen. Dat had ik niet durven hopen, dat Thomas het leuk zou vinden om met Wim dingen te doen. Ik stel me voor hoe mijn woorden vanuit Zanzibar naar een regenachtig Nederland reizen. Hoe Wim ze leest, achter zijn bureau op zijn werk, of onderweg in de file, hoe bij het lezen zijn ogen oplichten.

Het is niet zo dat ik hem mis, maar ik verlang wel naar hem. Na jarenlang in mijn eentje verantwoordelijk te zijn geweest voor een gezin voelt het weldadig om mijn zorgen te kunnen delen. Het vrijen met hem is lekker, het is nieuw en tegelijkertijd vanzelfsprekend. Maar vooral het praten doet me goed, het dicht bij elkaar zijn. In die intimiteit voel ik me op mijn gemak.

Ik stroop mijn plakkerige badpak af tot mijn middel en strek me uit op de ligstoel onder de palmboom. Het lostrekken van het vochtige lycra geeft een onverwacht sterke fysieke sensatie. De warme wind langs mijn onbedekte lijf is weldadig. Het zonlicht wordt gefilterd door de grote bladeren en valt in bewegende vlekken om me heen. Met gesloten ogen geef ik me over aan het gevoel van lucht langs huid, laat me meedrijven op het ritmisch ruisen van de branding.

Het geluid van verre stemmen wekt me uit een diepe sluimer. Ik open mijn ogen langzaam en door mijn wimpers heen zie ik kleurige bewegingen op het terras. Het is lunchtijd. Ik rek me uit en ga rechtop zitten. Het warme, door de zon gedroogde badpak, glijdt gemakkelijk omhoog. Ik loop naar hen toe.

Anne zet een enorme schaal zeevruchten midden op tafel. Felrode kreeftenpoten steken brutaal omhoog uit het ijs. Er liggen oesters en schaaldieren die ik niet ken. Er zijn platte, ronde broodjes en er is wijn in de zilveren koeler. Een gigantische schelp is gevuld met een groene salade.

Marit leest een sms. 'Van David. Met Pelle en Tim is alles goed. Veel liefs, ook voor jullie.'

Tessa zoekt een goede plaats voor de camera en zet hem op de zelfontspanner.

We draaien om elkaar heen om onze plek in te nemen.

Tessa telt af. 'Drie, twee, dichter bij elkaar!'

Ik nestel me stilletjes tussen hen in. Klik.

Hier sta ik, omringd door mijn zussen.

We maken ons los en gaan aan tafel.

De kreeftschalen breken krakend. Het witte vlees ligt uitnodigend voor ons.

~

Colofon

Elfde druk, maart 2011

Redactie: Maaike Molhuysen
Eindredactie: Jolien Meijer
Foto omslag: Getty Images, fpg
Foto auteur: Antoinette Borchert
Omslagontwerp: Riesenkind
Zetwerk: V3-Services, Baarn
Druk: Hooiberg|Haasbeek, Meppel

ISBN 978 94 6068 041 0
NUR 301

Verspreiding in België via Van Halewyck, Diestsesteenweg 71a, 3010 Leuven, België. www.vanhalewyck.be

Uitgeverij Marmer
De Botter 1
3742 GA BAARN
T: +31 649881429
I: www.uitgeverijmarmer.nl
E: info@uitgeverijmarmer.nl